아리랑 연구와
일제시대 공연작품 연보

아리랑 연구와
일제시대 공연작품 연보

김동권

도서
출판 박이정

❏ 김동권

- 충남 당진 출생
- 건국대학교 문과대학 국어국문학과 졸업
- 동 대학원 졸업(문학박사)
- 현재 용인송담대학 방송연예뮤지컬과 교수

저서

- 한국현대문학자료총서(편저, 거름출판사, 전12권)
- 한국현대희곡작품집(편저, 서광학술자료사, 전5권)
- 근대희곡정착과정연구(태학사)
- 해방공간희곡연구(도서출판 월인)

아리랑 연구와
일제시대 공연작품 연보

초판 인쇄 2007년 7월 23일
초판 발행 2007년 7월 30일

지은이 김동권
펴낸이 박찬익
편 집 김은영 · 김민영 · 안영주

펴낸곳 도서출판 **박이정**
130-070 서울시 동대문구 용두동 129-162
Tel (02) 922-1192~3, Fax (02) 928-4683
Http://www.pjbook.com, E-mail pijbook@naver.com
온라인 (국민) 729-21-0137-159
등록 1991년 3월 12일 제1-1182호
ISBN 978-89-7878-944-8 93810

값 12,000 **원**

머 리 말

  아리랑에 관한 연구는 필자가 해방공간과 연극공연사에 대한 연구와 더불어 오랫동안 생각하며 하나의 화두로 간직하면서 연구를 기획하였던 일부분을 기존에 발표한 내용을 중심으로 만족할 만한 상태는 아니지만 손질하여 책으로 엮게 되었다.

  아리랑은 나운규의 영화 <아리랑>이 1926년에 발표하여 영화로 상영되면서부터 본격적으로 우리 민족의 정한을 간직하고 표출해주는 매개체로써, 우리민족의 애환을 간직한, 우리 민족을 표상하는 상징적 존재로 자리매김해 왔다.

  아리랑의 형태도 민요에서 영화, 희곡, 소설 등 아주 다양한 장르의 형태로 시대에 따라 다르게 표출되고 있으며, 연해주나 중국 조선족 등 해외 이주 동포들에게서도 이들의 정한을 간직하고 다양한 형태로 표출되어 오고 있다.

  기존에 민요에서 영화와 희곡, 소설 등의 형식으로 표출되는 바에 대해서 연구할 필요성이 많으나 아직 이에 대한 것과 시대적인 흐름에 따른 변천과정과 정신사적인 흐름에 대한 맥락을 살펴보는 것은 추후에 다시 정진하고자 한다.

  『아리랑 연구』는 공연예술과 영상의 형태로 나타난 아리랑 작품의 유형과 형태의 원본 복원을 통해 아리랑 작품의 인물과 작품구성, 그리고 작품 내용을 살펴보고 작품에 등장하는 아리랑과 아리랑고개의 상징성문제를 살펴보았다. 『아리랑과 대중극』에서는 연극과 영화의 형태로 나타난 아리랑을 대상으로 이들 작품의 형태와 의미를 살펴보고, 아리랑이 지닌 대중극으로서의 시대적 위상을 가늠해 보았다. 『scenario 아리랑의 소설화과정에 대한 일고찰』에서는 영화소설 아리랑에 대해 영화소설이란 무엇이며, 과연 나운규의 영화를 문일이 편집한 영화소설 아리랑은 하나의 시나리오인가 아니면 소설인가를 탐구해보는 시도였다. 이러한 영화소설이나 연극소설 등의 명칭과 장르성에 대한 고찰이 필요하다고 본다. 이는 1920년대 후반에서 30년대 초반에 특히 장르를 넘나드는 형태의 저작물이 많이 나타나는데 이에 대한 연구가 필요하다고 보고 이를 위한 시도를 해 보았다.

영화 <아리랑>을 중심으로 희곡과 영화소설 형태의 1920년대 중후반부터 30년대 초반까지의 작품을 위주로 살펴보았다. 아리랑에 대한 연구는 앞으로 다른 시기의 다른 작품에 대한 연구도 병행해서 아리랑에 관한 종합적인 고찰을 시도해 보고자 한다.

일제시대의 공연연표는 공연예술사를 쓰고자 하는 욕심에 오래전부터 연보를 작성하여 놓았으나, 기존에 다른 연보가 발표되어 이를 뒤로 미루다가 이번 기회에 발표하게 되었다. 정확한 공연 연보는 연구자에게 중요한 자료가 되고, 특히 공연자료가 부족한 일제시대의 공연작품대본과 공연연보는 동시대를 연구하고 현재 우리 공연예술의 현실과 대비해 보았을 때 의미 있는 작업이라 생각한다.

이번에 책을 엮으면서 나 자신이 하나의 연구자로서, 원래 생각했던 바대로 만족할 정도는 아니지만 연구자로써 연구한 바를 살펴보고 다시 뒤돌아보는 좋은 계기가 되었다. 앞으로 더욱 열심히 노력하여 목적한 바 소정의 성과를 거두도록 더욱 노력하고자 한다. 이 책이 출판되기까지 어려운 여건 속에서도 기꺼이 출판을 해주신 박이정의 박찬익 사장님과 코리아데이타네트워크의 이혜경님과 임찬희, 그리고 이보람양에게 고마움과 감사함을 드립니다.

2007. 7
역삼동 연구실에서

차 례

Ⅰ. 아리랑 연구

1. 들어가기

문학과 예술을 바라보는 시각은 다양한 방법이 있다. 작가나 작품 연구에 있어서나, 문학사 고찰에 있어서도 장르간의 연관성 문제는 중요한 사안이라 하겠다. 여러 장르를 섭렵한 작가의 경우에 작가를 연구하기 위해서는 탈장르적인 연구가 필요하듯이, 같은 제재가 다양한 장르의 형태로 나타났을 경우에도 이에 대한 연구는 장르간의 연관성을 가지고 접근해 보아야 한다고 생각한다.

이러한 점에서 이 땅에 연극이 들어와 토착화되던 시기에 이입과정에서 나타나는 신극과 신파로 나뉘어 나타나던 대중극의 문제는 깊이 생각해보아야 할 것이다. 이는 단순한 용어의 문제가 아닌 양식의 문제로서 시대적 상황과 연관된 것으로 보아야 한다. 아직 완벽한 1920-30년대 대중극에 대한 작품 발굴과 연구가 이루어지지 못한 상황에서 여러 가지 논의가 있을 수 있지만 이를 단정하기보다는 폭넓은 논의가 필요한 시점이라고 본다.

그리고 이 시기에 신파와 신극이라고 하는 대중적인 양식이 연극과

영화, 그리고 가극과 문학 등의 다양한 장르의 형태로 나타나 일제 식
민지하를 겪은 민족의 정서를 대변해 주었다고 볼 수 있는 것이 아리
랑이다. 아리랑은 장르의 다양성뿐만 아니라 그 자체가 지니는 상징적
인 면모도 있다. 아리랑은 전통 민요인 아리랑을 매개로 하고 있으면
서, 이를 바탕으로 가극과 연극, 영화 등의 형태로 나타나고 있다.

전통 민요인 아리랑이 상황에 따라 가변적인 모습으로 연극과 영화
에 모티프로 나타나는 것을 볼 수 있는 것이 1920년대 말과 1930년대
초반이다. 그리고 30년대 중반 이후 국내에서는 대중극이라는 공연물
의 형태로 나타나지 않는다. 이때부터는 중국의 연변과 간도지역 등
국외에서 다양한 장르형태로 전개되어 일종의 항일의 수단으로 나타
남을 볼 수 있다.[1]

본 연구에서는 1926년에 시작된 나운규원작 영화 <아리랑>에서부
터 1932년에 창작된 것으로 추정되는 희곡 극본특집 연극소설 <젖은
물결 아리랑 고개> (부제; 향토극 아리랑 고개)를 대상으로 연극과 영
화 사이에 나타나는 작품유형의 등장인물간의 갈등관계와 내용의 상
관관계, 그리고 아리랑과 아리랑고개의 상징적 의미가 무엇인지 살펴
보고자 한다. 다음 자료는 다루고자 하는 주요 텍스트이다.

1. <아리랑> ; 나운규 원작, 문일 편, 영화소설 <아리랑>, 1929년,
   박문서관, 1926년 나운규 원작임[2]
2. 영화설명, <아리랑> (Regal C107 A-B) 나운규 원작, 함동호 설
   명, 유성기음반[3]
3. <아리랑 고개>, 박승희 작, 박진 구성, 1929년, 1막[4]

---

1) 김동권, 「아리랑과 대중극」, <한국연극연구>6집, 한국연극사학회, 2003
2) 나운규 원작, 문일 편, 영화소설 <아리랑>, 1929년, 박문서관,
3) 김만수, 최동현, 「일제강점기 유성기음반속의 극 영화」, 태학사, 1997

4. 향토극<아리랑 反對篇>, 신불출 작, 1931. 9. 10. 신무대공연, 단
   성사5)

5. 극 :<아리랑 고개>(Columbia 40251 AB, 이백수, 석금성, 1931.
   10), 유성기 음반6)

6. 연극소설 <젖은물결 아리랑 고개>7) (부제; 향토극 아리랑 고개)
   2막 강의영작, 영창서관, 1933년 10월 30일.

7. 극 : <지나간 그날> ; 영화 아리랑에서(Polydor 19091 AB, 왕평,
   신일선, 박제행, 1933. 10), 유성기 음반

　유성기음반이라는 것은 유성기음반에 실려 있던 자료를 의미하는
것으로, 김만수와 최동현이 유성기 음반에서 자료를 모아 자료집으로
만들어 출판하였다8). 연극 <아리랑고개>는 박승희 원작으로 박진이
재구성한 것이고, 나운규의 <아리랑>은 문일이 편집한 것이다. 이들
작품의 특성은 원작이기보다는 재구성한 것으로 원작과는 일정한 거
리가 있다는 것이 특징이다. 신불출작 <아리랑 反對篇>은 향토극이라
는 타이틀이 붙어있는데, 신불출이 중심이 되어 창단한 신무대에서 창
단기념으로 무대에 올린 작품이다. 신불출은 단성사 개관 12주년, 조
선연극사 창단 1주년기념으로 향토극 <春夏秋冬 아리랑>(1막, 신불출
작)을 공연한 바가 있는데 이 작품이 <아리랑 반대편>과 연관성이 있
지 않을까 추측해 본다. 연극소설 <젖은물결 아리랑 고개> (부제; 향토
극 아리랑 고개)는 강의영작으로 아단문고에 소장되어 있는 것을 필자

4) 박승희 작, 박진 구성, <아리랑 고개>, 1929, 단국대 소장본
5) 극예술연구회 합평, 「신무대 초연을 보고, 동아일보, 1931.9 12-15
6) 김만수, 최동현, 「일제강점기 유성기음반속의 극 영화」, 태학사, 1997, 265-268쪽
7) 강의영, 연극소설 <젖은물결 아리랑 고개>, 영창서관, 1933. 10*이 작품은 아단문고 소장
   본이다.
8) 김만수, 최동현, 「일제강점기 유성기음반속의 극 영화」, 태학사, 1997

가 필사해 온 것이다. 이들 작품은 민요인 아리랑을 바탕으로 영화에 관련된 것 3편과 연극적인 기반을 가지고 있는 4편이고, 유성기 음반에 기초한 작품이 3편이다.

본고는 이들 작품을 대상으로 먼저 작품 유형과 연극과 영화의 내용상에 나타나는 등장인물간의 갈등상황과 내용 구성의 상호 연관성을 살펴보고, 그리고 작품상에 나타나는 아리랑과 아리랑고개의 상징성 문제에 접근해보고자 한다.

2. 〈아리랑〉 작품유형과 등장인물간의 갈등 상황

<아리랑>은 구한말부터 민요형태9)로 나타나기 시작하여 극양식의 형태를 띤 것은 1926년에 나운규가 무성영화 <아리랑>에서부터이다. 영화<아리랑>은 나운규의 무성영화와 1930년대에 만들어진 발성영화가 있다. 그리고 연극이 몇 편 있다. 이중에 현재 전하는 대본을 바탕으로 작품 <아리랑>을 보면 등장인물과 작품내용상 형태를 크게 2가지로 구분할 수 있다. 먼저 나운규 원작 문일편 <아리랑>계열과 박승희 원작 박진 구성의 <아리랑고개>계열로 나뉜다. 나운규원작 영화<아리랑>은 박승희원작의 연극 <아리랑고개>와 등장인물과 소재가 다르다. 그리고 나운규 원작의 <아리랑>도 등장인물과 내용면에서 2가지로 나누어 볼 수 있다. 나운규의 영화 <아리랑>과 강의영작 연극소설 <젖은

---

9) 박민일, 「한말 최초의 의병가와 의병 아리랑」, 『아리랑 정신사』, 강원대 출판부, 2002 참조

물결 아리랑고개>로 내용상 나눌 수 있다.

　연극과 영화로 발표되었던 <아리랑>작품을 장르에 구분없이 내용상 나누어보면 나운규 원작 문일편 <아리랑>계열과 박승희 원작 박진 구성의 <아리랑고개>계열로 대별되는 것이다. 나운규 원작 영화 <아리랑>과 강의영작 연극소설 <젖은물결 아리랑 고개>가 인물과 내용구성이 엇비슷하지만 실제 내용상 차이가 있다. 그래서 두 작품은 따로 구분해야 한다. 구체적인 작품의 내용을 살펴보면 식민지 치하 농촌인 고향에서의 삶의 뿌리가 뽑히어서 어쩔 수없이 고향을 등지고 정처 없이 떠나게 되는 농민들의 비참한 현실을 보여주고 있다. 이처럼 <아리랑>과 <아리랑고개>는 작품상에 등장하는 악덕고리대금업자인 악덕 지주와 농민과의 대립구도를 통해 농민들이 수탈당하는 과정과 생활의 현실적인 어려움을 보여준다.

　그리고 박승희의 <아리랑고개>에서도 보면 농촌에서의 궁핍함이라는 현실적인 어려움을 극복하지 못하고 결국은 고향을 등지고 떠나야 하는 현실을 형상화하고 있다. 식민지를 살아가는 농민의 핍박받는 현실상황을 있는 그대로 작품 속에 반영하고 있다는 사실이 작품의 대중성을 높여주고 있다. 악덕 지주와 나약한 농민이라는 전형화 된 유형적 인물의 대립을 통해서 대중적인 호응도를 높이고 있다. 그래서 나운규 원작 <아리랑>이나 박승희 원작 <아리랑고개>는 당시에 상당한 긍정적인 평가를 받고 많은 대중의 눈물을 흘리게 하였다. 이러한 대중적인 공감과 호응은 작품이 지닌 사실성에서 나온다고 본다. 대중극으로서의 아리랑은 이와 같이 1920년대 중후반부터 1930년대 초반까지 우리 민족의 애환이 서린 삶의 단상을 감상적인 면모와 함께 다소 농민들 삶이 힘없이 유린당하는 모습을 통해 다소 역설적인 모습으로 농민이 처한 실상을 보여주고 있다.10) 일제 시대에는 소작료가 실제 7할 내지

8할을 징수하여 농민들의 소작료 인하 투쟁이 많았었고, 이제하의 농민
의 8할이 소작농민이였기 때문에 일제하 농민운동의 주류가 소작쟁이
로 나타났다고 한다. 1920년부터 1939년까지 20년간의 소작쟁의 건수
가 14만 969회로 소작쟁의는 농촌사회의 일반적인 현상이었다.[11]
  연구 대상 작품 중에 나운규 원작의 <아리랑>이 연도상 1926년으로
선행 작품이기 때문에 먼저 영화 속의 작중인물에 대해 살펴보기로 하
겠다. 영화소설<아리랑>에 나오는 주요인물은 다음과 같다.

　　　　영화소설 <아리랑>
　　　　주요 등장인물
　　　　최영진 (나운규) ; 사립학교 2학년 퇴학하고 집에 와서 철학 공부하
　　　　　　　　　　　　다가 미쳤음.
　　　　최영희(신일선) ; 영진 동생, 영진 친구 현구를 좋아함.
　　　　그의 아버지(이규호)
　　　　윤현구(남궁운) ; 영진 친구, 대학생
　　　　오기호(주인규) ; 고리대금업자 천상민의 청지기
　　　　천상민(홍명선) ; 돈많고 세력많고 호랑영감이라 불리는 대지주
　　　　박선생(김갑식) ; 마을에서 야학인 학교를 운영함

  영화 속의 등장인물을 보면 최영진이라는 철학공부하다 미쳤다고
하는 청년과 천상민이라는 지주를 배경으로 농민을 대상으로 고리대
금업을 하는 오기호 사이에 나타나는 갈등과 대립으로 되어 있다. 그
리고 보조적인 갈등관계로 최영진 여동생 영희와 최영진의 친구 윤현
구와의 사랑에 오기호가 등장하여 남녀간의 애정의 삼각관계를 보여

---

10) 김동권, 앞의 논문, 104 - 105쪽
11) 조동걸, <일제하 한국농민운동사>, 한길사, 1979, 108-126참조

준다. 그러나 애정의 삼각관계는 주 갈등과는 부차적인 에피소드 수준에 그치고, 주된 인물간의 대립과 갈등은 대지주인 천상민의 대리인 오기호와 미친 청년인 최영진 사이에 나타난다. 두 인물간의 대립과 갈등 관계에 있어서 갈등의 내용이 외적으로 구체적인 내용으로 표출되고 있지는 않지만 쉽게 유추하여 생각할 수 있게 등장인물을 설정하고 있다. 이들 주갈등을 보여주는 인물의 배후로서 이면에 나타나는 문제가 최영진을 미치게 만들었음과 미친 최영진의 행동을 통해서 고리대금업자의 앞잡이인 오기호의 문제가 최영진의 미친 상황과 밀접한 연관이 있음을 쉽게 추정할 수 있다. 그리고 나아가 이러한 일련의 사건과 민요 아리랑과의 상관관계를 여러 가지로 상상하게 만들어 이들이 인물과 미루어 짐작할 수 있는 사건들이 상호 연관성을 지니고 있음을 암시하여 준다. 이들 상호간에 아리랑과 연관된 상징적 의미 관계가 있음을 시사하여 준다,

이 당시가 농촌계몽운동의 일환으로 일어난 문명퇴치의 일환인 브나로드 운동이 한창이던 농촌계몽주의적 상황12)이었던 것에 비추어 볼 때 등장인물 중에 야학선생인 박선생과 대학생 윤현구가 무엇인가 보다 구체적인 갈등관계를 형성하고 이야기를 이끌어 갈 것 같았는데, 나타나는 바는 막연하게 동네사람들이 존경하고 좋아하는 인물로 묘사되고, 이들이 행하는 구체적인 활동 내용은 나타나지 않는다. 이는 1920-30년대에 나타나던 계몽주의적 성향의 분위기, 즉 계몽소설에 나타나는 대학생의 농촌계몽이나 박선생의 야학을 통한 농촌의 계몽에 대한 이야기가 있음직하지만 구체적으로 나타나지 않는다. 이렇게 쉽게 유추해 볼 수 있는 주변 인물들의 갈등구조가 배제되어 있고, 오직

---

12) 김윤식, <한국 근대 문학사상사>, 한길사, 1984, 180-201참조

주요인물의 갈등관계만이 나타나고 있어서 등장인물의 대립구조가 복합적으로 전개될 듯하나 실상은 하나의 단일한 구조로 나타난다. 고리대금업자이자 지주인 천상민의 대리인인 오기호와 윤현구의 대립과 갈등만이 나타나고 있다.

> 영화설명, <아리랑> 나운규 원작, 한동호 설명 유성기음반,
> 등장인물 ; 박선생, 현구, 영진, 영희, 기호, 천상민, 천재일, 해신

유성기 영화 해설에서는 오기호를 살해한 영진이 예심에서 풀려나 천상민으로 인해 고향을 떠난 아버지와 누이동생 영희를 찾아 떠난 1년 후의 상황까지 이야기가 이어지고 있다. 그러나 인물간의 관계를 보면 나운규의 <아리랑>이나 한동호 설명의 <아리랑>이 시간상으로 일년 전과 일년 후라는 점을 제외하고는 크게 달라진 것이 없다.

주요 내용을 보면 영진 애인인 해신이 경관에게 잡혀가는데 이는 천상민의 양아들 천재일 때문이다. 그래서 영진이 천상만을 죽이고 피신하다 누이동생을 만난다. 그런데 아버지가 바로 영진이 나타나기 직전에 임종을 하셨단다. 누이동생을 만난 영진은 다시 도망을 가다 돌맹이에 부딪혀서 정신 흐려진다. 여기에서도 인물간의 대립과 갈등은 천상민의 대리인 천재일과 영진으로 되어있다. 영진 애인으로 해신이 등장하지만 이것은 갈등구조의 연장을 위한 매개체로서 하나의 상황설정에 따른 도구일 뿐 다른 의미를 지닌다고 볼 수가 없다. 다음은 영화 <아리랑>의 일부 장면을 회상하는 내용인 유성기 음반에 나오는 극 <지나간 그날>을 보기로 하겠다.

극 <지나간 그날> ; 영화 아리랑에서; 1933. 10 유성기 음반, 왕평,
신일선, 박제행,
등장인물; 영진, 박선생, 영순

극 <지나간 그날>은 작품상의 전체 내용이 아니라 영화 속의 1 -2
장면을 회상하는 수준이다. 카츄샤에 등장하는 7년 만에 재회하는 장
면을 영진이 7년 만에 고향에 돌아오는 장면과 관계를 설정하여 단지
두 장면이 시간상의 7년만의 방문이라는 것을 가지고 상호간에 동질
성을 지니고 있음을 보여주고자 한다. 여기에서 영진은 영순과 결혼한
인물로 설정되어 있으며, 아내로부터 미친 사람 취급을 받고, 아버지는
죽고, 여동생은 행방을 모른다는 이야기를 듣고 스스로 미쳤다고 부르
짖는다.

이들 영화 속의 등장인물을 보면 원작인 나운규의 <아리랑>에 가까
운 영화소설 <아리랑>의 등장인물을 바탕으로 하고 있다. 유성기 음반
속에 나오는 <아리랑>과 영화 아리랑 해설 속의 등장인물들은 내용상
같은 인물이 등장하고 있으며 상호간에 밀접한 연관성이 있음을 보여
준다. 다만 유성기 음반 속에서는 오기호를 살해한 후 1년이라는 시간
이 경과한 다음 상황으로 이어져서 영진이 출옥한 이후의 상황으로 등
장하고 있다. 그리고 인물간의 갈등관계도 영진과 천상민의 대리인으
로 나타난다. 이는 천상민이 지주이고 악덕사채업자라는 전형적인 성
격을 지닌 인물이고, 대립되는 영진이 힘없는 농민의 자식이라는 상황
을 통해 대척적인 모습을 보여준다. 이는 민요 아리랑과 아리랑 고개
가 지니는 상징적 의미와 함께 식민지하의 지배계층에 의해 착취당하
는 무기력한 농민의 삶과 이에 대해 분연히 맞서는 대척적인 상황의
저항의식이 내포되어 있음을 볼 수 있다.

영화 <아리랑>과 다른 유형의 연극 속에 나타나는 등장인물의 갈등 관계를 살펴보기로 하자. 먼저 1929년에 공연된 박승희의 <아리랑 고개>를 보겠다.

<아리랑 고개>, 박승희 작, 박진 구성, 1929년 11월 1일, 1막, 등장인물 ; 길용(총각), 길용부, 봉이(처녀), 봉이부, 일인 (고리대금업자), 거간 (일인에 붙어사는 사람), 동네사람, 서사자(해설자)

극중에 주요 등장인물은 길용이와 길용 아버지, 봉이와 봉이 아버지, 그리고 고리대금업자 일본인과 일본인에 붙어서 먹고사는 거간 등이다. 길용과 봉이는 서로 좋아하는 사이이다. 이제 길용이네는 고리대금업자 일본인에게 땅을 빼앗기고 고향을 떠나 북간도로 간다. 이 작품을 통해 식민지하라는 한계상황 속에서 지주계층과 일본인들이 자신의 대리인인 앞잡이를 내세워 토지를 농민에게 빼앗는 일련의 수탈과정을 엿볼 수 있다. 땅을 지닌 농민에게 선심을 베풀 듯이 돈이 필요하면 가져다 쓰라고 권하는 일본인 사채업자의 말을 통해 고리의 사채를 빌려주고 나중에 땅을 빼앗는 일련의 일제의 농토 수탈과정을 보여준다.

인물간의 갈등구조가 길용이네로 표상되는 이 땅의 힘없는 농민과 고리대금업자인 일본인간의 대립구조로 나타나고 있다.

향토극<아리랑 반대편>
(1막, 신불출 작, 1931. 9. 10, 동아일보 1931. 9.12 -15)
등장인물 ; 길용, 길용이 아들, 입분이, 김진사, 김진사 아들, 봉희
아버지, 안악네1, 안악네2

연극속의 등장인물은 정든 고향을 떠났다가 돌아온 길용이가 과거 8년전에 고향을 떠나야했던 자신과 같은 처지가 되어 고향을 떠나고자 하는 고향 청년들에게 고향을 떠나 이역만리를 돌아보니 무작정 고향을 떠나는 것이 문제의 해결방안이 아니더라는 것을 알려 준다. 고향을 등지게 되는 아리랑고개를 넘지 말고 반대로 대항하여 투쟁하여야 한다는 의미를 나타내고 있다. 고향 농촌을 무의미하게 떠나지 말고 반대로 대항하여 이 농촌을 사수하자는 것이 주요 내용이다.13)

향토극<아리랑 반대편>은 박승희작 박진 구성의 <아리랑 고개>의 후속편으로 볼 수 있다. 주요 등장인물인 길용이가 <아리랑고개>에서는 총각이었는데 <아리랑 반대편>에서는 결혼을 해서 아들과 같이 등장하고, <아리랑고개>에서는 총각인 길용이와 봉이가 사랑하는 사이로 나오는데 반해 <아리랑 반대편>에서는 동네 처녀인 입분이가 등장하여 김진사 아들과의 연분이 있다는 점이 다르다. 그리고 길용과 봉이의 사랑이 이루어지지못하는 것과 같이 입분이의 사랑도 입분이가 김진사 아들에게 속았다는 설정으로 이루어지지못한다. 다만 사랑에 속았지만 이를 관대하게 용서한다는 것으로 포용하고 있다. 입분의 대사를 통해 길용이 떠났던 8년동안 농촌이 더욱 피폐해졌음을 이야기해 준다. 이러한 지배계층인 지주나 일본인과의 대립 갈등구조는 유성기 음반의 <아리랑고개>에서도 볼 수 있다.

　　극 :<아리랑 고개>(이백수, 석금성, 1931. 10), 유성기 음반14)
　　등장인물 ; 길남 부친, 길남, 복례

---

13) 극예술연구회 동인합평, <신무대초연을 보고>, 동아일보, 1931.9.12/13/15일자 참조
14) 김만수, 최동현, 「일제강점기 유성기음반속의 극 영화」, 태학사, 1997, 265-268쪽

사랑하는 사이인 길남과 복례가 헤어져야 한다. 길남네가 고향을 떠나려고 세간을 판다. 같은 마을의 종수네는 함경도로 떠난다고 한다. 춘삼월에 다시 만나자며 헤어진다. 이 작품의 인물간의 대립 상황은 고향을 떠나야하는 길남네와 길남네를 떠나게 만든 세력간의 대립구조로 되어 있다. 길남네를 떠나게 만든 인물과 상황은 구체화되어 등장하지 않지만, 같은 마을에 사는 종수네도 떠난다는 배경 설정을 통해 고향을 등지는 일이 동시대의 공통된 문제임을 반증해 준다.

<아리랑 고개>와 <아리랑 반대편>은 농민이 지주나 일본인 고리대금업자에게 토지를 빼앗기고 정든 고향을 떠나야 하는 구체적인 상황을 보여주고 있다. 향토극이라는 부제가 붙은 경우에 있어서는 영화 <아리랑>에 비해 이와 같이 농민이 등장하고 농촌의 실상을 구체적으로 보여준다는 점과 농촌 총각과 처녀의 사랑이야기가 에피소드가 있다는 특성을 지닌다. 결국 향토극이라는 부제가 의미하는 것이 향토 = 농촌이라는 등식을 보여줌으로써, 향토극은 농촌의 현실을 바탕으로 한 극이라는 의미가 있다.

다음은 연극소설 <젖은물결 아리랑 고개> (부제; 향토극 아리랑 고개) 에 나오는 인물을 살펴보기로 하겠다. 이 작품에도 향토극이라는 부제가 있다. 이 작품은 아단문화재단 소장본으로 필자가 필사해 온 것이다.

> 연극 소설 <젖은물결 아리랑 고개>
> (부제; 향토극 아리랑 고개) 2막, 강의영작, 영창서관,1933년
> 등장인물 ; 영진 : 미친사람, 25세, 영감 : 그의 아버지 57세, 영희
>   : 그의 동생 17세, 현구 : 서울 대학생 23세, 오기호 :
>   재산 가차인 31세

연극소설 <젖은물결 아리랑 고개> 는 2막으로 되어있다. 등장인물을 보면 영화소설 <아리랑>에 나오는 등장인물과 내용 구성이 아주 흡사하여 거의 같다. 다만 영화 소설은 무성 영화의 변사가 해설하듯이 구성되어 있는 반면에, 연극소설 <젖은물결 아리랑 고개>는 희곡으로서 연극으로 공연하기에 적합하다. 인물간의 대립 갈등상황을 보면 미친 사람으로 설정된 영진이와 오기호가 주로 갈등 대립한다. 그러나 영화소설 <아리랑>에 나오던 악덕고리대금업자이자 지주인 천상민이 직접 등장하지 않는다는 점에서 이들의 대립구도가 약화된 형태를 보여준다. 악덕고리대금업자가 갈등의 주체로 나오지 않고 대리인이 대신 등장하고 있어서 주 갈등 요인이 내포되어 있는 형식이다.

이들 작품은 제작연도로 보았을 때 1926년에 발표된 나운규 원작의 영화 <아리랑>과 강의영작 연극소설 <젖은물결 아리랑 고개> (부제; 향토극 아리랑 고개)는 6년의 시간적인 차이가 있다. 그러나 구성의 내용은 동일한 사건을 바탕으로 영화와 연극이라는 장르 형식으로 다르게 표현된 것임을 등장인물의 대립구조를 통해서 유추해 볼 수 있다. 그러면 박승희 원작의 연극 <아리랑 고개>와 유성기 음반에 등장하는 것은 다른 <아리랑> 작품이나 <아리랑고개>와 상이한 작품이냐 하는 의문이 제기된다. 이는 작품 내용의 상관관계와 나아가 작품상에 나타나는 아리랑과 아리랑고개의 상징성과도 연관된 사항으로 볼 수 있다.

3. 〈아리랑〉 작품 내용과 구성의 상호연관성

먼저 나운규 원작 영화소설 <아리랑>에 나타나는 내용 구성과 주제를 보기로 하겠다. 이해의 편의를 위해 작품을 몇 개의 장면 단위로 나누어서 보겠다.

장면 단위 내용

장면1 ; 영진을 무서워하는 기호가 영진을 피해 집으로 들어가면서 하인에게 잡으라 한다. 영진 천가네 하인에게 잡혀옴.

장면2 ; 우편배달부가 아리랑고개를 넘어온다. 박선생 등장 편지받음. 5년전 떠난 대학생 윤현구 온다는 소식.

장면3 ; 천가네 하인에게 결박당해 온 영진을 부친이 때리고 영희가 이를 말림. 박선생이 나타나 영진에게 현구가 온다는 사실을 알림.

장면4 ; 박선생은 현구 환영 준비함. 영진아버지는 천가에게 끌려가 모욕을 당함.

장면5 ; 영진아버지에게 현금 300원을 내일 안으로 갚지 못하면 차압하겠다고 함. 기호가 영희와 혼인을 조건으로 돈문제 해결할 수 있음을 말함.

장면6 ; 현구 돌아옴. 영진이 미친 것을 보고 실망함. 기호 동네사람에게 화풀이함.

장면7 ; 저녁때 저녁상을 받으면서 영희와 현구 만남. 현구가 사온 선물을 영희에게 줌.
영희와 현구를 놓고 영진이 진시황이야기를 함. 영진이 영희와 현구가 껴안게 만든 후에 너의 세계로 가라고 한 후에 나감.

　　장면8 ; 현구가 영희에게 카츄샤 이야기를 함. 기호가 등장하여 동
　　　　　네아이를 시켜 영진아버지를 불러내어 빚 상환과 영희와
　　　　　의 결혼문제를 놓고 협박하지만 거절당함.
　　장면9 ; 현진과 현구, 영희가 아리랑 타령 노래를 부름. 모두가 즐겁
　　　　　게 뛰노는 날이다. 영진아버지 밖으로 외출.
　　장면10 ; 영진의 집에 영희만 남고 모두다 외출했다. 마을 사람들이
　　　　　즐겁게 노래하고 춤추며 뛰노는 날. 기호는 사람이 없는 틈
　　　　　을 이용해 영희를 납치하려함. 현구가 돌아와 기호와 싸운
　　　　　다. 현구가 위험에 빠졌을 때 영진이 이를 보고 살인을 함.
　　　　　경관에게 붙잡힌다.
　　장면11 ; 죽음의 길을 가는 영진이 잡혀가면서 보내는 사람인 현구
　　　　　와 영희 등에게 아리랑 노래를 불러달라고 함.

　　<아리랑> 작품 내용을 살펴보면 등장인물에서 언급했듯이 야학하
는 박선생과 대학생 현구 의 등장을 통해 자칫 농촌계몽소설에 나타나
는 상투적인 계몽 문제로 화하는 것이 아닌가하는 염려도 있으나, 이
러한 문제점은 이들에 대한 행위와 성격을 규정할 구체적인 묘사가 배
제되고 있어서 갈등이 성립되지 않는다. 그리고 카츄샤의 이야기를 통
해 대학생 현구와 영희의 사랑이야기가 오기호와의 삼각관계로 인해
주 갈등을 형성하여 통속적인 사랑이야기로 귀결되어 멜로드라마화
하는 것이 아닌가하는 우려도 진시황 이야기와 전통민요 아리랑의 상
징적인 요소로 주 갈등이 형성되어 영화를 통해 말하고자하는 주제를
벗어나지 않고 있다. 등장인물의 전형적인 특징으로 나타날 수도 있는
잠재적인 갈등상황에 대한 문제가 잠재적으로 상황에 대한 발발 가능
성만 지니고 실제로는 아무런 문제가 발생하지 않고 있다. 상당히 절
제된 형식으로 나타나고 있다. 이러한 내용은 유성기음반에 나타나는

영화 <아리랑>에서도 엿볼 수 있는 사항이다.

> 유성기음반에 나타나는 영화 <아리랑> 장면단위 내용
>
> 장면1 ; 박선생 등장, 현구 돌아온다는 사실을 영진과 영희에게 알림.
> 장면2 ; 현구가 박선생과 마을사람들과 함께 영진네 도착. 현구, 영
> 진이 미친 것을 한탄. 영희와 현구 서로 좋아함.
> 장면3 ; 기호가 집안에 사람이 없는 틈을 이용해 영희를 범하려 할
> 때 현구가 돌아와 싸움. 영진이 이들이 싸우는 것을 보고
> 기호와 그의 부하와 싸우다 살해하고 잡혀감.
> 장면4 ; 예심에서 출옥한 영진이 고향에 돌아왔다가 천상민 때문에
> 고향을 떠난 아버지와 누이동생을 찾아 떠남.
> 장면5 ; 1년 후, 영진이 사랑하는 해신이 경관에게 잡혀감. 이는
> 천상민의 양자인 천재일의 간계 때문임을 암.
> 장면6 ; 천재일을 죽이고 쫓기던 영진이 피신한 집에서 영희를 만
> 남. 아버지가 방금 전에 돌아가셨음을 암. 영진 다시 도망
> 가다 돌맹이에 부딪쳐 정신 흐려짐.

유성기음반 <아리랑> 내용은 영화소설 <아리랑>보다 시간 길이가 늘어나 있다. 영진이 대립 갈등을 일으키던 오기호를 살해하고 경관에 붙잡히는 장면까지가 영화소설 <아리랑>이라면 유성기 음반 <아리랑>은 감옥에서 풀려난 영진의 1년 후 삶까지 보여준다. 내용상 시간적인 길이의 연장은 작품을 다르게 봐야한다고 할 수도 있으나, 실제 내용상 갈등 대립관계는 1년 전에 있었던 살인사건으로 귀결된 결론과 동일하게 영진과 천상민으로 표상되는 두 인물의 반복되는 갈등구조를 다시 한번 보여주고 있다. 1년 전에 천상민의 대리인이 오기호였다면, 1년 후의 대리인은 천상민의 양아들 천재일로 바뀌었다는 인물의 상황설정

과 영진 애인의 등장으로 인해 천재일과 영진의 갈등이 표출된다는 동기설정이 바뀌었을 뿐이다. 실제 내용상의 주 갈등은 영진과 천상민으로 대표되는 식민지 지배계층과 착취당하는 농민계층간의 갈등으로 나타난다. 그리고 식민지하의 우리 농민들의 삶과 지배계층간의 대립임을 영진의 몽상적인 마지막 장면의 상황 설정을 통해 보여준다.

다음은 박승희 원작 <아리랑 고개>를 대상으로 내용을 살펴보기로 하겠다.

> 장면단위 내용
> 장면1 ; 서사자(해설자)의 연극 아리랑고개와 아리랑고개에 대한
>   설명
> 장면2 ; 길용과 봉이 만남. 둘은 좋아하는 사이임. 길용이 땅을 빼앗
>   기고 북간도로 가야함을 말함.
> 장면3 ; 일인과 거간 등장. 일인은 고리 사채놀이를 통해 땅을 빼앗음.
> 장면4 ; 봉이부와 일인 지나다 만남. 일인이 봉이부에게 돈 필요하
>   면 주겠다며 쓰람.
> 장면5 ; 봉이, 봉이부에게 길용네를 가보라함.
> 장면6 ; 봉이, 길용을 만나 자신의 집에서 같이 살자함. 길용 인연
>   있으면 만나자면서 부친과 떠남. 봉이부 동네사람과 배웅
>   하면서 몸 성하고 고향을 잊지말라함.
> 장면7 ; 서사자 등장. 광주학생의거 이후 아라랑 금지되었음 해설.

내용 구성을 보면 봉이와 길용이의 사랑 이야기 같지만 이는 표면적인 구조이고 실상은 고향 땅을 빼앗기고 북간도로 떠나야하는 길용네로 대표되는 농민과 고리의 사채놀이를 하는 일본인과의 갈등구조로

되어 있다. 일본인이 봉이 아버지에게 사채를 쓰라는 사건을 통해 일본인이 사채를 이용해서 사채를 변재하지 못하는 농민의 농토를 빼앗고 있음을 알 수 있다. 이것을 사실로 미루어 일제의 농토 수탈 과정을 엿볼 수가 있다. 이러한 농토 수탈 구조의 내용 구성은 1931년에 나타나는 유성기음반의 <아리랑 고개>에서는 변형된 형태로 나타난다.

1931년에 나타나는 유성기음반의 극<아리랑 고개>[15]

장면단위 내용 구성
장면1 ; 길남이네가 떠나려고 세간을 팔음. 서로 좋아하는 복례와
       길남이 헤어져야함. 같은 마을의 종수네는 함경도로 떠난
       다고함. 춘삼월에 다시 만나자면서 헤어짐.

농촌의 처녀 총각의 사랑이야기라는 상황 설정은 내용상 변한 것이 없어 보이지만 길남이네가 세간을 팔고 떠나야한다는 상황설정에서 보면 떠나야 하는 이유에 대한 동기부여가 미흡하다. 왜 떠나야 되는지 이유가 구체적으로 분명하게 나타나지 않고 있다. 다만 같은 마을의 종수네도 함경도로 떠난다는 상황설정을 통해 이러한 길남이네만의 일이 아님을 보여준다. 당시에 이러한 이주가 성행했음을 보여준다. 이러한 내용상의 상황변화는 박승희 원작의 박진구성 <아리랑고개>에 있는 내용을 통해 같은 상황임을 미루어 짐작할 수가 있겠다. 이러한 내용의 일반적인 보편성으로 인해 무대에 올려졌을 때에 보다 많은 사람들의 호응과 반향을 일으켰을 것이다.

이 연극은 첫날부터 우름바다가 되어 객석은 벌통쑤신 소리가 나고 종로경찰서에서 경비나왔던 형사까지 울었지요 그러자 11월 3일 광주

---

15) 김만수, 최동현, 「일제강점기 유성기음반속의 극 영화」, 태학사, 1997, 265-268쪽

사건이 이러나자 4일에는 장내장외에 철통같은 경계를 했었는데 이연극이 우름속에서 끝나자 단시 신한회라는 민족주의노선의 단체의 젊은 간부 김모씨가 무대에 뛰여올라와 광주의 사실을 보아라 하고 한마디 외치고는 삐라를 확 뿌렸습니다. 그러자 이구석 저구석에서 호각소리가 나고 극장문은 잠그고 야단법석 그야말로 아비규환 수라장이되고 극단간부는 잡혀가고 갇히고 경찰은 전국에 통보를 내려 '아리랑' 노래는 못부르게 금지 연극은 상연중단 이런일이 있었습니다. 그것이 올들어 40년전 감사합니다.[16]

연극 <아리랑 고개> 에 대한 관객의 반응은 절대적인 것이었다. 형사조차도 눈물을 흘릴 정도로 관객의 공감대를 얻었다. 그러나 민요 아리랑은 1929년 토월회의 아리랑 공연이후에 공연중에 아리랑을 부르는 것이 금지시 되었다. 그래서 1931년에 제작된 유성기음반에 나타나는 구체적인 농민이 착취당하는 갈등상황의 부재는 직접적으로 농민의 문제를 이야기하기에 부적합한 시대적 상황이 반영된 결과가 아닌가 한다. 농촌을 떠나는 이주민의 실상은 표출시킬 수가 있어도 이에 직접적이거나 간접적인 영향을 준 악덕지주계층이나 고리대금업자에 대한 언급은 회피해야만 되는 상황이 아닌가 한다. 그럼 1932에 쓰여진 강의영작 <눈물젖은 아리랑 고개>(부제; 향토극 아리랑고개)의 내용을 보기로 하겠다.

---

16) 박승희 작, 박진 구성, <아리랑 고개>, 1929, 단국대 소장본, 54-55쪽

연극 소설 <젖은물결 아리랑 고개>(부제; 향토극 아리랑고개)
장면단위 내용

1막
장면1 ; 영감인 영진부친이 딸 영희를 부른다. 철학 연구하다 미친
　　　 영진이 나간 것을 걱정함. 기호가 동네사람과 같이 영진을
　　　 결박하여 끌고옴. 그러나 영진 다시 나감.
장면2 ; 영진부친, 영진이 다시 집밖으로 나간 것으로 인해 속상함.
　　　 현구 등장 수년만에 친구인 영진 찾아옴. 현구와 영희는 서
　　　 로 좋아하는 사이임.
장면3 ; 오기호 등장하여 영희와 결혼하겠다고 함. 부친이 정혼한
　　　 곳이 있다고 거절하자 돈을 갚던지 영희를 주던지 선택하
　　　 라함.

2막
장면4 ; 영희 집에 있고, 현구와 영진부친은 들에 마을사람들 노는
　　　 것을 구경하러 나감. 영진이 풍악소리를 듣고 대야와 낫을
　　　 들고 춤을 추며 나감.
장면5 ; 집에 사람들이 들에 나간 틈을 타서 기호가 영희를 납치하
　　　 려고 함. 현구가 나타나 기호와 싸움. 영진이 위기에 처한
　　　 현구를 구하고 기호와 농민과 싸우다 이들을 살해함.
장면6 ; 영진 경관에게 잡혀감. 온전한 정신일 때 범죄인이 됨. 이는
　　　 모든 불평을 찌트리려는 병임. 영진 자신이 좋아하는 아리
　　　 랑을 청해 들음.

　　2막으로 구성된 연극소설 <젖은물결 아리랑 고개>는 내용이나 구성
이 어디에서나 쉽게 공연할 수 있게 만들어져 있다. 연극소설<젖은물
결 아리랑 고개>의 내용은 영화소설 <아리랑>과 내용 구성상 큰 차이

점이 없는 듯하다. 다만 야학을 하는 박선생과 대지주이자 고리대금업자인 천상민이 직접 등장하지 않는다. 이는 어찌 보면 단순한 사항으로 직접 등장하지 않는 것이 등장인물간의 갈등관계나 내용 구성상 혼란을 일으키지 않고 큰 무리가 없어 보인다. 그러나 갈등구조상 전형적이고 갈등의 배후인물인 대립적인 상대인 전형적인 성격의 인물인 천상민의 부재는 공연 시 대립적 구조를 통해 내용을 쉽게 전달하고 이해하는데 장애가 될 수도 있다. 작품을 무대화했을 때 전형적인 인물간의 대립을 통해 전하고자하는 주제와 내용을 전파하고 대중에게 쉽게 이해시킨다는 전달 면에 있어서 큰 차이가 있을 수 있다. 계몽주의적 성격으로 동시대를 대표하는 전형적이고 유형화된 인물군에 속하는 야학선생역의 박선생과 농민 수탈계층의 전형적 인물인 천상민의 부재는 대중적인 이해에 제약을 가져올 수 있는 것이다. 그러나 오히려 이들의 부재가 갈등을 단일하고 명확하게 해준다는 장점도 있다.

영진과 오기호로 표상되는 농민과 지주계층이자 고리대금업자인 인물간의 내용상 갈등구조가 대학생 현구와 영희의 사랑이야기에 기호가 개입하여 삼각관계의 갈등을 형성하는 통속적인 사랑이야기로 전락할 위험성을 내포하고 있다. 그러나 내용상 사랑이야기가 구체적으로 전개되지 않고 이러한 사실을 은연중에 내비치는 정도에 머물고 있어서 문제화되어 직접적인 갈등으로 나타나지는 않고 있다. 이러한 갈등구조와 내용의 약화는 앞에서 언급한 시대적 상황에 의해 아리랑에 대한 금지라는 일제의 행동과 관련이 있다고 볼 수 있겠다. 그러나 이러한 내용의 약화 속에서도 영진이 미친 이유에 대한 설명이 없음과 아리랑을 즐겨 부른다는 상황 설정을 통해 간접적이고 소극적으로 일제와 대립되는 갈등구조를 표출하여 주고 있다.

향토극이란 부제가 붙은 작품은 다른 아리랑 작품에 비해서 농촌이라는 배경만이 있는 것이 아니라 실제 현실 속에 추상적인 존재로서 농민이 아닌 보다 구체화된 농민이 등장하고 있으며, 이들 농민들이 어쩔 수 없이 농촌을 떠나는 현실을 보여주고 있다.

4. 작품상의 전통민요 아리랑과 아리랑 고개의 상징성 문제

  나운규원작 영화 <아리랑>과 박승희원작 「아리랑고개」, 그리고 강의영작으로 되어있는 연극소설 <젖은물결 아리랑 고개>에 나오는 아리랑의 의미와 아리랑고개의 상징성 문제는 작품이 표출하고자한 주제와 깊은 상관성을 지니고 있다. 1926년에 나운규의 영화 <아리랑>이 상영된 이후 정든 고향을 떠나 중국의 만주벌판 등지에 있던 조선인들에게 아리랑의 의미는 단순한 사항이 아닌 여러 가지 복합적인 요소가 있다. <아리랑>에서 주인공 영진이 낫으로 오기호를 죽이는 장면에 대한 의미가 갈등과 대결의 해결이자 끝을 의미하는 것이 아니라 민족구성원 모두에게 "아리랑고개를 넘으면서 겨레의 슬픔이자 염원인 독립에 대한 의지를 아리랑을 부르며 활화산처럼 폭발케 했다"[17]고 한다. 그래서 아리랑은 아리랑 고개와 함께 우리 민족에게 보다 함축적인 의미를 지니고 있으며, 어려운 시련의 상황에 대한 여러 가지 가능성을 가지고 가극 또는 연극 등의 형태로 나타나고 있다. 아리랑의 의미가 보다 함축적인 의미를 지니고 나타나는 것은 국내에서 보다는 국

---

17) 진용선, 「중국조선족의 아리랑」, 수문출판사, 2001, 82쪽

외에서이다. 1930년대 들어서 간도 등 중국 북방지역에서 아리랑이 항일을 주제로 하는 민요와 연극 등으로 활발하게 나타났었다. 그러나 국내에서는 이러한 것이 한계점을 지니고 있었고 1929년에 공연된 연극 <아리랑고개> 이후에는 공연 중에 아리랑을 부르는 것도 금지된다. 이는 아리랑이 지니는 함축적 의미와 저항성 때문이다.

이러한 아리랑고개의 의미는, 아리랑 고개를 넘는다는 것은 가시적으로는 정든 고향을 떠나 다른 세상으로 넘어가는 것을 의미한다. 아리랑 고개를 중심으로 고향인 이쪽과 타향인 저쪽으로 나뉘는 것이다. 아리랑고개를 넘는 것은 일제 식민지의 기득권층인 지주와 일본인에게 삶의 뿌리가 뽑혀서 고향을 떠나는 것을 의미한다. 아리랑고개는 사랑하는 사람과의 이별고개요, 원한 고개요, 설음고개이다. 아리랑고개는 우리 민족 모두의 가슴에 존재하고 있으며, 아리랑고개는 삼천리강산 방방곳곳에 존재하는 민족의 상징적 존재인 것이다. 아리랑고개란 단순한 고개가 아니라 고개를 중심으로 존재의 의미가 나뉘는 상징적 공간인 것이다.

아리랑 아리랑 아라리요 아리랑 고개를 넘어간다 이노래는 언제 누가 어디서 부르기 시작했는지 모르면서 우리는 불러왔다 아리랑고개는 이별고개요 아리랑고개는 설음의 고개다. 그럼 이 아리랑고개는 어데메있느냐? 아무도 아는이가 없고 사실 있지도 않다. 그러면 이 아리랑고개는 어디있느냐? 삼천리강산 구비구비고갯길이 아리랑고개요 삼천만 가슴마다 얽히고 섪긴 서러운 구걸구걸에 아리랑고개는 있는 것이다. 불같이 사랑하던 총각처녀가 애끓이는 이별의 단장곡을 부르는거도 이 아리랑고개를 조상이 물려준 땅조각을 지니지못하여 남의 손에 빼앗기고 쪽박을 차고 넘어가는 원한의 고개도 이 아리랑고개다. 이 아리랑고개는 지금이 삼천리강

토 구석구석에 없는곳이 없다.[18]

강영희는 「일제강점기 신파양식에 대한 연구」[19]에서 나운규원작
문일편 영화소설 <아리랑>과 박승희 원작 박진구성<아리랑 고개>를
다루면서, 영화소설에 나오는 영진의 광증과 아리랑노래가 상징하는
바와 아리랑고개가 의미하는 바가 "민족사의 수난기(특히 일제강점기)
를 살아가는 개인이 경험하는 '소망과 꺽임', '의지와 절망'간의 '엇갈
림'이며, 이는 저항과 체념간의 이율배반을 의미하는 영진의 광증과
동일한 본질을 지니고 있는 것이다. 따라서 영진의 광증과 아리랑노래
가 상징하는 의미는 동일한" 것으로 보았다. 강영희의 지적과 같이 아
리랑이 영진의 광증과 같은 의미를 내포할 수도 있다. 그리고 김만수
는 유성기음반 속에 드러나는 아리랑과 아리랑고개의 상징성에 대해
서 남녀간의 이별의 문제로 고향을 떠나는 감상주의적인 면모가 있음
을 지적했다.

아리랑을 소재로 한 <아리랑 고개>와 <아리랑>은 유랑민들의 사연
을 들려줌으로써 당대의 궁핍한 현실을 잘 반영하고 있는 음반극이다.
아주 오랜 기간 불려져왔으며 전국적인 분포를 보이고 있는 '아리랑'
은 우리 민족의 슬픔과 한이 담겨 있는 대표적인 민요였다. 그러나 일
제 시기의 아리랑에는 좀더 구체적으로 삶의 곤궁함과 슬픔이 드러나
있다. 현진건의 단편 <고향>에서부터 나운규의 영화 <아리랑>에 이르
기까지 아리랑의 비애는 일제 시기의 모든 작품 속에 깔려 있다. <아리
랑 고개>는 아리랑 고개를 넘어가는 사람들, 즉 고향을 떠나 북간도나

---

18) 박승희 작, 박진 구성, <아리랑 고개>, 1929, 단국대 소장본 37쪽
19) 강영희,「일제강점기 신파양식에 대한 연구」, 서울대 석사, 1989 참조

함경도로 유랑의 길을 떠나는 당시 민중들의 한많은 이야기를 담고 있다. 이 극의 해설자는 "청천 하늘에 별도 많고/이내 가슴에 수심도 많어"라는 아리랑의 곡조를 배면에 깔고 "옛날로부터 아니 영원토록 넘어갈 아리랑 고개"의 애환을 미리 제시하고 있다. 여기에 실린 '아리랑의 노래'는 다분히 세속화되고 센티멘탈한 감정으로 채색된 아리랑이다. 유랑민의 슬픔을 구체적으로 묘사하지 못하고 배우들의 막연한 흐느낌으로 절제없이 표출하고 있는 점, 고향을 떠나는 슬픔을 남녀 간의 이별의 슬픔으로 대치시키고 있다는 점이 그러하다.[20]

김만수와 강영희가 지적한 아리랑에 대한 평가와 지적은 일견 타당하다고 본다. 아리랑 노래가 세속화되고 센티멘탈한 감정으로 보다 구체화된 슬픔을 보여주지 못하고 있다. 아리랑이 주인공을 통해서 소망과 꺾임, 의지와 절망의 상반적인 요소를 보여준다. 그러나 아리랑고개를 중심으로 나뉘는 세계관과 가치체계의 변화에 주의를 기울여야 한다. 아리랑고개의 상징성과 아리랑 노래의 상징체계를 다시 음미해야만 한다.

아리랑고개는 식민지라는 한계가 분명한 현실세계 속에서 기득권층과의 대립과 갈등에서 패배해 고향을 떠나야 하는 모든 사람이 넘어야만 하던 고개이다. 현실세계에서의 도피의 수단이 아리랑고개를 넘는 것이다. 이는 현실에서의 패배로 인한 도피로 죽음이 아닌 다시 다음을 기약하게 한다. 현실 속에서의 패배가 죽음을 의미하는 것이 아니라 다시 돌아올 날을 기약한다. 아리랑 노래가 지니는 감상적인 감정과 함께 구체성이 결여된 단순한 패배의식의 도출이 아니라 후일을 기약하고 있다. 현실의 끝이 아니라 새로운 내일의 기약을 위한 감상적인 체념이라고 봐야한다. 이는 작품에 나오는 구체적인 상황의 결여가

---

20) 김만수, 「일제강점기 SP음반에 나타난 대중극에 대한 연구」, 한국극예술연구 8집, 132쪽

식민지라는 한계상황 하에서는 이를 건너뛰는 이러한 상황을 상징화
하여 공감대를 형성한 상황을 건너뛰어 의미를 전달하고 있다고 본다.
아리랑 작품의 경우 결말은 비극적인 것 같지만 그것은 진행의 한 과
정일 뿐 완전한 결말은 아닌 것이다. 때문에 작품 결말에 등장하는 아
리랑의 의미는 새로운 상황의 반전을 위한 감상적인 현실태의 반영이
라고 할 수 있겠다.

그래서 일련의 아리랑 계열 작품이 영화와 연극으로 제작되는 과정에
서 보여주는 일정한 원형을 파악해야만 한다. 아리랑의 내용이 시대적
상황에 따라 내용의 첨삭과 함께 개작된 상황을 보여주고 있음을 유념
해야 한다고 생각한다. 1920년대 중반에서 30년대 초반까지 식민지하라
는 한계상황을 살아온 삶의 뿌리가 뽑혀나가는 나약한 농민들의 현실태
와 정서적인 측면을 반영한 작품들이 시대적 상황에 따라 내용과 갈등
구조가 변화되고 있음을 볼 수 있다. 때문에 이러한 내용의 변화는 아리
랑과 아리랑고개라는 상징적의미가 지니고 있는 우리 민족의 한계상황
을 민족적 정서에 보다 적절하게 호소하고 있다고 볼 수 있겠다.

5. 결론에 대신하여

1926년에 시작된 나운규 원작 영화 <아리랑>에서부터 1932년에 창
작된 것으로 추정되는 희곡 연극소설 <젖은물결 아리랑 고개> (부제;
향토극 아리랑 고개)를 대상으로 연극과 영화 사이에 나타나는 작품유
형의 등장인물간의 갈등관계와 내용의 상관관계, 그리고 아리랑과 아

리랑고개의 상징적 의미가 무엇인지 살펴보았다.

작품 <아리랑>을 보면 등장인물과 작품내용상 형태를 크게 2가지로 구분할 수 있다. 먼저 나운규 원작 문일편 <아리랑>계열과 박승희 원작 박진 구성의 <아리랑고개>계열로 나뉜다. 나운규원작 영화<아리랑>은 박승희원작의 연극 <아리랑고개>와 등장인물과 소재가 다르다. 그리고 나운규 원작의 <아리랑>도 등장인물과 내용면에서 2가지로 나누어 볼 수 있다. 나운규의 영화 <아리랑>과 강의영작 연극소설 <젖은 물결 아리랑고개>로 내용상 나눌 수 있다.

연극과 영화로 발표되었던 <아리랑>작품을 장르에 구분없이 내용상 나누어보면 나운규 원작 문일편 <아리랑>계열과 박승희 원작 박진 구성의 <아리랑고개>계열로 대별되는 것이다. 나운규 원작 영화 <아리랑>과 강의영작 연극소설 <젖은물결 아리랑 고개>가 인물과 내용구성이 엇비슷하지만 실제 내용상 차이가 있다.

<아리랑>은 식민지 치하 농촌인 고향에서의 삶의 뿌리가 뽑히어서 어쩔 수없이 고향을 등지고 정처 없이 떠나게 되는 농민들의 비참한 현실을 보여주고 있다. <아리랑>과 <아리랑고개>는 작품상에 등장하는 악덕고리대금업자인 악덕지주와 농민과의 대립구도를 통해 농민들이 수탈당하는 과정과 생활의 현실적인 어려움을 보여준다.

박승희의 <아리랑고개>에서도 보면 농촌에서의 궁핍함이라는 현실적인 어려움을 극복하지 못하고 결국은 고향을 등지고 떠나야하는 현실을 형상화하고 있다. 식민지를 살아가는 농민의 핍박받는 현실상황을 있는 그대로 작품 속에 반영하고 있다는 사실이 작품의 대중성을 높여주고 있다. 악덕 지주와 나약한 농민이라는 전형화 된 유형적인물의 대립을 통해서 대중적인 호응도를 높이고 있다. 그래서 나운규원작 <아리랑>이나 박승희 원작 <아리랑고개>는 당시에 상당한 긍정적인

평가를 받고 많은 대중의 눈물을 흘리게 하였다. 이러한 대중적인 공감과 호응은 작품이 지닌 사실성에서 나온다고 본다. 대중극으로서의 아리랑은 이와 같이 1920년대 중후반부터 1930년대 초반까지 우리민족의 애환이 서린 삶의 단상을 감상적인 면모와 함께 다소 농민들 삶이 힘없이 유린당하는 모습을 통해 다소 역설적인 모습으로 농민이 처한 실상을 보여주고 있다.

아리랑 중에 향토극이란 부제가 붙은 작품은 다른 아리랑 작품에 비해서 농촌이라는 배경만이 있는 것이 아니라 실제 현실 속에 추상적인 존재로서 농민이 아닌 보다 구체화된 농민이 등장하고 있으며, 이들 농민들이 어쩔 수 없이 농촌을 떠나는 현실을 보여주고 있다. 농민들의 직접적인 삶의 현장이 등장한다는 의미에서 향토극이라는 부제를 달았다고 본다. 다른 <아리랑>작품들은 배경만 농촌이지 실제 농민의 구체적인 현장은 나타나지 않는다.

아리랑고개의 의미는 상징성이 있다. 아리랑 고개를 넘는다는 것은 가시적으로는 정든 고향을 떠나 다른 세상으로 넘어가는 것을 의미한다. 아리랑고개는 우리 민족 모두의 가슴에 존재하고 있으며, 아리랑고개는 삼천리강산 방방곳곳에 존재하는 민족의 상징적 존재인 것이다. 아리랑고개란 단순한 고개가 아니라 고개를 중심으로 존재의 의미가 나뉘는 상징적 공간인 것이다. 아리랑 노래가 지니는 감상적인 감정과 함께 구체성이 결여된 단순한 패배의식의 도출이 아니라 후일을 기약하고 있다. 현실의 끝이 아니라 새로운 내일의 기약을 위한 감상적인 체념이라고 봐야한다. 이는 작품에 나오는 구체적인 상황의 결여가 식민지라는 한계상황 하에서는 한계상황을 건너뛰는 수법으로 식민지라는 한계상황을 상징화한다. 식민지를 살아가는 모두가 공감할 수 있는 공감대를 형성한 상황을 건너뛰어 상징적 의미를 전달하고 있다고 본다.

참고 문헌

1. 기초자료

1. 영화소설 <아리랑> ; 나운규 원작, 문일 편, (1929년, 박문서관), 1926년 나운규가 영화한 작품임.

2. 영화설명, <아리랑> (Regal C107 A-B) 나운규 원작, 함동호 설명, 유성기음반 ; 출전 ; 김만수, 최동현, 『일제강점기 유성기음반속의 극 영화』, 태학사, 1997

3. <아리랑 고개>, 박승희 작, 박진 구성, 1929년, 1막

4. <아리랑 反對篇>, 신불출 작, 1931. 9. 10. 신무대공연, 단성사

5. 극 :<아리랑 고개>(Columbia 40251 AB, 이백수, 석금성, 1931. 10),유성기 음반 ; 김만수, 최동현, 『일제강점기 유성기음반속의 극 영화』, 태학사, 1997

6. 연극 소설 <젖은물결 아리랑 고개> (부제; 향토극 아리랑 고개) 2막, 강의영작, 영창서관, 1933년 10월 30일. *이 작품은 아단문고 소장본이다.

7. 극 : <지나간 그날> ; 영화 아리랑에서(Polydor 19091 AB, 왕평, 신일선, 박제행, 1933. 10), 유성기 음반 ; 김만수, 최동현, 『일제강점기 유성기음반속의 극 영화』, 태학사, 1997

2. 주요 논저

강영희, 「일제강점기 신파양식에 대한 연구」, 서울대 석사, 1989

김동권, 「아리랑과 대중극」, 한국연극사학회 제6집, 2003

김만수, 「일제강점기 SP음반에 나타난 대중극에 대한 연구」, 『한국극예술연구 8집』

김만수, 최동현, 『일제강점기 유성기음반속의 극 영화』, 태학사, 1997

박민일편저, 「한말 최초의 의병가와 의병 아리랑」, 『아리랑 정신사』, 강원대 출판부, 2002
박민일편저, 『아리랑』, 강원대 출판부, 1993
박진, 『세세년년』, 경화출판사, 1966
서항석, 『서항석 전집6』, 가산출판사, 1987
유민영, 『한국근대연극사』, 단대 출판부, 1996
윤갑용, 「土月會의 아리랑고개를 중심삼고」, 『동아일보』, 1929.11.29
진용선, 『중국조선족의 아리랑』, 수문출판사, 2001
홍재범, 『한국 대중비극과 근대성의 체험』, 박이정, 2002

참고 기초 자료 1 : 본 자료는 논문에 인용한 작품에 대한 자료의 전문을 게재하였음.
출전은 앞에 언급한 자료집과 책자, 신문임.

1. 아리랑

(영화설명 함동호/노래 강석연/관현악 반주/Regal C 107-108)

살진 전답과 아름다운 산천 무궁화 삼천리에 풍년은 왔건마는 한 줄기 흘러오는 아리랑의 노래는 이 동리의 백성들만 풀어놓는 설움인가.

(노래) 아리랑 아리랑 아라리요
　　　아리랑 고개로 넘어간다
　　　청천 하늘엔 별도 많고
　　　우리네 살림살이 말도 많다

정신병에 걸린 영진이는 지금도 이 노래를 부르며 슬퍼하는 누이동생 영희와 탄식하는 아버지의 터질듯한 그 가슴도 알지 못하고 남모르는 환상의 세계에서 그는 홀로 무엇을 꿈꾸고 있는가.

영희 : 오빠 정신 좀 차려주서요. 박선생님이 오셨습니다.
박선생 : 영진이 나를 좀 보게. 사년 전에 자네와 같이 유학을 할 차로 저
　　　아리랑 고개로 넘어가던 자네 친구 현구가 돌아오네.

사년 만에 다시 오는 현구는 김개 무량한 얼굴로 사면을 바라본다. 산천은 의구하나 사람은 변했으니 영진이가 나오지 않을 줄이야. 현구는 뜻밖이었었

다. 현구는 의심된 가슴을 안은 그대로 박선생과 모든 친구들의 환영에 쌓이
어 영진의 집으로 들어갔을 때,

　　현구 : 오- 영진이 그동안에 잘 있었나.

아- 누구보다도 반가히 맞아주어야 할 영진이가 지금에는 현구가 왔다는
그것조차 깨닫지 못하고 있다.

　　현구 : 영진아. 네가 이게 웬일이냐. 영진아 현구를 왜 좀 반겨주지 못하니.
　　　　　끔직히도 다정하던 네가 그렇게도 명민한 두뇌를 가졌던 네가 어쩌
　　　　　다가 이 모양이 되었단 말이냐 영진아. 이럴 줄 알았다면 차라리
　　　　　오지나 말았으면 좋았을걸. 그리했다면 집도 없는 이 곳에 내가 누
　　　　　구를 보러 왔겠니.

　서산에 기우는 저녁 햇빛은 이 처량한 사람들의 얼굴을 맥없이 바라볼 때
오빠의 친구, 다정한 청년, 안 보면 그리웁고 만나면 부끄러운 현구를 위하여
서 영희는 정성껏 지은 저녁밥상을 그이 앞에 갖다 놓았다. 주부와 나그네,
젊은이와 젊은이. 그들의 사이는 멀지 아니하여서 두 가슴에 숨어 있는 청춘
의 붉은 꽃은 사랑의 이슬을 받아 바야흐로 피어난다. 그러나 그들의 등 뒤에
는 무서운 저주의 눈이 번뜩이고 있었으니 그것은 동리의 부호로 약한자를
압박하는 천상민의 집 청지기 오기호였다. 영진의 아버지가 천가에게 갚을
빚 있는 그것을 기화로 불같은 욕심을 채우고저 기호의 마수는 날카로운 칼
이 되어 두 사람의 사이에 흘러 나린다.

　옛 터전 이 땅에도 풍년은 왔건마는 배고픈 이 사정을 누구라 알아주랴.
아리랑 노래에 장단을 맞추어 풍년맞이 동리굿은 들 가운데 열려지니 춤추는
그 얼굴엔 눈물의 흔적이요 부르는 노래 속엔 설움이 가득 찼다.

　(음악)

　친구도 나가고 영진이도 나가고 빈 동리 빈 집안에 홀로 남은 영희는 현구
의 사진을 가만히 내어 들고 기꺼울 그 앞날을 남모르게 그려볼 때 별안간에

방문이 열려지며 영희 앞에 들어서는 건장한 사나이.

    영희 : 에구머니 당신이 웬일이셔요. 어서 나가주셔요.

    기호 : 웅! 오늘은 동리도 비고 집도 비고 서울서 온 그 자식도 없으니 참
          으로 좋은 기회다. 자! 내 말을 들어라, 웅!

  돈 많은 자의 세력을 믿고 꽃같은 영희를 꺾으려는 기호는 혈안을 부릅
뜨고 영희를 들어 안을 때, 처녀는 아무리 반항하였으나 무지한 그의 팔에
꺾이어진 가는 허리! 이 때에 마침 놀이터에 갔던 현구가 돌아왔다.

    현구 : 오! 이 악마같은 놈아, 영희를 거기 놓아라.

  현구와 기호의 사이에는 맹렬한 육박이 시작되었을 때 영진이가 돌아와
이 모양을 보았다. 그는 낫을 찾아가지고 기호와 그의 부하들에게 달려 들었다.
  (음악)
  급한 소식을 듣고 동리사람들이 쫓아왔을 때 영진이는 기호와 그의 부하
들을 모두 죽이고 말았던 것이다. 쌓였던 구름이 졸지에 걷혀지듯이 영진의
두뇌는 갑자기 맑아졌다. 그러나 기뻐하려는 이 순간에 벌써 싸늘한 법률의
손은 영진의 파리한 손목을 움켜 잡았다.

    경관 : 너는 살인자이니 가자.

    영진 : 네- 제가 사람을 죽였어요.

  모든 문제가 해결되었을 때 그는 죽음의 길로 걸어간다.

    영진 : 동리의 여러분 나는 한동안 죽었던 몸으로 이제야 다시 살아났습니
          다. 여러분은 웃음으로 나를 보내주십시오. 여러분이 우시는 걸 보
          면 나는 참으로 견딜 수 없습니다. 이 몸이 이 강산 삼천리에 태어
          났기 때문에 미쳤으며 사람을 죽이었습니다. 여러분 그러면 내가
          일상 불렀다는 그 노래를 부르며 나를 보내줍시오.

(노래) 아리랑 아리랑 아라리요
아리랑 고개로 넘어간다
나를 버리고 가는 님은
십리도 못가서 발병난다

쓸쓸한 촌락에 날은 저물고 가만한 저녁바람 소리없이 불어올 때 끌려가는 영진이의 가엾은 그 자태는 처량한 노래와 함께 멀고 먼 저 산길에 하염없이 사라진다.

세상을 요란케하던 살인사건도 이제는 끝이 나고 예심에서 면소로 출옥이된 영진이는 아버지와 누이동생을 반가히 만나고자 고향으로 돌아왔으나 잔인무도한 천상민의 무리로 말미암아 다시 그는 고향에 서 보지 못하고 쫓겨나게 되었다. 원한과 원통이 골수에 사무치는 영진이는 약한자를 압박하는 극악한 무리들을 한칼에 죽여버리고자 생각도 하였으나 박선생의 간절한 권유로 말미암아 할수없이 그는 참아버렸다. 자기의 떠나감을 슬퍼하는 몇사람의 친구와 박선생에게 작별을 고한 다음 원한의 눈물을 머금은 그대로 그립고도 눈물겨운 아리랑의 노래에 쌓이여 사랑하는 누이동생과 아버지를 찾고저 정없는 이 고향을 다시 떠나가는 것이었다.

(노래) 아리랑 아리랑 아라리요
아리랑 고개로 넘어간다
내 눈이 어두워 못 본다면
개천을 나무래 무엇하리

세월은 덧없이 흘러 일년 광음이 어느덧 지나갔다. 고향을 떠나 도회로 온 뒤에 해신이라는 여자와 사랑하며 지내던 영진이는 어느날 그의 사랑하는 해신이가 까닭모를 사건으로 인하야 경관에게 잡혀가는 것을 보았던 것이다.

영진 : 여보십시요. 대관절 이게 웬일입니까.

해신 : 영진 씨 용서해주십시오. 저는 영진 씨를 홀로 남겨 놓고 갑니다.

영진 : 무엇이라고요 가시다니요. 어디로 가신단 말입니까. 나는 그동안 얼마나 당신을 사랑하여 왔는지 모릅니다.

해신 : 네 고맙습니다. 저도 또한 영진씨를 사랑하였었습니다. 그러나 영진씨의 사랑을 영구히 받지 못한 이 불행한 몸이 어찌나 원망스러운지 모르겠어요. 그리고 아무쪼록 제가 잡혀가는 그 이유는 묻지 말아 주십시오. 네 영진 씨. 저는 가슴이 메어지는 것 같습니다. 당신을 홀로 두고 가는 저를 너무 생각은 마시고 부디 안녕히 계십시오. 언제나 또다시 만나 뵈옵게 될는지요.

영진이의 상한 가슴에는 새로운 슬픔이 넘쳐 흐른다. 경관에게 붙들려가는 해신이의 뒷모양. 정신없이 바라보며 탄식하던 영진이는 비로소 그것이 모두 천상민의 양자라고 하는 재일이의 간계에서 생긴 일인 줄을 짐작하였다.

응- 그렇다. 모두가 재일이 놈의 소위다. 원한과 원망에 떨리는 가슴을 진정치 못하는 영진이 그 즉시로 재일이를 찾아와 두 사람 사이에는 생명을 다투는 무서운 싸움이 시작되었다.

(음악)

무서운 싸움 끝에 천재일을 죽이고 경관에게 쫓겨 달아나던 영진이는 몸을 피하고자 어떤 집으로 뛰어들어 갔더니 그는 천만 뜻밖에도 지금까지 찾으려고 갖은 애를 다 쓰던 영희의 집이었었다.

영진 : 오- 영희야 웬일이냐. 현구 그동안 잘 있었나. 그런데 영희야 아버지께서는 어디 계시냐.

영희 : 오빠 이게 웬일이세요. 그러나 아버님께서는 무서운 전염병으로 해서 고만 돌아가셨답니다. 끝까지 오빠를 찾으시다가 지금 막 돌아가셨어요.

영진 : 무어 영희야. 이게 무슨 소리냐. 아버님께서 돌아가시다니 그것이 정말이냐.

　　놀라움과 슬픔에 어쩔 줄 모르는 영진이는 현구와 명희를 따라 아버님의 시체가 누워 있는 방으로 들어갔다.

　영진 : 오- 아버지 이 불효한 자식을 용서해주십시요. 어찌하야 조금만 더 기다리지 못하시고 그렇게도 바삐 가셨습니까, 네- 아버지. 외로히 남아 있는 저희 남매는 어찌하고요 누구에게 의지하여 살라 하십니까. 사랑하는 동무는 감옥으로, 소중한 아버님은 차디찬 무덤으로, 남아 있는 우리는 어디로 가야할까. 참으로 세상은 괴로와 못살겠구나. 차라리 또다시 미치기나 하였으면.

　　이때에 쫓아 들어오는 경관은 어느덧 영진이의 손에 포승을 걸어 버리었다.

　영희 : 오빠 이게 별안간 웬일이세요. 네 오빠.
　영진 : 오냐 영희야 잘 있거라. 나는 간다. 또다시 가는 나를 생각지말고 아무쪼록 잘들 살아라.

　　현구와 영회에게 눈물의 작별을 지은 다음 경관에게 붙들리어 나오던 영진이. 천지가 아득하고 가슴조차 터질 것같아 이 경관을 뿌리치고 달아나다가 그만 돌맹이에 머리를 부딪고 또다시 그의 정신은 흐리어졌다.

　　이윽고 가장 유쾌한 듯이 춤을 추며 나오는 영진이의 안전에는 또다시 남모르는 환상의 세계가 전개되는 것이었다. 포승에 얼키어서 경관에게 끌려가는 그의 뒤로부터는 풍년 노래와도 같이 수많은 군중과 소년군이 행렬을 지어 따라오며, 가장 기쁘고도 즐거운 낯으로 영진 씨의 그 어떠한 승리를 축하하는 듯 무수한 깃발을 날리어주는 것과 같이 보인다. 오- 남모르는 환상의 세계. 현실이 만일 끝까지 이렇다 하면 차라리 그는 그 환상의 세계에서 영원히 깨고 싶지 아니하였던 것이다. 지금에 또다시 미쳐진 그의 영혼은 설혹 그의 육체가 불 가운데 재가 된다 할지라도 그것조차 알지 못하고 오직 몽상의 낙원으로 영원히 끌려갈 뿐이었었다.

참고 기초 자료 2

극 : 〈지나간 그날〉 ; 영화 아리랑에서(Polydor 19091 AB, 왕평, 신일선, 박제행, 1933.
　　10), 유성기 음반 ; 김만수, 최동현, 『일제강점기 유성기음반속의 극 영화』, 태학사, 1997

POLYDOR 19091 - A, B 극 38. 지나간 그 날 영화 (아리랑)에서

왕　평, 신일선, 박제행
반주 포리도-루 관현악단

(上)

청년 : 「신일선씨 참 오래간만입니다.」

일선 : 「참 오래간만입니다.」

청년 : 「그런데 아무리 신정이 좋다기로 구정을 잊으신단 말씀이예요.」

일선 : 「아이고 구정이라니요.」

청년 : 「일선씨를 길러주고 일선씨를 생명과같이 믿고 있던 옛 郎君劇界를
　　　　背叛하고 한 사람의 새 랑군을 섬기다니 그건 큰 잘못입니다.」

일선 : 「그러니까 잘못인 줄 알고 도로 나왔지요.」

청년 : 「아 도로 나왔어요. 암 그래야지요. 자! 그럼 우리 오래간만에 만난
　　　　기념으로 일선씨의 첫 작품 아리랑을 한 幕 해 볼까요.」

일선 : 「좋아요. 그러나 어떡해요.」

청년 : 「자! 이렇게만 하세요? 알겠지요.」

일선 : 「네.」

소녀 : 「그 무슨 책인데 재미있게 보세요.」

청년 : 「이거 기막히는 책입니다.」

소녀 : 「그럼 이야기라고 좀 해주세요.」

청년 : 「네 이야기 해드리지요. 자! 똑똑히 들어요. 옛날 옛날 그 옛날 그
　　　어느 나라 고요한 農村에 카츄샤란 어여쁜 소녀가 있었더랍니다.
　　　그 어느 해 여름 마치 只今같은 여름철 그곳에 피서 온 네류덕이란
　　　大學生과 靑春의 熱情이 오고가는 동안에 세상을 모르던 순진한
　　　카츄샤의 가슴에는 까닭모를 사랑의 싹이 움돋기 시작했던 것입니
　　　다. 그러나 허무한 세상일이라 탐화광뎝같은 사나이에게 마음의
　　　傷處를 받고 캄캄한 윤락의 거리에서 병들은 여생을 이어가던 카
　　　츄사가 결국은 그 무슨 罪名으로 鐵窓안의 신세까지 지게 되었지
　　　요. 그것을 안 옛날의 戀人 네류덕은 자기의 잘못을 깨닫고 카츄샤
　　　가 있는 감옥으로 면회를 하러 온 것입니다.」

네류덕 : 「오 카츄샤 카츄샤야」

카츄샤 : 「아니. 나를 부르는게 대관절 누구요. 이 世上에서는 카츄샤같이
　　　　천한 계집아이를 그토록 多情히 불러줄 사람은 없었거든. 당신은
　　　　누군데.」

네류덕 : 「카츄샤야 내다. 나를 잊었느냐. 이 네류덕을 잊었느냐.」

카츄샤 : 「네? 네류덕!! 네류덕!! 네네네류덕 하하하!」

네류덕 : 「카츄샤야 용서해다고.」

카츄샤 : 「이 손을 놓으세요. 놓아요. 나는 당신을 모릅니다. 당신의 그
　　　　밉살스러운 얼굴을 나는 몰라요. 당신이 왜 나를 찾으세요. 당신이
　　　　찾는 그 어리석던 카츄샤는 벌써 죽었어요. 지금에 이 카츄샤는 당
　　　　신을 모르는 카츄샤. 더욱이 윤락의 거리에서 임자없이 돌아다니
　　　　던 천한 계집이랍니다. 당신이 왜 나를 찾아요. 가세요.가요. 나는
　　　　당신을 모릅니다.

네류덕 : 「카츄샤야. 나는 무어라고 할 말이 없다. 용서해라.」

카츄샤 : 「내가 왜 당신을 용서해요. 여보 七年前엔 그토록 가슴을 태워주

고 박정하게 떠나가던 당신이 七年後 오늘엔 무엇이 그려 나를 또 찾아왔나요. 버리던 때는 언제며 찾는 때는 또한 언제이던가요. 가세요. 가요. 다 잊어버린 이 가슴을 또다시 아프게 하지 말고 어서 가세요. 아- 술이다.」

네류덕 : 「아니 카츄샤야. 너는 술을 먹느냐.」

카츄샤 : 「흥 왜요. 술먹는게 어때요. 사람에게 위안을 받지 못할 바에야 사람 아니 술에게라도 위안을 받아야지요.」

네류덕 : 「오 카츄샤.」

閣下時間이 되었습니다.

네류덕 : 「카츄샤야 마음을 진정해라. 내일 또다시 올테니.」

카츄샤 : 「오 네류덕 네류덕 그만 가셨나요. 당신이 진정 네류덕이었었던가요. 피어나오던 마음의 싹을 무참이 짓밟아 놓고 말없이도 떠나가던 무정한 당신이었던가요. 세상 모르던 나에게 세상을 알려주고 사람 모르던 나에게 사람을 알려준 네류덕씨. 미웁습니다. 원망스럽습니다. 그러나 나는 당신을 사랑합니다. 이 世上 많은 男子中에 오직 당신 하나만을 사랑합니다. 그러나 아!」

(下)

청년 : 「어때요. 이야기가.」

일선 : 「아이참 나는 정말 울었어요.」

청년 : 「암 정말 울어야지요.」

일선 : 「왜요.」

청년 : 「그래야 당신은 카츄샤. 나는 네류덕이 되지요.」

일선 : 「그렇지만 저는 당신같은 네류덕은 싫은데요.」

청년 : 「누군 당신같은 카츄샤를 좋아하나요.」

일선 : 「무어라고요.」

청년 : 「아! 잘못했오. 용서하시오. 거저 女子하고 말해서 이겨본 적이 없어.」

일선 : 「어쨋든 男子가 나빠요.」

청년 : 「그렇지만 여자 때문에 남자가 나빠진다면 罪는 여자에게 있지요.」

일선 : 「왜 여자때문이야요.」

청년 : 「그렇지 않아요. 여자가 왜 남자보담 어여쁘게 생겨서 남자의 눈을 갈근갈근 잡아당기느냐 말이지요.」

일선 : 「왜 잡아당겨지느냐 말이야요.」

청년 : 「원 이렇게 벽창호라고. 글쎄 만일 곁에다 고량진미의 맛난 음식을 두었다면 침 안삼킬 놈이 누군가요. 左右間 女子없는 세상에는 죄가 없다는 겁니다.」

일선 : 「아주 아닌 척 하면서 제 실속 차리는 것은 남자예요.」

청년 : 「아주 샐죽 웃으면서도 사람 죽이는 건 여자야.」

일선 : 「아이 몰라요.」

청년 : 「거저 여자는 캥기면 모른대지. 자! 농담은 그만두고 아리랑이나 또 한 막 해 봅시다. 앞제목은 카츄샤 場面이니 뒷 課程은 永鎭이가 칠년만에 故鄕으로 돌아오는 데나 한 번 해 볼까요.」

일선 : 「좋아요.」

해설 : 「사랑하던 아내 永順에게 버림을 받고 精神에 異常이 생겨 사람까지 죽이고 鐵窓으로 들어갔던 永鎭이가 칠년만에야 그리운 고향으로 돌아온다. 옛꿈 아득한 아리랑 고개에 올라선 영진이는!!」

…………樂…………

영진 : 「오! 반가운 고향이다. 나무야. 산아. 잘 있었드냐야. 저기가 동무들이 모여 날마다 씨름하고 놀던 곳이지. 아! 洞里가 보인다. 아버지와 누이동생들 잘 있는가. 여러 동무들도 그대로 있을까. 그리고 나를 버리고 간 영순이도 잘 있는가. 어서 가 보아야지.」

해설 : 「洞口에 다달은 영진이는 」

영진 : 「아 여보 金書房. 날세. 영진일세. 그 동안 잘 있었나.」

　　 : 「아 미친 놈이다. 아이고 무서워.」

영진 : 「응 내가 아직 미쳐. ? ? 아 네가 돌쇠로구나. 얘 그 동안 잘 있었니.」

　　 : 「아- 저 미친쟁이 영진이 아이고 무서워. 저 눈깔봐라.」

영진 : 「응 미친쟁이 그럼 내가 아직도 미쳤단 말이냐. 그렇게 보고 싶어
　　　 뛰어온 이 고향이 나에게다 미쳤다는 그 말밖에 맞이해 줄 말이
　　　 없었더냐. 칠년전에 미쳤던 영진이가 칠년후 오늘에도 미쳤단 말
　　　 이냐. 아- 허무한 놈의 세상이구나. 아? 여보세요. 미안합니다만 英
　　　 順씨가 아닙니까.」

영순 : 「네? 아 英鎭씨. 아 무서워. 당신은 미친 이예요. 저리 가세요. 아
　　　 무서워.」

영진 : 「뭐야. 응. 그럼 이년아. 너까지도 나를 미쳤다느냐. 에이.」

노인 : 「아 여보 무슨 일인지 모르겠으나 좀 진정하시오.」

영진 : 「오 선생님.」

노인 : 「아니 선생님이라니.」

영진 : 「선생님 영진이올시다. 선생님 이렇게도 늙으셨습니까.」

노인 : 「오 영진이냐. 영진아 얼마나 고생이 되었느냐. 응.」

영진 : 「선생님은 이 미친쟁이 영진이가 무섭지 않습니까.」

노인 : 「이애 그게 무슨 말이냐. 네가 왜 무서워. 너는 내 사랑하는 弟子인데.」

영진 : 「네. 고맙습니다. 선생만은 옛이나 지금이나 변함없으신 나의 선생
　　　 님입니다. 선생님. 저 아버지와 누이동생은 어떻게 되었나요.」

노인 : 「영진아. 그것은 알아서 무엇하니. 아버지는 돌아가시고 너의 누이
　　　 동생은 간 곳조차도 모른단다.」

영진 : 「네? 아버지가 돌아가셨어요 아버지가. 그래 내 누이가. 하하하!
　　　 선생님 정말 미칩니다. 하하하! 선생님 안녕히 계십시오.」

노인 : 「이애 또 어디로 간단 말이냐.」

영진 : 「어디로 가느냐고요. 글쎄요. 오라는 사람 기다리는 사람 없으니
       어디로 가야 옳을까요. 하하하 선생님. 영진이는 또 미쳤습니다. 안
       녕히 계십시오.」
노인 : 「영진이 영진이 영진이」

55. COLUMBIA 40251 A - B 劇 아리랑 고개

출연 李白水, 石金星, 1931년

막이 열리기 전에 이 연극에 대해서 몇 말씀하겠습니다. 아리랑 고개라고 하면 누가 모르겠습니까. 젊은이나 늙은이나 부르는 이 아리랑 고개. 슬퍼서도 부르고 기뻐서도 부르는 이 아리랑 고개. 그러나 이 아리랑 고개란 고개가 어디에 있는지 일찍이 옛날 사기에도 없었으며 또한 노인네들의 얘기에도 못 들었습니다. 그러면 옛날로부터 아니 영원토록 넘어갈 아리랑 고개는 어떠한 곳에 가 찾아야 하며 또한 이 아리랑 고개 밑에서는 장차 어떠한 눈물겨운 이야기가 있을 것이겠습니까?

〈노래〉
아리랑 아리랑 아라리요
아리랑 고개를 넘어간다
청천 하늘에 별도 많고
이내 가슴에 수심도 많아
아리랑 아리랑 아라리요
아리랑 고개를 넘어가네

"아 너희들의 노래를 들으니까 내 가슴은 더욱 슬프다. 나도 젊었을 때가 있었건만. 늙은 놈의 신세가 가긍하구나."

"아저씨, 왜 요즘에는 늘 슬퍼만 하세요."

"마누라는 병이 들어서 죽고 늙은 몸이 어린 자식을 데리고 살수가 있니? 그래서 할 수 없이 이 동리를 떠나게 되었다. 생각을 하면 기가 맥힌다."

"날은 차차 추워 가는데 가시면 어디로 가세요.'

"글쎄 말이다. 어디로 가야 할는지. 앞이 캄캄하다. 이곳에서는 살수가 없으니까 북간도로나 갈 수밖에."

"아저씨! 그럼 길남이도 갑니까?"

"가고 말고 내가 그놈 없이 하룬들 살수가 있니?'

"아, 아버지. 여기 나와 계세요? 저는 한참 찾아 다녔습니다. 그런 데 아버지. 왜 우셨어요? 네? 아버지,"

"아니다. 아니야. 장차 떠날 생각을 하니까 앞이 캄캄하고 가슴이 답답하다. 그런데 애 길남아."

"네?"

"저, 너희 어머니가 지금 함하고 농장을 얼마에 팔았니?'

"저 농장은요 두개에 일원 하고요. 함은 칠이 벗어졌다고 팔전밖에는 안주겠지요."

"세간을 다 팔아야 겨우 십원도 못 되는 구나. 장차 어떻게 하면 좋다는 말이냐?'

"삼월에 풍년만 들었더라도 이렇게 떠나시지는 않았을 걸. 종수네 집도 내일 함경도로 간대요."

"땅 없는 놈이 어데를 간들 소용이 있니? 농사를 지어먹을 수가 있어야지."

"아래윗집에서 몇 년간을 한 집안같이 살았는데 떠나시면 쓸쓸해서 어떻게 하나?'

"또 다른 사람들이 와서 차차 사귀어지면 괜찮으니라."

"그렇지만 다 소용없어요. 아저씨같이 좋은 양반은 없어요. 그리고 길남이도."

"애 그 속상하는 소리하지 마라."

"그런데 아버지 어서 들어가 짐을 싸세요. 이러다가는 또 못하겠습니다."

"오냐 그럼 어서 들어가자. 아 - 세상살이가 다 귀찮아 못살겠다."

"길남아 오늘은 정말 떠나니?"

"정말이란다. 나도 떠날 생각을 하니까 가슴이 답답하다."

"어쩌면 너는 나를 두고 간다고 그러니? 아까도 너희 아버지께서 그런 말씀을 하시기에 나는 어쩔 줄을 몰랐단다. 그리고 어찌나 슬픈지 눈이 퉁퉁 부었단다."

"복례야, 그런 말 마라. 나는 더 기가 막힌다. 나의 가슴은 천 조각 만 조각 오려내는 것처럼 쓰리고 아프다."

"우리 아버지는 반대를 하시고 나를 부잣집으로 시집을 보내려고 하시지만 나는 죽어도 다른 곳으로는 아니 갈 작정이야. 그래서 너만 믿고 그날 그날을 살아왔는데 너조차 간다면은 나는 차라리 목이라도 매고 죽어 버릴 테야."

"아니다 아니야. 모두가 다 팔자다. 우리가 헤어지면 또 언제나 만날지 모르겠다. 나는 너 없는 세상에서 너는 나 없는 세상에서 서로 그리워 울며 살아가자."

"명년 춘삼월 다시 돌아오거든 농사를 지어서 재미있게 살자."

"그러나 정처 없이 떠나가는 이 길남이의 앞길이야 어찌 될는지 알 수가 있니? 명년 춘삼월 다시 돌아와서 저 언덕 비탈에 마른 잔디 파릇파릇 속잎 나고 시냇물 잔잔히 흐르거든 이 길남이가 아리랑 고개 넘어 너를 찾으려고 헤매는 것을 잊지 말아다오."

"알았어요 알았어요. 나는 죽어도 너를 아니 잊을 터이다. 뻐꾹새 우는 아리랑 고개, 아지랑이 낀 아리랑 고개, 옛날에도 한 사람이 갔건만 돌아온 사람은 없나니."

" 아, 이 길남이의 앞길은 굽이쳐 넘어가는 아리랑 고개, 다시 올지 모르겠다. 아, 아저씨들 안녕히 가십시오."

"아, 여러분들 안녕히 계시오. 아 길남아 어서 가자."

"아저씨 그럼 정말 떠나십니까?"

"아 -, 기가 막힌다. 수백년을 두고 자자손손이 두더지같이 파먹던이 문전옥답을 버리고 가다니 아 -, 여러분들 안녕히 계시오.'

"아, 아버지 우지 마세요. 울어서 시원하다면 왜 아니 울겠습니까 마는 울어도 몸부림을 쳐도 아버지 쉽지 않습니다. 그리고 명년 춘삼월 다시 돌아와서 푸른 잔디 속잎 나거든 저 - 산 위에 우리 부모님의 풀이나 뽑아 주십시오.

"자, 길남아 어서 가자."

"아버지 아버지. 이 정든 산천을 버리고 아버지 어디로 가자는 것입니까."

"아저씨. 아저씨는 가시더라도 길남이만을 두고 가세요. 네? 아저씨!"

"복례야. 우리가 헤어지더라도 죽지만은 않으면 또 다시 만날 날이 있겠지?"

"나를 버리고 가는 님아. 십리도 못 가서 발병이 난다. 오, 길남아 길남아, 정말 갈터이냐?'

"복례야, 잘 있거라."

"아, 길남아, 잘 가거라. 나를 버리고 잘 가거라."

참고 기초 자료 4

향토극 〈아리랑 반대편〉

동아일보 1931.9.12

신무대초연을 보고(상) 극예술연구회동인합평

금번새로출연된 극단신무대가 9월 10일부터 단성사에서 제1회공연을 하게 된 것은

....얼마전의 연극회나 연극시장에서 상연한 레퍼토리에 비해야 별로 새로운 차이를발견할수업스나 기준 향토극 아리랑반대 제1막물은 아모 반항도 못하고 아리랑고개를 넘어만가든 무기력한 농민들을 그정든 농촌에서 싸워가며 이촌을 하지안토록 하자는데 잇서서 우리는 새로운 힘을 엇개된다 이것은 본론에가서 길게 말하겟거니와 글의 레퍼토리부터 살피기로하자.

31.9.13 신무대 초연을 보고(중)

제2, 신불출작 향토극아리랑반대편은 우에도 간단히 말한것과가티 무기력한 농민들이 자기의 농토를 다 빼앗기고 정든 고토를 아모반대할 용기조차업시 떠나서 아리랑고개를 넘어만가다가 어려서집일코 저아리랑고개를 넘어갓다가 이역에서 고생만하고 다시고향에도라온 청년즉 길룡에게 지도를 바더 무의미하게떠나만가지말고 이농촌을 사수하자는데서 아리랑민요는 새생명을어덧다

막이 열리자 다듬질하는 안악네와 절구질하는 안악네(박정옥분)는 조

선정조가 흐르는 의상을 닙은 것이 퍽 어엽버보히엇다. 그러나 막동이 전
경회군은 이비극에 다소 희극적'고명'을 더하려한 작자의 의도로부터 안
출된역이겟스나 그래도 그넘우무인적으로 떠드는 것이 하인으로써 잘되
지못하얏다. 좀더대사와동작에 주의를해야 하겟다.

다음주점에서벌어진 팽가리, 제금, 장고등을 맞추어 조선노래와 춤을추
는 것은 우리향토정조가 흐르고 극전체에도 잘어울리어 무난하다고본다.
어떤점으로는 칭찬하야도조타. 그러나양복상이삼청년을 두세번곤두박질
시킨 것은 관객이 그러한 것을만히요구하는이만큼 아마관중의 심리를 맞
추자는뜻인지는몰우겟다마는 넘우도 곡예적인 것이 다소우서웁게보히엇
다. 그리고이삼청년이등장할 때 등장을 관중에게 알리는음성이 점차적접
근가튼것도업시 좌측막뒤로부터 갑자기복병의함성가튼 합창과함께 뛰어
나오는 것은 부자연하다. 또 봉회아버지 성광현군이 대사는괜찬으나 동작
에잇서 반신불수로써는 *율을 넘우심하게한 것이 좀부자연스럽다. 그리
고 길용이의 아들의 동작, 표정, 대사가 고아로써 충분히 잘표현되엇다.
배우로서 나히가 어린만큼 장애가 촉망된다. 그리고 입분이 박정옥양의
조선풍토의 정조가흐르는 의상과또거기맛는 대사는 성공이라하겟다. 장
래가 유망하다 그러나 길용인 신불출군의 팔자타령은 넘우도 신파적비극
조에서 듯기에조치못하다. 그리고 머리드리운 총각으로 아리랑고개를 넘
어간 길용이가 지금은 머리를 깍고약식이나마 양복나부랑이까지 닙고왓
스니 아리랑고개넘에도 그만한변천은잇섯다. 하물며 나날이글러가는 이
땅의 변천이야 팔년동안에 얼마나 심하얏슬것인가 목격하야 다아는바이
지마는 입분의 입으로부터 길용에게이야기하는말로 팔년동안의 농민생
활의 파멸상을 우리에게 들려주엇든들 그효과가 얼마나컷슬것인가 그러
나 이런때에 주의 할 것은 대사는 입분의님으로서나오는 것이면 언제든지
입분의 정도에맛는말로써 해야 할것이다. 우리는 이극전체에서 우리 농민
의 일상어에서는 도저히들을수업는 어구가 너무도만히농민의입에서 나
옴을 보앗다.

31.9.15 동아일보 신무대초연을 보고(하)

그리고 그다음무대장치에 잇서서는 배경이 시골의정취를잘나타내엇다. 그러나 봉희아버지가 누아자는곳이 길이라면 길에누인 것이 작품의 잘못일것이고 뜰아피라면 그여페 초옥의 추녀 끗이보여야할것이다. 또배경에 달이태작시리 나타나서는 조금도이동이업슴으로 월출인지 월몰인지를 분간할수업슴이라든지 월색이 너무 히어 일륜가티 보히는것이라든지는 서투르다 하겟다 조금조흔방법이업슬가? 그리고 쫏겨가는사람들의 의상이 아모리딴고장가는사람들의 옷이라도 지나치게남루햇기 때문에 쫏기는무리의정취가 적어서 관중에게 농민농촌의 비애에대한 실감을 주지못하게하얏다.그리고 끗에이서서 쫏기어떠나가는사람들이 노래하면서 아리랑을 넘게하지말고 그들이 넘어가는데 아리랑노래가멀리서나 혹은 주점취객의입에서 나오도록햇스면 애년한정조가 더흘럿슬것이오 또이비극을 가극화(본래가민요극이기는 하지마는)하야 효과를말살한데서 구출할수 잇섯슬것이다. 또 내종에쫏게가든 무리가 길용이에게 고향을떠나야별수 업고 김진사집으로가서싸와야한다는데에잇서서 주점에서 김진사아들을 끄러내올때그에게속아서 자기의 연정을속삭엿든것을후회한 입분이박정옥양이 그대로 그들을용서해주자는것에는 인정미가 보이고 또그것으로 넉넉하엿거늘 웨반항하려는 분노에타는그들에게 길용이마저 관용할것이라할것이 무엇일가? 그리고 또끗을막으때 '아리랑'의 반대로 아리랑고개를 넘지말자할 때 적어도 이넘지말자는 구의별조만이라도 내용에부합하게 달리햇스면 조왓슬것갓다.말하자면 아리랑을넘자는 것은 쫏기는이의 애수를담은것이매 그리된것이지마는 넘지말자는 것은 투쟁의식이잇는것이니까 그곡조도 아리랑조전체를 상치안는 한에서 좀건실한것으로햇드면조앗슬것이란말이다. 막말에이서서 물론검열관계로 그러케만드럿슬 것을 다소용인하거니와 김진사에게대한 투쟁방법을 의논하는일업시 합창으로 끄낸 것은 우리의극을 좀더효과잇게하자는 열망에서보면 매우미급한데가만타하겟다.

참고 기초 자료 5

67. COLUMBIA 40707 상, 하 ; 박경호 작

민요민담 아리랑레뷰-

황재경

(상)

朝鮮江山 어데를 가던지 아리랑 고개 업는 데가 업스며 아리랑 멜로듸가 흐르지 안는 곳이 업다고 하겟습니다. 그런데 원래 이 아리랑이 草堂에 드러안저 泰平歲月을 보낼 째는

「고조 아리랑」
歲月네월아 가질마라 우리의 靑春이 다 白髮된다
아리랑 아리랑 아라리오 아리랑 쯱어라 노다 노다 가세

이럿트니 한번 世上求景을 해볼 生覺이 들엇든지 집을 써난 아리랑은 白頭山밋헤 나물케는 아가씨들을 찾저가게 되엿습니다.

「咸鏡道 아리랑」
山마루 올라서 바라를 보니 아득한 하늘가 흰구름 날고
봉오리 봉오리 진달레 붉어 마음은 우노나 그리운 故鄕
아리아리아리 아라리로 아리랑 고개고개로 날 넘겨주게

집쩌난 진 몃 날이 못 되여 고향이 그립다고 도라오는 길에 鐵嶺이라는 고개를 넘어서 萬古江山을 잠간 들럿더니

「江原道 아리랑」
노다가게 노다가게 저달이 지도록 노다가게
아리랑아리랑 아라리요 아리랑 얼시구 노다가게

옷자락에 매여달려 노다가라고 哀願하는 소리도 드른척만척 斷髮嶺을 넘으면서 斷髮을 하고 自動車에 휩싸혀 서울 長安으로 올나오드니 어느 듯 活動寫眞 스크린 우에 假裝을 하고 나타나게 되엿습니다.

「新아리랑」
豊年이 든다네 풍년이 들어 이 江山 三千里에 豊年이 와요
아리랑아릴항 아라리요 아리랑 고개로 넘어간다
人生의 一場은 春夢中이오 이 世上萬事는 꿈밧기로다

이리하야 이 江山의 모든 고개를 아니 넘어 본 고개가 업겟고 坊坊曲曲의 熱狂的 歡迎을 아니 밧어본 곳이 억섯건만 그 亦是 고개 우에 자고 가는 안개와 갓치 한쌧뿐이엿습니다

(하)

興盡悲來라 어느듯 가늘바람이 선듯선 듯 불기를 始作하매 秋風落葉 聲과 함께 秋風嶺을 넘어 嶺南으로 나려가드니

「嶺南 아리랑」
西山에 지는 해는 지고십허 지며 날 바리고 가는 님은 가고십허 가나
아리아리랑 스리스리랑 아라리가 낫네 아리랑 어리헐시구 쏘 넘어왓소
막다른 골목이라 더 넘어갈 곳이 업시 茫茫한 大海가 가로막히고 말엇

습니다. 그러나 不幸中多幸으로 레코-드 歌手로 入選이 되어 玄海灘도
쉽사리 건너게 되엿고 江湖에 잠간 머물러 두고간 님을 그려 한 마디 멜
로듸를 레코-드로 보내엿으니

明日は一人いつこに戀しの君夢に見よ
アリランアリラン アラリヨ アリラン峠を越え行く (아리랑아리랑
아리리요 아리랑고개를 넘어간다)

東洋의 第一都市를 샅샅치 求景하고도 쏘다시 길을 쩌나 太平洋에
둥실 쩌 東으로 東으로 美洲大陸까지 無事着陸햇다는 音報가 英文으로
날어왓습니다.

If I Should Follow you over the Hill
My Hearts desires would be fulfilled
Arirang Arirang Arariyo Arirang Arirang Hill There You Go.

이리하야 太平洋을 건너 우락키 山을 넘어간 아리랑은 지금 어데 가서
잇는지 消息을 알수업서 도라오기만 苦待하든 中에 쩌나간 님을 싸라 열
두 大門을 열어제치고 차저가는 아리랑이 이 강산에 쏘하나 생기게 되엿
습니다.

「토-키 아리랑」

草堂에 꼿이야 곱다만은 이 몸은 웃밧갓 맘만 散亂
아리랑아리랑 아리리요 아리랑고개를 넘어간다
가간다가잔다 님을 싸라 고개가 놉하도 나는가리
님 싸라 나선 길 누가 막나 고개가 險한들 내 안 가리

참고 기초 자료 6
각본 특집

연극소설 젖은 물결 아리랑 고개

1993. 10.
강의영작

향토극 아리랑 고개

전 2막

때　가을
소　어느 시골

등장인물
영진　　밋친 사람 25세
영감　　그의 아버지 57세
영희　　그의 동생 17세
현구　　서울대학생 23세
오기호　재산가차인 31세
경관
농부
갑
을
병　수인

무대

순조선식 시골농가의 내부

막이 열리면 영진 아바지는 혼자 안저 자기의 한탄을 하면 막은 열인다.

영감 : 자식이라고 잇다는 것이 서울가서 철학인지 무엇인지 연구한다고
　　　하드니 고만 밋처 버리엿으니 모든것이 집안 운수야 점점더 일이
　　　되니, 엇지해야 좃탄말이야. 태산갓치 믿고 잇든 자식이 발광싸지
　　　하니 한심한일이다.
　　　(역에 쮜인 사람갓고 아모맥이 업시 쌀을 부른다.)
　　　영희야 (영희등장)

영희 : 아버지 불으셧슴잇가.

영감 : 오냐 영희야 네 오라비가 또나갓지.

영희 : 네? 또 나갓서요.

영감 : 큰일이다. 작구 쮜여 안나가니 엇더케허니 동리의 나가서 일을 저
　　　질으니 걱정이다.(밧갓히 요란하며 동리사람들에게 삿기로 결박을
　　　당하여 온다. (오기호가 등장))

기호 : 여보영감 엇저자고 밋친놈을 내보내서 동리사람을 못살게하시요.

영감 : 잘못되엿습니다. 용서해주시요.

기호 : 어구 ~ 내보내지 말어요.

영감 : 붓들어 두어도 어느결의 나가는지알지도 못합니다.

기호 : 납분짓을 하는 놈을 또 내보내면 단정코 용서치 안을 터이야.
　　　(기호에게 말을 듣고 기가 막히고 분해서 영진을 싸린다. 영희는
　　　가여웁게 앗는 옵바를 말인다. 묵겨 있는 끈을 푸른다.

영희 : 아바지 고만두시고 참으세요.

영감 : 이 자식아 정신좀 차려라. 차리리 병신이 되엿거든 집안에 들어 앉
　　　젓지나가기는 왜 나가 에이 속상한다.(퇴장)

영진 : (아리랑 노래를 부른다 밧갓헤섯든 일동은 웃는다. 영진은 흥분된
　　　듯이) 이놈들아 돈에 종이된놈아 (쏫처 갈냐고 한다 오기호 일동은

쏫기여 달어난다. 영희는 안에 드러가서 사과를 가지고 나와서 영진을 준다 영진은 막 먹는다.)

영희 : 옵바 인제는 나가지 말우 아버지 속안상하게(영진은 사과를 먹다가 중얼거리고 밧갓흐로 나간다. 영희는 붓드런다. 그러나 쑤리치고 나갓다.) 아버지 옵바가 쏘 나갓세요   (부친등장)

영감 : 에이 쏘 나갓서 엇지하면 조흔냐 저것이 저러케 될줄은 몰낫다. 엇지해야 좃탄말이냐

영희 : 아바지 너머 걱정말으세요.

영감 : 내 팔자가 기구하여서 너희 두남매를 길너 늦게 자미를 보자는것이 저모양이니 내가 차라리 먼저 죽었드면 저런꼴을 아니 볼것을 (한숨쉬고 맥업시 안는다 현구 등장 대문을 열고 여행구를 가지고)

현구 : 아바지 안령이게섯습잇가. 현구올시다

영감 : (반가우나 영진을 생각하여 주저주저 하다가) 현구 어서 들어오게

현구 : 아바지 영진이는 어뒤갓습니까. 동리서 오다 들엇습니다만은 영진이는 어대갓서요.

영감 : (비참한 어조로) 영진이는 미첫단다. 밋첫서 자네를 보니 한층 더 생각이나네.

현구 : 참 - 말삼이온잇까 영진이가 저는 이곳을 올째 누구를 바라고 왓겟습니까. 저의 동무 영진이가 밋첫서요.

영감 : 영진은 밋첫네 서울가서 철학 연구한다드니 밋치는 연구하엿네.

현구 : 저도 이곳에 올 째는 영진을 볼냐고 왓습니다. 영진이가 업다면 저도 쓸쓸합니다. 오날노 써나겟습니다.

영감 : 안일세 수년만의 왓다가 자네조차 써나면 나는 섭섭하니 잇는 동안은 머물너주게

현구 : 네! 감사합니다.

영감 : 영희야 무엇좀 준비해랴 (영희 퇴장) 여보게 현구 잠간 안젓게 방을 치고 나옴세

현구 : 네? 단여 나오세요 (영희등장)

영희 : (수집어서 말을 못하고 섯다)

현구 : 영희씨 그동안 퍽 자라 섯습니다. 오라바님으로 해서 얼마나 걱정
     이 되서요.

영희 : 여간 걱정이 안이 올시다.

현구 : 영진이 저리 되엿다는 것을 무엇이라해야 조흘지 몰으겟습니다.

영희 : 아바지와 저도 오라바니 한분만 잇다가 저리 되시니 말할수 업시
     쓸쓸합니다.

현구 : 그러시겟지요. 밋고 잇든 오라바니가(현구는 행장중 두어가지싼.
     물건을 쩌내서 영희를 준다)벤벤치는 못하나마 소용이 되실듯하여
     가지고 왓스니 받아주세요.

영희 : 저를 주랴고 가지고 오섯셔요. 감사합니다.

현구 : 미안합니다. 총총히 오느라고 쓰실것을 못듸려서 영희씨 이건 영진을
     주랴고 가져왓든 것이 올시다. 받을사람이 업스니 영희씨나 써 주세요

영희 : 왼걸 이미 만이 사다주세요.

현구 : 영희씨의 게는 특별한 선물을 하나 드리고 자합니다. 아무것도 드릴것
     은 업슴니다만은 이것을 옵바대신 보아주세요.(자기 사진을 준다)

영희 : 감사합니다. (안에서 현구부르는 소리가 난다. 현구는 안으로 퇴장
     영희 혼자서 물건을 보고 다시 사지을 보며) 현구씨가 사진을 왜
     나를 주시나 이상해라(사진을 엽혜다 놋코 보고 만지고 한다 현구
     는 뒤에 와섯다. 영희는 인적을 듣고 엇지할 줄을 모르며 현구 사진
     을 감춘다)

현구 : 무엇을 그러케 열심것 보세요.

영희 : 아니예요.(부끄러한다.)

현구 : 감사합니다. 아무것도 드릴것이 업서 그거나마 잘보아주시니 감사
     합니다.

영희 : 현구씨 얼마나 이곳에 머무실터이야요.

현구 : 멎칠 묵어갈 모양이올시다.

영희 : 현구씨까지 가시면 저는 더 쓸쓸하겟서요.

현구 : 그럿슴니까 그러면 영희씨를 위하여 오라바님 대신 영희씨 생전의
　　　압흘 쩌나지 안켓슴니다.

영희 : 현구씨가 언제까지게시다면 저는 퍽 조와요.

현구 : 그럼슴니까. 영희씨의 압흘 쩌나지 안키로 명세 햇슴니다.(안으로
　　　영진 부친 등장 두사람은 몰너안는다)

영감 : 영희야 너는 이곳에 안젓느냐 얼른 안에가서 상을 차려라.

영희 : 네 (이러라서 대답하면서 퇴장)

영감 : 현구 여보게 영진의 쓰던 방을 보고 자네를 보니 한층 더 영진의
　　　생각이 나네. 삼년전의 자네 영진이 두사람이 아리랑 고개를 너머
　　　서울 가든 것이 눈의 선해(비참해진다.)

현구 : 너머 걱정 말으세요. 차차 원 정신이 회복되겟지요. 너머 생각 말으
　　　세요. 노래의 한층 더 폐로 하실것이 올시다.

영감 : 아모리 생각을 아니 하재도 작구작구나네. 몇달전의 싱싱하든 청년
　　　이 오날에는 밋친사람이 되엿네 그려.

현구 : 물논 마음 상하시겟지요 긔위 그 모양된것을 걱정하시면 무엇함니까.

영감 : 걱정한다고 별 소용 잇겟나 여보게 오느라고 퍽시장 햇슬것이니
　　　안에가서 요기좀 하게 그러구 드러가 편이쉬게

현구 : 네 다녀오겟서요. (현구 안으로 퇴장)

영감 : (현구 안으로 들어가는 것을 보고 비참해) 아하! 기가 막힌일이다.
　　　(하수로 오기호 등장 문압헤 갓가히 와서)

기호 : 게심니까

영감 : 누구요

기호 : 저올시다

영감 : 드러오시요

기호 : 안에 아무도 업슴니까

영감 : 아모도 업슴니다.

기호 : 영진이 업슴니가

영감 : 업슴니다

기호 : 정말이오닛가

영감 : 영진은 나갓슴니다 (이말에 오기호는 안심한듯이 들어와 안는다)

기호 : 영감을 뵈러 온것은 논의좀 하자구 왓슴니다.

영감 : 무슨 말삼이오닛짜

기호 : 네 - 저 - 영회가 지금 멧살이오니짜

영감 : 그건 왜 무러보심잇짜

기호 : 그런것이 안이라 아주 맛당한 곳의 신랑이 잇는대 영감의 의향이
　　　웃더하신지요

영감 : 엇더한 곳인대 우리집과 혼인 하자해요

기호 : 사람은 얌전함니다. 신랑도 쏙쏙하지요. 자기집도 일년게량을 함니다.

영감 : 네 그럿슴잇짜 엇더한 분인대 한번 보앗스면 조케슴니다.

기호 : 보실얌니짜 머지안케 잇스니가 보시기도 쉬운일이지요.

영감 : 네 어대게서요. 갓치 오셋세요. 드러오시라지요.

기호 : 그만큼 말삼하오면 아시지요 저올시다 엇더하심니짜. 영감 사위감
　　　은 훌륭하지요.

영감 : 네 당신이온잇짜 참 훌륭하시지요.

기호 : 당자야 더 볼나위업지요. 엇더하심잇가 당자야 더할 나위업고 마음
　　　에 꼭 드시지요.

영감 : 그러치만 말삼은 고맙슴니다만은 지금은 쌀이 업스잇가 이다음의
　　　자근 쌀 낫커든 제가 오기호씨를 사위삼지요.

기호 : 이게 무삼말삼이오잇짜 삼십이 너문 사람이 쌀날쌔를 기달니여야
　　　하겟슴니가 그런 망영의 말이 어듸잇슴니가

영감 : 말슴을 하시잇가 쌀은 업고 대답을 해야 겟스닛가 그런 말삼이래도
　　　해야지요

기호 : 나는 영감의 평생에 편하시도록 하여서 말삼한 것이올시다.

영감 : 그야 그러치요 말삼을 못들은니 미안합니다. 그러고 오기호씨의 게
　　　들을 것이 만으대 못들이니 퍽 죄송합니다.

기호 : 별 말삼을 다하십니다그려 업스신것을 달나고 하면 어뮈잇겟습니
　　　가 업는 사람보구 달나는 놈이 낫분놈이지요.

영감 : 그러치요 업는 사람보구 졸으는 사람은 개만도 못하지요

기호 : 올슴니다. 업서못내는 사람의 마음이야 오작하겟슴니가 그러나 아
　　　까 말삼하신것을 엇지 하실얌니가 영희를

영감 : 글세 말이올시다 영희를 기호씨를 못드리겟슴니다. 정혼한곳이 잇
　　　써서

기호 : 그래 할수업다는 말삼이지요 고만두시요. 내가 점잔이 말을하엿다
　　　가 모양만 사나왓소이다(분해한다)

영감 : 대단 불안합니다. 그갓치 말삼하신것을 청을 못드러서

기호 : 관계치 안소이다(이러나간다)

영감 : 가실얌니가 미안합니다. 안영이 가십시요. (기호는 문압짜지 와서
　　　무엇을 생각하드니 다시와서)

기호 : 여보영감 나의게 줄돈을 오날주시오

영감 : 네 별안간 돈을 달나고 하시니 어듸잇슴니가 져번에도 말삼햇지만
　　　이달짜지만 참아주시지요

기호 : 무엇이요 작구 미러만 가니 안이되오. 돈을 주든지 영희를 내놋튼
　　　지 하시요.

영감 : 이건 너무 심하지 안소

기호 : 마찬가지지요 영감 그럴사나 나그럴사나 어서 돈이나 내요

영감 : 지금은 업소이다.

기호 : 왜업시 갑흘수 없는 돈을 왜 써 도적놈갓치

영감 : 내가 도적놈이요. 달나는 당신이 도적놈 갓치 달나지

기호 : 내돈주고 밧는대 도적놈이야

영감 : 당신이 아까 이 말삼햇지요 업는 사람보구 돈달라는 놈은 개갓흔
　　　놈이고 업서주지 못하는 양반은 가삼이 오작하겟는 야구 그러셋지
　　　요 너무 졸면 기호씨가 개자식 갓흔 사람이올시다.

기호 : 무엇이야 내것주고 받는대 어느놈이 욕을 해

영감 : 아무리 써드러도 지금은 업소 (안을보고) 영진아

기호 : (영진을 부르면 굿찬을 뜻하여 겁을 내며) 여보 영감 가 - 가만히
　　　잇소

영감 : 영진아 영진아 (부르고 상수 퇴장, 영희 등장 무심히 나와서)

영희 : 아버지 진지 잡수세요.

기호 : (영희를 보고 반가와서) 영희씨 오래간만이 올시다 글여 지금 아버
　　　지하고 말삼햇슴니다(손목을 잡는다. 영희는 별안간의 손목을 자히
　　　여 쌔랴고 심을 쓰며)

영희 : 에구 망칙해라 이게 무슨 짓이세요.

기호 : 영희 글언것이 안이라. 지금 아바지 쎄서 나의 게 승낙하시고 드러
　　　가시여서 영희씨다려 말삼안니 하시엿소.

영희 : 저는 아무말도 못들엇써요. 이것놋코말삼해요.

기호 : 영희씨 나는 당신을 사랑함니다. 그런줄 알아주세요(쎄여 안고 입
　　　을 맛출냐고 한다. 영희는 겁이 나서 몸을 쌔며)

영희 : 아주 춋겟네 옵바나 오섯스면 옵바(하수로 영진 등장 문으로 드러
　　　서 두사람을 보고 잇다가 달겨들어 오기호를 메다첫다)

영진 : 이놈아 순진한 처녀의 정조를 쌔잇슬야고 하는 놈 너갓치 더러운
　　　놈은 죽여버리겟다 하하! (기호는 벼란간의 만난 가만가만 기여서
　　　고만 도망해 버렷다)

영진 : 여이 더러운놈 너는 죽여버릴터이다 아리랑 아리랑 대소(막이 닷친다)

제 2막

영진의 집 내정

무대 널분 마당이다. 기다란 장담이 잇다. 장담 밧게는 통노이다. 막이 열
니면 현구 영희등장

현구 : 영희씨 들에 나가 구경하구 올게요.

영희 : 잠간 구경하구 오서요. 현구씨가 안게시면 퍽 쓸쓸해요

현구 : 영희씨가 그러시면 안이가지요.

영희 : 글애도 청햇는대 안이가서야 되겟써요. 얼는 단여오시지요.

현구 : 내곳 단여 오지요. 영희씨 기달이지 안케 갓다오지요.

       (현구 퇴장, 영희는 현구가 가는것을 보구 잇다. 영희 부친 상수 등장)

영감 : 영희야 무얼 그러케보니 내들의가서 단여올터이니 집 비지말고 잇거라

영희 : 아바지도 가세요

영감 : 나는 안가도 좃치만은 작구 나오라는 청을 하니 안이 갈수 잇는야
       잠시 단여오마

영희 : 아버지 곳 단여 오세요

영감 : 오냐 곳단여오마. 어대가지 말고 잇거라

영희 : 네 집에는 아모도 업는대요.

영감 : 그러구 오라비 어뒤나가지 못하게 하여라

영희 : 네(부친을 하수로 나가고 영희도 상수로 퇴장 영진이 등장)

영진 : 아리랑 아리랑 (담밋헤 가서 서잇다 멀리서 들니는 풍악소래가 들
       니여 온다 영진은 다시 드러가서 양철대야와 낫을 들고 나와 장단
       을 맛치여서 대야를 두드리며 춤을 추며 하수로 퇴장 오기호 농군
       수명과 등장)

기호 : 여보게 오날은 아무도 업스잇가 내가 지금 드러가서 영희를 데리고
       나올것이니 자네들은 준비를 해

농 : 네 아모염여 말으세요.

기호 : 이번에는 정신차려야해 그러구 저기나가들 잇서

농 : 네 (퇴장 기호는 영희를 끌고 나온다)

기호 : 영희 아바지께 다 말삼햇스잇가 아모염여말고 나하고 갑시다.

영희 : 이게 무삼점잔치 못한 짓이야요 노와요

기호 : 가지 우리집으로

영희 : (발악을 하며 몸을 배칠야고 한다) 아구 사람살이우 이걸 노와요
노와요 사람죽겠네

기호 : 아무리 써드러도 이동리에는 사람이 업서 다들 들에 나가서 노잇까

영희 : 에구 죽겟네 아구 노와요

기호 : 아모리 그래도 안이된다 나는 너를 사랑하기 째문의 온것이 안이냐
영희 내말한마듸만 들으면 너도 좃코 아바지도 걱정안하고 사실것
이안이냐 오날은 너를 그양두지 안을터이다(아주 꼭끼여 안는다)

영희 : 이놈아 이게 무슨 짐승 갓흔 짓이냐 노와

기호 : 아무말도 말어라 (야수의 행동을 가할야구할때 현구 등장 영희와
기호의게 달여 들엇다 오기호는 밀여 나갓다 현구는 영희를 안엇다)

현구 : 이놈아 이게 무슨짓이야

기호 : 요놈이 누구야 저리가 안이 갈터인야

현구 : 예이 너갓흔 더러운놈은 내가 용서치 안켓다

기호 : 이놈이 누구를 용서 안이하겠다고 그래(두사람은 달여 들엇다 생명
을 쩨놋코 싸운다 영희는 급한중의 구원을 청하러 나간다. 현구와
기호의 싸홈은 점점 맹렬하다 현구는 약하야 기호에게 맛는다 싸
홈은 더욱 더욱 맹렬하다. 영진 등장 밧갓길노부터 담우의 낫하난
다 영진은 두사람의 싸홈을 보구 잇다 웃는다 기호는 현구를 째려
뉘엿다 커단 독기를 들어 현구를 칠야고 할때 영진은 정신이 나드
니 담위에서 쮜여나여 기호의 독기를 쎄아셨다.

영진 : 이놈아(기호를 붓드럿다 기호는 놀랜다. 영진은 자기가 들엇든 낫
을 들어서 기호를 찍을냐고 할제 농부 수명이 영진의 낫든 손을 잡
앗다. 다시 기호 농부 사오인과 영진과 대격투가 이러낫다. 영진에

낫숯의 한사람 한사람식 죽어너머진다 숯흐로 오기호까지 죽엿다 영진도 고만업드러젓다 얼마잇다가 영진은 일어낫다 완전히 정신이 든 모양이다 몸을 부비고 옷을 보고 놀랜다 영희도 불너본다 일어나서 안으로 갈야다 죽은사람을 보앗다 영진은 놀낸다.

영진 : 에구 이게 왠일이야 하나도 안이고 오류인식 누가 죽엇나(다시 자기옷과 손을 보고 놀낸다)에이 피이 아하 내가 죽엿다 내가 죽엿서 안이다 이 영진이가 사람을 죽이지 안이하엿다 나의 정신 나의 마음으로 안이 죽엿다. 내가 사람을 안이 죽인이상 겁날 것이 무엇인야(안으로 드러갈냐고 할째에 형사가 등장하여서 영진을 포박하엿다 경관은 죽은 사람도 검사햇다 영진에 등을 미러갈냐고 할 째에 영회 부친 현구 등장 영진 부친 경관을 보왓다 사람죽은걸 보고 놀랜다 포박당한 영진을 보앗다)

영감 : 여보십시요 이사람이 무삼죄가 잇서 잡아가서요.

경관 : 사람을 죽인자야

영감 : 네? 사 사람을 죽엿서요 이사람은 저의 자식이 올시다(영진은 도라서서)

영진 : 아바지 영회야 현구

경관 : 가자 이놈아

현구 : 영진이 이게 웬일인가

영감 : 잠간만 용서해주세요(영진을 바라보구)영진아 네가 온전한 정신이 올 째에는 감옥으로 가게되느냐(운다)

현구 : 여보게 영진이 자네가 온전한 정신이 돌 째는 범죄를 하엿네 자네의 병을 모든 불평을 찌트리랴고 하엿든 병일세 자네는 가게 나마 잇다는 현구는 자네의 뒤를 쌀으지 못한것만 유감일세.

영진 : 아바지 저는 갑니다. 저의 갈곳으로 아바지 안영히 게십시요. 현구 영회 잘잇거라 나는 간다. 아바지 울지를 말으세요. 영회야 가는 사람을 울이지 말아 내가 조화하는 아리랑 노래나 불러다고 가는 사람에 마음이 질거웁게

영희 : (눈물을 홀이며 노래를 부른다)

　　　　아리랑 아리랑 아라리요.

　　　　아리랑 고개로 너머간다

　　　　인제 가면은 언제오나

　　　　오마는 날이나 일너주소

　　　　아리랑 아리랑 아라리요

　　　　아리랑 고개로 너머간다

　　　　산천초목은 절머만가고

　　　　인간의 청춘 늙어가네

　　　　아리랑 아리랑 아라리요

　　　　아리랑 고개로 너머간다

　　　　풍년이 온다네

　　　　이강산 삼천리 풍년이 온다네

　　　　(노래가 맛치면 일동은 크게 운다)

현구 : 영진영진 잘가게 만날째까지

영희 : 옵바 안........ 안명이 가세요

　　　(경관과 영진은 나간다. 부친은 참아 말을 못하고 금창이 무여지는

　　　어조로)

영감 : 영진아 영진아 네가 가면 어느째 맛날 날이 잇겟니 지금가면 영

　　　이별이다 아비가 살면 얼마나 살겟니 마지막 가는 영진아 이리와

　　　아비의 얼골이나 보고 가거라

(영진이 도라서서 아버지게로 달녀든다. 경관은 중간에서 막았다)

영진 : 아바지

　(일동은 비참한 눈물을 지며 영진과 경관은 한발 두발 걸어나간다. 막은

천천히 닷친다.

1932. 1. 28일

이 위 래

abstract

Study on Arirang

Kim, Dong-kwon

The conflict among the characters in each type of literary work, the correlation between the play and the movie, and the symbolic meanings of *Arirang* and *Arirang Hill* have been observed in the movie *Arirang* written by Na, Woon-keu in 1926 and *Wet Tide Arirang Hill* which is presumed to have been created in 1932 (subtitle ; Folk play Arirang Hill).

In *Arirang,* the characters and the form of the story can largely be divided into two types. *Arirang* can be divided into Na, Woon-keu written, Moon-il pyun *Arirang* type and Park, Seung-hee written, structured by Park, Jin *Arirang Hill* type. The movie *Arirang* written by Na, Woon-keu deals with subject different from the play *Arirang Hill* written by Park, Seung-hee, structured by Park, Jin. *Arirang* written by Na, Woon-keu can also be divided into two types according to characters and story. According to the story, it can be divided into the movie *Arirang* of Na, Woon-keu and the play *Wet Tide Arirang Hill*. Regardless of genre, *Arirang* which has been developed both into play and movie Can be generally classified as Na, Woon-keu written, Moon-il pyun *Arirang* and Park, Seung-hee written, structured by Park, Jin *Arirang Hill*. The characters and structure of the story are similar in Na, Woon-keu written movie *Arirang* and the play *Wet Tide Arirang Hill* but the stories of these two words are actually different.

In *Arirang*, it shows the miserable reality of farmers who inevitably leave their hometown because their lives have been wrecked under the colonial rule. The conflict between the farmers and vice land lords, the corrupted usurers which appears in both *Arirang* and *Arirang Hill* shows how the farmers are exploited and what difficulties they have in their lives.

In Park, Seung-hee's *Arirang Hill*, the reality of farmers finally leaving their hometown because they have not been able to overcome poverty has been visualized. The fact that this literary work has well reflected the reality of farmers who had been exploited under colonial rule is the reason for its popularity. The conflict between the typical characters, vice land lords and weak framers, has gained much appeal from the public. Therefore, Na, Woon-keu written *Arirang* and Park, Seung-hee written *Arirang Hill* have gained much positive evaluation at the time and made the public shed much tear. Such appeal from the public is judged to have come from the realism of these works. Arirang as a public play shows the emotional aspect of our people's lives filled with joys and sorrows from the mid/late 1920s to early 1930s and the realities of farmers are shown through paradoxically showing how the farmers have been exploited

Arirang which has the subtitle of Folk Play not only uses the country side as its setting but also shows the lives of real farmers, not simply farmers as an abstract being in reality. In the Folk Play, it shows the reality of these farmers inevitably leaving their hometown. It is judged that this literary work has the subtitle of Folk Play because the actual setting of farmers' lives is shown in the play. In other *Arirang* works, country side is only used as a setting without showing the specific lives of farmers in the country side.

There is symbolic meaning to Arirang Hill. Going over Arirang Hill has the symbolic meaning of leaving the hometown to a different world. Arirang Hill exists in the hearts of our people and it is a symbolic existence to our people which exists in every corner of our country. Arirang Hill is simply not a hill. It is a symbolic space whichdivides the meanings of existence. It has the sentimental emotions that the song Arirang has together with the promise of the future, not the feeling of defeat which lacks concreteness. It is not the end of reality but it is sentimental renunciation for a promise of a new tomorrow.

주제어 ; 아리랑, 아리랑고개, 향토극, 존재의 의미, 상징적 공간

Ⅱ. 아리랑과 대중극

1. 들어가기

<아리랑>은 장르가 다양해서 연극뿐만 아니라 민요와 가극, 그리고 영화와 오페라 양식등이 있다. 아리랑의 발생분포와 발생연대를 살펴보면, 구한말 의병 아리랑[21]에서 발생하기 시작하여 일제 식민지시대에는 식민지하라는 시대적 환경에 의해 지역별로 나뉘어서 전국에 걸쳐 널리 분포하여 나타나기 시작한다. 그 결과 오늘에 이르러서 아리랑은 누구나 알고 있는 대중적인 문학예술 양식으로 우리민족이면 누구나 그 가사를 부를 줄 알고 우리 민족의 정서를 표상하는 대표적인 문학예술로 지칭되고 있다.

이렇게 중요한 위상을 차지하고 있는 아리랑이 대중적인 전파성이 있는 영화와 연극의 형태로 본격적으로 대중 앞에 나타나기 시작한 것은 1926년 10월에 나운규의 무성영화 <아리랑>이 등장하면서 이다. 이때부터 본격적으로 아리랑이 상징하는 이미지가 식민지를 살아가

---

21) 박민일, 「한말 최초의 의병가와 의병 아리랑」, 『아리랑 정신사』, 강원대 출판부, 2002 참조

는 우리 민족의 정서를 표상하기 시작했고, 나아가 <아리랑>이 민요
를 중심으로 하여 다양한 장르의 문학예술형태로 형상화하여 나타나
기 시작하였다. 대중 앞에 전파성이 강한 영화와 대중극의 형태로 나
타난다. 1920년대 중반이후부터 1930년대 초반에 걸쳐 나타나는 <아
리랑>이라는 이름을 가진, 영화와 극 양식 작품을 보면 여러 편이 있
음을 알 수 있다. 영화 <아리랑>은 나운규작 무성영화 <아리랑>과
1930년대 후반에 나타나는 발성영화 <아리랑 고개>와 <아리랑 3편>
이 있고, 연극도 여러 편 있다. 이들은 동시대의 대중과 호흡을 함께
한 것이다.

근대극의 이입과정에서 나타나는 신극과 신파의 구분과 함께 이 당
시에 대중극이라 할 수 연극 명칭은 고려해야 할 사항이 많은 문제이
다. 이들 극양식은 대중극, 상업극, 신파극, 흥행극, 대중비극 등으로
다양하게 불리우고 있는데 이 당시의 영화와 연극의 양식은 단순한 용
어의 문제가 아닌 양식의 문제로서 시대적 상황과 연관지어서 보아야
할 사항이다. 아직 완벽한 1920-30년대 대중극에 대한 작품 발굴과 연
구가 이루어지지 못한 상황에서 여러 가지 논의가 있을 수 있지만 이
를 단순하게 용어의 문제로 단정하기보다는 시대적 상황과 연관된 양
식의 문제로 보아 폭넓은 논의가 필요한 시점이라고 본다.

그리고 이 시기에 신파라 부르는 대중적 양식인 연극과 영화, 민요
등 다양한 장르 형태로 일제 식민지치하의 백성, 특히 농민의 정서를
대변해 주었던 것이 <아리랑>이다. 아리랑은 형식적인 측면에서 본 장
르의 다양성뿐만 아니라 내용면에서 볼 때 그 자체가 지니는 상징적인
면모도 있다. 아리랑은 출발이 민요인 아리랑을 매개로 하고 있으면서,
이를 바탕으로 가극과 연극, 영화 등의 형태로 변형되어 일제 식민지
하의 민족적 정서를 담아 내 이를 적절하게 표출시켜 주고 있다.

민요로 출발한 아리랑이 상황에 따라 가변적인 모습으로 연극과 영화 모티프로 나타나는 것을 볼 수 있는 것이 1920년대 말과 1930년대이다. 이때부터 이 땅에 연극과 영화라는 장르가 본격적으로 뿌리를 내리기 시작하였다. 이들 영화와 연극은 대중적인 친화성과 전파성을 지니고 있는 대중적인 양식이기 때문에 그 의미의 중요성이 있다. 그리고 30년대 중반 이후에는 <아리랑>이 국내에서는 그 내용이 지니는 상징적인 의미로 인해서 대중극 형태로는 공연을 할 수가 없어서 직접적인 모습은 찾아 볼 수가 없다. 이때부터는 중국 북간도와 연해주 등의 지역에서 다양한 장르형태로 나타난다. 이때부터 아리랑은 우리 민족에게는 고향을 떠나 유랑하는 삶에 대한 서러움과 나라를 잃어버린 민족으로서 일제에 대한 직접적인 대항의 표현이자 항일의 수단으로 나타남을 볼 수 있다.

본 연구에서는 1926년에 시작된 나운규 원작 문일 편 영화소설 <아리랑>에서부터 1932년에 창작된 희곡 연극소설 <젖은물결 아리랑 고개> (부제; 향토극 아리랑 고개)을 대상으로 연극과 영화 의 형태로 나타나는 이들 아리랑 작품의 형태와 의미를 살펴보고, 아리랑 작품이 지니는 대중극으로서의 위상을 가늠해보고자 한다. 이를 위해 기본 텍스트로 삼고자하는 자료는 다음과 같다.

1. <아리랑> ; 나운규 원작, 문일 편, 영화소설 <아리랑> (1929년, 박문서관), 1926년 나운규가 영화한 작품임.
2. 영화설명, <아리랑> (Regal C107 A-B) 나운규 원작, 한동호 설명, 유성기음반
3. <아리랑 고개>, 박승희 작, 박진 구성, 1929년, 1막
4. 극 : <아리랑 고개>(Columbia 40251 AB, 이백수, 석금성, 1931. 10), 유성기 음반

  5. 연극소설 <젖은물결 아리랑 고개> (부제; 향토극 아리랑 고개)
     2막, 강의영작, 영창서관, 1933년 10월 30일. *이 작품은 아단문고
     소장본이다.
  6. 극 : <지나간 그날> ; 영화 아리랑에서(Polydor 19091 AB, 왕평,
     신일선, 박제행, 1933. 10), 유성기 음반

  유성기음반22)이라는 것은 김만수와 최동현이 유성기 음반에서 발
취한 자료를 모아 만든 자료집에 수록된 것을 말한다. 연극 <아리랑
고개>는 박승희 원작을 박진이 재구성한 작품으로 단국대 소장본이
다. 나운규의 <아리랑>은 영화소설로 문일이 편집한 것이다. 이들 작
품의 특성은 원작자가 살아 있을 때에 관계자가 재구성한 것으로 원
작과는 일정한 거리가 있다. 연극소설 <젖은물결 아리랑 고개> (부제;
향토극 아리랑 고개)는 강의영작으로 영창서관에서 1933년에 출판한
작품이다. 이 작품은 현재 아단문고에 소장되어 있으며 필자가 필사한
것이다.
  이들 작품은 모두 민요인 아리랑을 작품의 기본 바탕으로 하고 있으
며, 작품이 영화에 관련된 것 3편, 연극적인 기반을 가지고 있는 3편이
다. 그리고 이 중에 유성기 음반에 기초한 작품이 3편 있다. 본고는 이
들 작품을 대상으로 아리랑 작품의 형태와 의미를 살펴보고, 이들 아
리랑 작품이 지니는 대중극으로서 그 위상을 살펴보고자 한다.

---

22) 김만수, 최동현, 『일제강점기 유성기음반속의 극 영화』, 태학사, 1997

2. 아리랑의 형태와 의미

<아리랑>은 구한말부터 민요형태로 나타나기 시작하여 극양식의
형태를 띤 것은 1926년에 나운규가 무성영화 <아리랑>에서부터 이다.
영화는 나운규의 무성영화와 1930년대에 나타난 발성영화가 있다. 그
리고 연극이 몇편 있다. 이중에 현재 전하는 대본을 바탕으로 작품 <아
리랑>을 보면 내용상 형태를 크게 2가지로 구분해 볼 수가 있다. 먼저
나운규 원작 문일편 <아리랑>계열과 박승희 원작 박진 구성의 <아리
랑고개>로 나뉜다. 나운규원작 <아리랑>은 박승희원작의 <아리랑고
개>와 등장인물과 소재가 다르게 나타난다. 그리고 나운규 원작의 <아
리랑>도 2가지로 나누어 볼 수가 있다. <아리랑>과 강의영작 연극소설
'젖은 물결 아리랑고개'가 내용상 나뉘는 것을 볼 수가 있다. 그럼 구
체적으로 살펴보기로 하자. 먼저 나운규 원작의 <아리랑>계열 작품을
보기로 하겠다. 1926년 작품인 나운규의 무성영화<아리랑>의 등장인
물을 보면 다음과 같다.

    최영진 (나운규) ; 사립학교 2학년 퇴학하고 집에 와서 철학 공부하
                    다가 미쳤음.
    최영희(신일선) ; 영진 동생, 영진 친구 현구를 좋아함.
    그의 아버지(이규호)
    윤현구(남궁운) ; 영진 친구, 대학생
    오기호(주인규) ; 고리대금업자 천상민의 청지기
    천상민(홍명선) ; 돈많고 세력많고 호랑영감이라 불리는 대지주
    박선생(김갑식) ; 마을에서 야학을 운영함

이러한 등장인물 구성은 유성기음반의 영화설명인 <아리랑>, 나운
규 원작, 한동호 설명에 나오는 것과 비슷하다. 다만 여기에서는 <아리
랑>에 비해 천상민의 아들과 영진의 애인이 등장한다는 점이 다르다.
등장인물은 박선생, 현구, 영진, 영희, 기호, 천상민, 천재일, 해신 등이
다. 이러한 유성기 음반에 나타나는 유사성은 극양식인 <지나간 그날>
에서도 엿볼 수가 있다. 영화 아리랑에서라는 부제로 1933. 10 에 왕평,
신일선, 박제행이 나와서 만든 것으로 극중에 등장인물인 영진, 박선
생, 영순의 역할을 하고 있다.

이들 작품의 내용을 살펴보기로 하겠다. 나운규 원작 <아리랑>에 나
타나는 작품내용과 갈등 상황을 보겠다. 연극에 나타나는 외적인 주
갈등은 사립학교 2학년 퇴학하고 집에 와서 철학 공부하다가 미친 최
영진과 돈 많고 세력 많고 호랑 영감이라 불리는 대지주이자 고리대금
업자 천상민의 청지기 오기호의 대립양상으로 나타난다. 최영진의 아
버지가 진 빚 300원을 갚을 능력이 없다. 오기호가 최영진의 아버지에
게 빚을 상환하지 않으면 집을 차압하겠다면서 협박을 하면서 영희와
혼인을 시켜주면 이를 탕감해 주겠다고 한다. 최영진과 오기호라는 인
물간의 대립과 갈등이 직접적으로 나타나기보다는 최영진의 아버지를
매개로 해서 오기호는 영진 아버지를 핍박하고, 오기호는 영진을 무서
워하며 직접 대면하기를 꺼려하는 간접적인 형태로 나타난다. 이렇게
전체적인 갈등구도가 두 인물간에 쟁점이 모호하지만 이들을 매개로
하는 주위의 배경과 인물의 성격이 분명하게 인식되어 나타나기 때문
에 대립구도를 이해하기가 어렵지 않다. 이는 극중에서 영진과 기호의
대립이 기호가 영진을 무서워하고 도망 다니다가 영진 집안 사람들이
집에 사람이 출타한 기회를 엿보아서 영희를 강제로 어떻게 하려고 하
다가 결국은 영진의 손에 죽는 것으로 끝난다.

그런데 인물간의 갈등 양상을 보면 기호가 영진 아버지에게 빚 300원과 영희와의 결혼을 가지고 압력과 협박을 하고 있는 것으로 나타난다. 기호가 영진과 직접적으로 대립하여 핍박하는 형상은 나타나지 않고 있다. 오히려 영진이 정신이 이상한 미친 인물로 설정된 점에서 보면 직접적인 갈등구도가 성립되지 않는다. 그러나 일제하에 농민을 수탈하는 고리대금업자와 이로 인해 집과 땅을 빼앗기는 대상이 농민이라는 보다 넓은 개념의 잠재적인 대립구도와 등장인물의 전형적인 성격으로 인해 갈등구도가 분명하게 성립되어 나타난다. 농민들이 집과 농토를 동양척식주식회사와 고리대금업을 하던 지주계층에게 빼앗겼다는 사실과 함께 나아가 돈을 갚을 수가 없으면 영희를 대신 달라는 형식의 인신매매까지 나타나고 있다. 그리고 다른 등장인물에서도 직접적인 대립과 표출은 나타나고 있지는 않지만 잠재적인 갈등요소를 지니는 있는 것으로 볼 수 있는 것이 있는데 야학을 하는 박선생과 악덕 지주인 고리대금업자와의 갈등이 내재되어 있음을 짐작할 수 있겠다.

그리고 미친 역할을 하는 영진을 통해서 영진이 미쳐서 끌려가는 세계를 통해 이 세계가 저주의 불길과 악마로 화한다는 영진의 외침을 통해서 작품의 전개방향에 대한 예시를 볼 수 있다.

> 秦始皇도 죽엇다지
> 만리장성들너쌋코 아방궁을 놉히지여 삼천궁녀시위하며 실이 목지소호하고 궁심지지소락하든진시황도 여산황초점은날에 일분토만남기여노코말엇다. 초로갓흔인생들이야말다시하야무엇하랴 그리하야영진이는 뜰가운데서서 要領不得으로 부르지즈며 딴세상을상상하게되여 그의눈압혜는황막한사막으로보인다.
> 전편으로부터 인듸안의상인과나그네 한사람이 오는 것이다
> 그런데 상인이라는 것은 기호이요나그네는자긔영진이엿다

나그네는목을쥐이며 상인에게무엇을애원한다. 그것은목이말으니물좀달나는 것이자. 그러나 무정하게도상인은물을주기는고사하고 오히려목이말러서다죽어가는 나그네를 밧길로차버리는 것이다. 나그네 그는목이말러서긔진맥진한몸에 밧길로채인채로대항도하지못하고쓸어저잇는 것이다.

이얼마나악마와갓흐며 악착무도한일이랴 목이말러서물좀달나고물좀달나고 애원하는 것도돌아보지안코 오히려밧길로차버리는 것이

이때또그곳에낫하난엇던젊은남녀두사람이상인압헤와서 상인에게물을달나고 애원한다 남녀두사람은현구와영희이다. 상인은 물병능 들어몰래바닥에 쏫아뵈이면서비웃는 우슴을 우스면서녀자의압흐로갓가히가며말을한다

저사나히를 바리고나를쫏차온다면....... 상인은이와갓치말하니 여자는목이당장말러서죽을지경이라엇지할수업시 약한마음에 승낙을 하얏다. 그리하야 상인은 깃븐낫으로녀자에게물을 주는 것이다.

이것을 본남자는 분하야상인에게달녀들어 격투가시작되엿다. 먼저 상인에게 물을좀달나고하다가 상인의발길에 채여 쓸어저잇든그네는 상인과남자가 격투하는것을보고 소래를크게질으며 달녀든다

악마

나그네와상인과는 얼마동안 격투를하얏다. 그리하야결국은고약한상인이나그네의날카로운칼날아래 썩어진생명은 끈어지고 말엇다.

밋친영진이는 형구와영희에게대하야브르짓는 것이다. 그의안목은상금도사막을보이키는 것이다.[23]

미친 역할을 하는 영진을 통해 보여주는 이러한 환상의 장면은 작품의 진행과 결말 상황을 예시하는 것으로 글의 진행과 결말에 대한 암

---

23) 나운규 원작, 문일 편, 영화소설 『아리랑』, 1929년, 박문서관, 15~16면

시이자 복선이다. 이처럼 작품『아리랑』의 결말에 대한 암시를 통해서
절정을 향한 극의 진행을 보다 빠르게 전개하고 있다. 결국 정신이상
자인 영진이 사건을 마무리하고 결말을 가져오지만 이러한 결말은 우
연이 아닌 식민지하의 부조리한 제반 현상이 빚어낸 것임을 보여주고
자 하고 있다. 영진이 행하는 오기호에 대한 살인행위가 단순한 개인
적 차원의 복수나 응징이 아니라는 것을 이야기하고 있다. 이렇게 고
리대금업자 등 침략자인 일본인과 연관된 자들에 의해 우리 농민들이
점차 삶의 터전을 상실하게 되는 상황을 보여주고 있다. 아리랑고개가
등장하는데 영진이 지나가는 아리랑고개가 슬픔과 이별의 정한이 맺
힌 고개임을 강조함으로써 영진의 살인행위가 민족적인 차원에서 비
롯된 비극임을 더욱 부각시키고 있다.

> 죽엄의길을 밟어가는 사람과 보내는 사람들……
> 이슯흔이약이가시작될때에 동리사람들은 가이업는 젊은이를
> 멀니떠나보낼뿐요. 영진이는 순사에게꿀니여 한만흔아리랑고개로
> 향하얏다.
> 전일에현구와류학의길을 떠나갈때는 모든 것이무궁한희망과
> 원대한포부에싸여잇더니붓들니어가는오날에는 고향의산천초목까
> 지도 슯흔리별의눈물을 머금고 그의떠만을슯허하는 듯 영진이는
> 압흔가슴치미는슯흠을억제하고 눈물의얼골에 강잉한우슴을띄여
> 다시금고개를 돌리키여둥리사람을바라보고24)

영진이 살인을 하고 넘어가는 아리랑고개가 과거에 유학 갈 적에는
희망과 원대한 포부에 찬 희망의 길이였는데, 오늘 살인을 하고 순사
에게 잡혀가는 아리랑고개는 우리민족의 슬픈 현실을 보여주는 이별

24) 앞의 책, 28면.

의 슬픈 고개임을 대조적으로 보여준다. 영진이 처한 비극적 상황이 영진의 개인적 일이 아닌 민족적인 전체의 일임을 이야기하고 있다.

다음은 유성기 음반에 수록된 나운규작 한동호 설명의 영화 <아리랑>을 살펴보기로 하겠다. 내용을 보면 영화 해설이라는 이 작품은 나운규의 <아리랑>이 보다 확장된 형태를 보여주고 있다. 먼저 현구와 미친 영진이 등장하고, 영희가 나온다. 영진 아버지는 직접 등장하지 않고, 기호와 영진이 갈등하고 대립하다가 영진이 기호를 죽여서 영진이 잡혀간다. 그 후 예심에서 풀려난 영진이 고향에 돌아오지만 악덕지주이자 고리대금업자인 천상민 때문에 고향을 떠난 아버지와 누이를 찾아 떠난다. 그러나 사건은 여기서 끝나지 않고 1년 후에 영진이 사랑하는 해신이 천상민의 양자인 천재일에 간계에 의해 경관에게 잡혀간다. 이에 분격한 영진이 천재일을 죽이고 도망가다가 영회를 만나고, 아버지가 방금 전에 돌아가셨다는 사실을 안다. 그리고 영진이 도망가다가 넘어져서 돌맹이에 머리를 부딪친다.

이 작품은 문일이 펴낸 나운규의 <아리랑>과는 다르게 변형되어 나타나고 있다. 먼저 영진과 오기호, 그리고 오기호의 배후인 천상민과의 대립, 이는 다시 천상민의 양아들 천재일과의 대립으로 이어진다. 이렇게 영진의 갈등상황이 천상민 일족으로 세습하여 이어지고 있다. 문일편 나운규의 <아리랑>은 갈등상태가 영진과 대립되는 오기호와 이를 비호하는 배후세력인 고리대금업자인 악덕지주로 표상되는 인물 전체라고 할 수가 있다. 그런데 이 작품은 영진과 천씨 일가와의 개인적인 차원의 대립과 갈등이라는 개인적 차원의 문제로 변하고 있음을 보여준다.

또다른 유성기음반인 극 <지나간 그날>(영화 아리랑)에는 왕평, 신일선, 박제행 등이 출연한다. 내용은 영화 속의 장면을 회상 재연하는 것이다. 신일선의 첫작품인 아리랑을 한 막 해보자고 해서 카츄샤 나오는 장면과 7년만에 재회하는 장면을 보여준다.

<아리랑>에는 분명 카츄샤에 대한 장면과 진시황에 대한 장면이 나온다. 그런데 이 작품에 나오는 장면은 <아리랑>과 <아리랑 고개>와는 내용이 변형된 형태인 듯하다. 카츄샤가 7년만에 애인과 재회하듯이, 영진이 7년만에 고향에 돌아와 보고싶은 사람들과 재회를 한다. 그런데 재회하고자 한 대상인 아버지는 죽고, 여동생은 행방불명이고, 사랑하던 아내 영순은 남편을 미친놈 취급한다는 내용이다. 여기에서 보면 다른 <아리랑> 작품과 다른 것이 몇 가지 나온다. 먼저 영진이 결혼했다는 사실이다. 야학하는 박선생을 통해 아버지가 죽고, 여동생이 행방불명이 되었고, 아내는 영진을 미친놈 취급하는 상황으로 해서 스스로가 미쳤다고 외친다. 어쩌면 이러한 극한 상황에서 미치지 않는다는 것이 비정상으로 보이는 상황이라 할 것이다.

다음은 희곡 연극소설 <젖은물결 아리랑 고개>를 살펴보기로 하겠다. 강의영 작품인 아리랑고개는 나운규의 영화 <아리랑>과 등장인물 등은 비슷하나 실제 내용 구성은 다르다. 작품 내용을 보면 인물간의 대립 양상 등은 유사하다. 1막과 2막의 내용을 보겠다.

1막

장면1 ; 영감이 영희를 불러 철학 연구하다 미친 영진이 집밖으로
       나간 것을 걱정한다. 기호가 동네사람과 같이 영진을 결박
       하여 끌고 온다. 그러나 영진은 다시 밖으로 나감.

장면2 ; 영진 부친은 영진이 다시 집밖으로 나간 것으로 인해 속상
       해 함. 현구가 등장한다. 수년만에 친구인 영진을 찾아온
       것이다. 현구와 영희는 서로 좋아하는 사이임.

장면3 ; 오기호 등장하여 영희와 결혼하겠다고 함. 부친이 정혼한
       곳이 있다고 거절하자 돈을 갚던지 영희를 주던지 선택하라함.

2막

장면4 ; 영희는 집에 있고, 현구와 영진 부친은 들에 마을사람들
　　　　노는 것을 구경하러 나감. 영진이도 풍악소리를 듣고 대야
　　　　와 낫을 들고 춤을 추며 나감.

장면5 ; 집에 사람들이 들에 나간 틈을 타서 기호가 영희를 납치하
　　　　려고 함. 이때 현구가 나타나 기호와 싸움하다가 위기에 처
　　　　함. 영진이 등장해서 위기에 처한 현구를 구하고 기호와 기
　　　　호와 같이 온 농민과 싸우다 이들을 살해함.

장면6 ; 영진 경관에게 잡혀감. 이때 정신이 돌아와서 정상적인 사
　　　　람이 된다. 온전한 정신일 때 범죄인이 됨. 이는 모든 불평
　　　　을 찌트리려는 병임. 영진은 자신이 좋아하는 아리랑을 청
　　　　해 들으면서 잡혀간다.

　이 작품은 영화소설 나운규 원작 문일 편의 <아리랑>과 극의 기본
골격이 유사하다. <아리랑>과 <아리랑 고개>가 다른 점이 있다면 구
성의 치밀성과 우연성의 배제에 있다.<아리랑 고개>는 <아리랑>에서
영진과 기호의 대립이 아버지를 매개로 해서 다소간 애매모호하게 나
타나는 갈등 구도를 분명하게 보여주고 있으며, 사건의 인과성과 함께
우연성이 아닌 예측 가능한 구성을 하고 있다. 등장인물을 보면 <아리
랑>이나 <아리랑고개> 모두 영진과 영진아버지, 영희, 그리고 현구와
오기호 등 구성상의 주요 인물과 역할이 일치한다.

　그러나 나운규의 <아리랑>과 강의영의 <아리랑고개>를 비교해 보면,
<아리랑고개>가 연극으로 공연하기에 적합함을 볼 수 있다. 먼저 인물
유형이 대조적인 전형성을 보여준다. 그리고 주 갈등이 단순하고 분명
하게 나타난다. 영희와 현구의 관계가 서로 좋아하는 관계로 설정되어
있고, 기호와 영진의 갈등도 직접적으로 나타나 분명하게 보여준다. 그

래서 작품이 무대에 올려졌을 때 이들의 갈등구조를 이해하기가 쉽다.

다음 작품 유형은 박승희의 <아리랑고개>이다. 이 작품은 일제시대의 농촌 상황을 사실적으로 보여주고 있지만, 나운규의 아리랑과는 다른 형태의 작품이다. 박진이 이야기하고 있듯이 극단 토월회가 만든 작품으로 어려운 농촌의 현실을 보여주고 있다. 1929년에 만든 이 작품은 토월회의 박승희와 박진이 아리랑 타령을 듣고 힌트를 얻어 만든 작품이다.

> 그어느날 석양 무렵 담너머 집에서 젓가락 장단으로 들려오는 아리랑타령이 전에없이 두사람의 귀를 파고 들었다. 우리는 異口同聲으로 저거다하고 무릎을 쳤다. "아리랑 고개를 넘어간다....."
> 아리랑고개는 어디에 있고 그 고개를 넘어서는 어디로 가느냐? 그때는 기미독립운동인 3.1만세사건이 있은지 10년후 1929년 왜인이 홍수처럼 밀려들고 동양척식회사-현내무부의 그 자리 그건물-가 죄선땅을 다사드리려는 판이라 군소농민들은 일인에게 땅을 빼앗기고 갈곳을 찾아서 男負女戴 바가지쪽을 차고 가느니가는곳은 북간도, 서간도요, 길마다 유리민으로 꽉 찼던 때이다. 그러나 망국의 한을 풀어 볼길없는 피압박민족이었다. 여기서 두사람은 비상한 각오를 하고 작극의 초를 잡았다. 그럼 우선 아리랑고개는 어디에 있느냐? 그렇다 방방곡곡 3천리고갯길이 다 아리랑고개다.25)

이와 같이 작품의 창작동기가 아리랑타령에서 힌트를 얻어 이 땅에서 삶의 터전을 잃고 떠나는 이들의 애환을 바탕으로 만든 것이다. 윤갑용의 지적처럼 작품이 보다 심층적인 농촌과 농민의 문제점을 능동적으로 보여주지는 못했어도 망국의 한을 풀 길 없는 식민지치하에 놓

---

25) 박진, 『세세년년』, 경화출판사, 1966, 60면.

인 이들의 정서를 담고 있다는 사실이 이 작품이 지니는 가치와 의미
라고 하겠다.

> 勿論 그것은 農村의 疲弊가 무엇에 基因하는가 遊離群이 그에
> 이르기까지의 過程에 대한 社會的 根據가 무엇인가를 明確히 指
> 示한 것은 아니다. 다만 漠然하게 小作人層등의 慘狀을 暗示하야
> 슬 따름이니 나의 深刻한 사실을 담지 안헛다는 難點은 여긔에 잇
> 다. 遊離하지 아흘 수 없는 社會的 情勢를 밝히지 안흔 곳에 그런
> 意識的 乃至 積極的으로 階級鬪爭을 表現하지 안흔 곳에 나의 非
> 難이 있다.26)

등장인물의 갈등관계를 살펴보면, 봉이와 길용이는 사랑하는 사이
이다. 길용이네가 악덕고리사채업자인 일인과 일인 거간꾼의 고리 사
채를 빌려쓰고 갚지 못해 집과 땅을 빼앗기고 고향을 떠나 북간도로
간다는 이야기로, 농민과 악덕사채업자 일인과 일인 거간꾼의 대립구
도로 되어 있다. 나운규의 <아리랑>과 강의영의 <아리랑고개>가 농민
과 대립되는 수탈계층이 지주계층이었던 것과는 다르게 일본인이 직
접 등장하고, 고리대금업자인 일인과의 갈등과 대립의 결과는 농민들
의 일방적인 패배로 나타나 변변한 저항조차 못하고 고향을 등지고 떠
나게 되는 모습을 보여준다.

이와 같이 고향을 등지고 떠나는 내용을 담고 있는 유성기 음반이
있다. 극 <아리랑고개>이다. 이백수와 석금성이 나온다. 등장인물은
길남 부친, 길남, 복례이다. 여기에서도 길남과 복례는 서로 좋아하는
사이이다. 그러나 길남이네는 집과 땅을 잃고 고향을 떠나야 하는 입

---

26) 윤갑용, 「土月會의 아리랑고개를 중심삼고」, 『동아일보』, 1929.11.29.

장이 된다.

> 장면1 ; 길남이네가 떠나려고 세간을 팔음. 서로 좋아하는 복례와
> 길남이 헤어져야함. 같은 마을의 종수네는 함경도로 떠난
> 다고 함. 춘삼월에 다시 만나자면서 헤어짐.

고향을 등지고 살아가야 하는 정처 없는 농민들의 비참한 현실을 적 나나하게 보여주고 있다. 이처럼 <아리랑>과 <아리랑고개>는 악덕고 리대금업자인자 악덕지주인 자와 농민과의 대립구도를 통해 동시대의 어려운 현실을 잘 보여주고 있다. 그리고 박승희의 아리랑고개처럼 결 국은 이 땅에서 삶을 영위하지 못하고 떠나야하는 현실을 형상화하여 잘 보여주고 있다. 당대의 현실을 있는 그대로 작품 속에 반영하고 있 다는 사실이 작품의 대중성을 높여주고 있다.

3. 대중극으로서의 아리랑

아리랑은 민요와 연극, 영화와 가극 등 여러 가지 장르의 형태로 남 아 있다. 현재 우리가 분석 대상으로 한 작품은 1926년부터 1933년 사 이에 창작된 것으로 아리랑이 금지되기까지 애창되고 공연되던 작품 들이다. 나운규의 <아리랑>이나 박승희의 <아리랑고개>는 당시에 상 당한 긍정적인 평가를 받고 많은 대중의 눈물을 흘리게 하였다. 이러 한 작품에 대한 긍정적인 평가는 유성기 음반을 분석한 것에서도 엿볼 수가 있다.

<아리랑 고개>는 아리랑 고개를 넘어가는 사람들, 즉 고향을 떠나 북간도나 함경도로 유랑의 길을 떠나는 당시 민중들의 한많은 이야기를 담고 있다. 이 극의 해설자는 "청천 하늘에 별도 많고/이내 가슴에 수심도 많어"라는 아리랑의 곡조를 배면에 깔고 "옛날로부터 아니 영원토록 넘어갈 아리랑 고개"의 애환을 미리 제시하고 있다. 여기에 실린 "아리랑의 노래"는 다분히 세속화되고 센티멘탈한 감정으로 채색된 아리랑이다. 유랑민의 슬픔을 구체적으로 묘사하지 못하고 배우들의 막연한 흐느낌으로 절제없이 표출하고 있는 점, 고향을 떠나는 슬픔을 남녀 간의 이별의 슬픔으로 대치시키고 있다는 점이 그러하다.

나운규 작, 나운규 출연의 <아리랑>은 한국 영화사상 매우 의미 있는 작품으로 알려져 있다. 항일과 독립정신이라는 주제가 뛰어난 몽타쥬 기법으로 표현된 <아리랑>은 한국영화사 내에서 극찬의 대상이 되기도 했다. 음반극 속의 <아리랑>은 당시의 영화 <아리랑>의 상영이 지녔을 상영 현장의 분위기를 가장 정확하게 재구해 볼 수 있는 귀한 자료이다. 중간에 삽입된 세 편의 민요 아리랑은 영화의 진전에 따라 그 가사의 내용과 창자의 감정이 적절히 어울리고 있어, 그 노래를 직접 듣게 되면 영화 중에 삽입된 아리랑 노래가 과연 어쨌길래 당시 관객들의 심금을 울렸는지에 대해 공감할 수 있도록 해줄 것이다. 그러나 영화 전체를 5분 남짓한 음반극에 무리하게 담는 데에서 오는 불균형이 단점이다.[27]

나운규원작 영화 <아리랑>과 박승희원작 <아리랑고개>, 그리고 강의영작으로 되어있는 연극소설 <젖은물결 아리랑 고개>에 나오는 아리랑과 아리랑고개의 의미 문제는 작품이 표출하고자한 주제와 깊은

---

27) 김만수, 「일제강점기 SP음반에 나타난 대중극에 대한 연구」, 『한국극예술연구 8집』, 132면.

상관성을 지니고 있다. 1926년에 나운규의 영화 아리랑이 상연된 이후 중국 등지에 있던 조선인에게 아리랑은 주인공 영진이 낫으로 오기호를 죽이는 장면에 대한 의미가 아리랑고개를 넘으면서 겨레의 슬픔이자 염원인 독립에 대한 의지를 아리랑을 부르며 활화산처럼 폭발케 했다[28]. 그래서 고향을 등지고 북방으로 유랑을 떠난 이들에게 있어서 아리랑은 삶에 있어서 새로운 가능성을 보여주는 것이 되었고, 이것은 민요, 가극 등의 장르 형태로 표출되어 보다 적극적인 입장에서의 항일을 주제로 한 활동으로 이어진다.

아리랑 아리랑 아라리요 아리랑 고개를 넘어간다 이노래는 언제 누가 어디서 부르기 시작했는지 모르면서 우리는 불러왔다 아리랑 고개는 이별고개요 아리랑고개는 설음의 고개다. 그럼 이 아리랑 고개는 어데메있느냐? 아무도 아는이가 없고 사실 있지도 않다. 그러면 이 아리랑고개는 어디있느냐? 삼천리강산 구비구비고갯길이 아리랑고개요 삼천만 가슴마다 얽히고 섫긴 서러운 구절구절에 아리랑고개는 있는 것이다. 불같이 사랑하던 총각처녀가 애끓이는 이별의 단장곡을 부르는거도 이 아리랑고개를 조상이 물려준 땅조각을 지니지못하여 남의 손에 빼았기고 쪽박을 차고 넘어가는 원한의 고개도 이 아리랑고개다. 이 아리랑고개는 지금이 삼천리강토 구석구석에 없는곳이 없다[29]

<아리랑>과 박승희 원작 박진구성 <아리랑 고개>에 나오는 영진의 미친자로서 행태와 아리랑노래가 상징하는 것, 그리고 아리랑고개가 의미하는 바가 일제 식민지치하라는 민족사의 수난기를 살아가는 영

---

28) 진용선, 『중국조선족의 아리랑』, 수문출판사, 2001, 82면.
29) 박승희작, 박진 구성, 아리랑고개 작품 중에서.

진이라는 개인이 경험하는 것을 통해서 하나의 개인사를 통해 우리 민족이 고난과 역경을 저항과 체념의 면모를 통해 보여주고 있다. 이 작품 속에서 김만수는 유성기음반 속에 드러나는 아리랑과 아리랑고개의 상징성에 대해서 남녀간의 이별의 문제로 고향을 떠나는 감상주의적인 면모가 있음을 지적했다. 그러나 이는 식민지라는 한계상황을 고려했을 때 영진이라는 인물의 미친 행동과 아리랑 노래가 상징하는 바는 유사한 의미를 지닌다고 보아야 한다.

아리랑에 대한 영화와 연극으로 만들어진, 대중극으로 만들어진 일련의 작품을 영화와 연극으로 제작되어 지는 과정을 살펴보면 이들 작품이 일정한 원형을 지니고 있으며, 이것이 시대적 상황에 따라 부분적인 내용의 첨삭과 함께 개작된 상황을 보여주고 있음을 유념해야 한다고 생각한다. 1920년대 중반에서 30년대 초반까지 식민지하라는 한계상황을 살아온 삶의 터전 전체가 뽑혀나가는 상황 속에서 현실에 대항할 힘이 없는 나약한 농민들의 현실과 정서적인 측면에서 내적으로 분노를 억제하기 힘든 상황을 반영해서 보여주고 있는 것이다. 아리랑이 대중극으로서 자리매김을 하고 있는 점에서 가치를 지닐 수 있는 것은 대중에게 공감을 얻을 수 있는 작품 내용의 사실성에 있다.

식민지하의 농촌에서 농민이 악덕지주와 일제 자본에 수탈 당하는 일련의 과정과 집과 땅을 빼앗기고 삶의 터전을 떠나야하는 상황을 사실적으로 보여주고 이를 대중적인 극양식으로 형상화함으로써, 아리랑과 아리랑고개라는 상징적 의미가 가치를 지니는 것이다. 아리랑과 아리랑고개에 내재해 있는 응축된 폭발적인 파괴력이 민족적 정서에 보다 직접적인 자극과 호소를 하고 있다고 볼 수 있다. 아리랑에 내포된 내용은 단순하게 세속화된 감정의 센티멘탈리즘이라기보다는 식민지하를 살아가는 힘없는 자로서의 용해되지 못한 억눌리고 응축된 감정의 표출을 역으로 보여주는 것이라 할 수 있겠다.

대중극으로서의 아리랑은 이와 같이 1920년대 중후반부터 1930년대 초반까지 우리민족의 애환이 서린 삶의 단상을 감상적인 면모와 함께 다소 농민들 삶이 힘없이 유린당하는 모습을 통해 다소 역설적인 모습으로 농민이 처한 실상을 보여주고 있다.

4. 맺는 말

이 땅에 근대극의 이입과정에 나타나는 대중극에 대한 논의는 <아리랑>을 기점으로 하여 논의해야 한다고 본다. 이는 <아리랑>이 지니는 내용상의 의미와 다양한 장르의 형태, 그리고 우리민족을 대표하는 상징성 때문이다. 작품 <아리랑>은 민요와 가극, 연극, 오페라, 영화 등의 다양한 양식의 장르로 나타나고 있다. 그리고 작품의 내용은 식민지시대를 살아가는 이들의 애환을 담고 있다. 연극으로 공연된 작품을 보면 나운규 원작 문일편 <아리랑>계열과 박승희 원작 박진 구성의 <아리랑고개>로 나뉜다. 나운규 원작 <아리랑>은 박승희 원작의 <아리랑고개>와 등장인물과 소재가 다르게 나타난다. 그리고 나운규 원작의 <아리랑>도 2가지로 나누어 볼 수가 있다. <아리랑>과 강의영작 연극소설 <젖은 물결 아리랑고개>가 내용상 나뉘는 것을 볼 수가 있다.

작품의 내용을 보면 식민지 치하에서 삶의 뿌리를 뽑히고 어쩔 수없이 고향을 등지고 정처없이 떠도는 농민들의 비참한 현실을 보여주고 있다. 이처럼 <아리랑>과 <아리랑고개>는 악덕고리대금업자인 악덕 지주와 농민과의 대립구도를 통해 농민들이 수탈 당하는 과정과 생활

의 현실적인 어려움을 보여준다. 그리고 박승희의 <아리랑고개>에서
처럼 현실적인 어려움을 극복하지 못하고 결국은 떠나야하는 현실을
형상화하고 있다. 당대의 현실을 있는 그대로 작품 속에 반영하고 있
다는 사실이 작품의 대중성을 높여주고 있다. 악덕 지주와 나약한 농
민이라는 전형화된 유형적인물의 대립을 통해서 대중적인 호응도를
높이고 있다. 그래서 나운규<아리랑>이나 박승희 <아리랑고개>는 당
시에 상당한 긍정적인 평가를 받고 많은 대중의 눈물을 흘리게 하였
다. 이러한 대중적인 공감과 호응은 작품이 지닌 사실성에서 나온다고
본다. 대중극으로서의 아리랑은 이와 같이 1920년대 중후반부터 1930
년대 초반까지 우리민족의 애환이 서린 삶의 단상을 감상적인 면모와
함께 다소 농민들 삶이 힘없이 유린당하는 모습을 통해 다소 역설적인
모습으로 농민이 처한 실상을 보여주고 있다.

　이와 같이 아리랑계열 작품들은 의미가 있다. 먼저 식민지하의 일제
와 지주계급의 농민 수탈과정을 보여주고 있다. 그리고 아리랑은 대중
적인 지지와 호응을 얻어 이 땅의 박해받고 수탈당하는 민중을 상징하
게 되었다. 그래서 연해주와 만주로 이주한 동포들에게 아리랑은 일제
에 대한 저항을 상징하고 우리 민족의 정서를 표상하게 되었다. 1930
년대에 동양극장이 나타나 본격적인 대중극시대를 열기이전의 이 땅
에 연극이 이입되어 토착화되는 시기에 대중적인 호응을 얻은 대중극
시대의 서막을 장식해 주고 있다.

참고 문헌

1. 기초자료

1. <아리랑> ; 나운규 원작, 문일 편, 영화소설 <아리랑> (1929년, 박문서관), 1926년 나운규가 영화한 작품임.
2. 영화설명, <아리랑> (Regal C107 A-B) 나운규 원작, 함동호 설명, 유성기음반
3. <아리랑 고개>, 박승희 작, 박진 구성, 1929년, 1막
4. 극 : <아리랑 고개>(Columbia 40251 AB, 이백수, 석금성, 1931. 10),유성기 음반
5. 연극 소설 <젖은물결 아리랑 고개> (부제; 향토극 아리랑 고개) 2막,강의영작, 영창서관, 1933년 10월 30일. *이 작품은 아단문고 소장본이다.
6. 극 : <지나간 그날> ; 영화 아리랑에서(Polydor 19091 AB, 왕평, 신일선, 박제행, 1933. 10), 유성기 음반

2. 주요 논저

김동권, 「아리랑 연구」, 한국극예술학회 하계학술발표문, 2002
김만수, 「일제강점기 SP음반에 나타난 대중극에 대한 연구」,『한국극예술연구 8집』
김만수, 최동현, 『일제강점기 유성기음반속의 극 영화』, 태학사, 1997
박민일편저, 「한말 최초의 의병가와 의병 아리랑」,『아리랑 정신사』, 강원대 출판부, 2002
박민일편저, 『아리랑』, 강원대 출판부, 1993
박진, 『세세년년』, 경화출판사, 1966
서항석, 『서항석 전집6』, 가산출판사, 1987
유민영, 『한국근대연극사』, 단대 출판부, 1996

윤갑용, 「土月會의 아리랑고개를 중심삼고」, 『동아일보』, 1929.11.29
진용선, 『중국조선족의 아리랑』, 수문출판사, 2001
홍재범, 『한국 대중비극과 근대성의 체험』, 박이정, 2002

abstract

<Arirang> and modern public drama

Kim, Dong-kwon

The discussion on the introduction of modern public drama to our land should start with <Arirang>. It is because of the meaning of the story, various forms of genre and the symbol of representing our people. <Arirang> is played out in various genres such as folk song, lyric drama, play, opera, and movie. <Arirang> is about the joys and sorrows of the people in the colonial period. <Ariang> which has been performed as a play, has two versions, author Na, Woon-gu and Moon, Il-pyun <Arirang> and author Park, Seung-hee and Park, Jin's <Arirang Gogae>. The characters and subject of Na, Woon-gue's <Arirang>are different from that of Park, Seung-hee's <Arirang Gogae>. Furthermore, Na, Woon-gue's <Arirang> can be divided into 2 versions according to the stories, <Arirang>and 'Wet Waves Arirang Gogae' written by Kang, Ui-young. The story is about miserable lives of farmers who wander off losing their homes under the colonial rule. Both <Arirang> and <Arirang Gogae> deal with the hardship of farmers and how they are exploited of their lives through the conflict between malicious usurers and farmers. In Park, Seung-hee's <Arirang Gogae>, the reality of leaving the hometown after not being able to overcome the difficulties is visualized. The fact that it reflects the life of that period in the story enhances its popularity. Through the typical conflicting structure between malicious landlords and weak farmers, the story has gained more popularity. Thus, Na, Woon-gue's <Arirang> and Park, Seung-hee's <Arirang Gogae> have received much positive evaluation and made the public wipe their tears at the time. Such strong appeal of the story comes from the realism of the story. As a popular drama, <Arirang> shows the emotional aspect of lives of our people filled with joys and sorrows from the mid 1920s to early 1930s and it also shows how the lives of farmers have been exploited in a paradoxical way.

The Arirang stories are meaningful. First, the stories show the colonial rule of the Japanese and the process of farmers getting exploited by the landlord class. Secondly, Arirang has gained the support of the public to become a symbol of the people who have been oppressed and exploited. Therefore, to those compatriots who have emigrated to Siberia and Machuria, Arirang has become to symbolize opposition to the Japanese rule and sentiment of the people. Arirang was the beginning of modern drama era, which has gained the popularity among the people at the time when play genre had just been introduced and localized before the opening of Dongyang Theater in the 1930s of full-scale modern drama era.

Ⅲ. scenario 아리랑의 소설화과정에 대한 일고찰

1. 영화소설 아리랑의 탄생

　영화『아리랑』은 1926년 10월 1일 단성사에서 상영되었다. 단성사에서 개봉한 무성영화『아리랑』은 일대 사건이었다. 진용선(정선아리랑연구소장)의 이야기처럼 우리가 지금 부르는 노래 아리랑도 이 영화의 주제가로 처음 세상에 울려 퍼지기 시작 했다. 아리랑의 감독, 주연, 시나리오 작가인 나운규에 대한 평가를 보면 '영화계를 대표하는 개척자이자 창조적 영화세계를 형성한 인물'라고 한다. 적절한 평가라 할 수 있다.

　현재 영화『아리랑』의 본모습을 확인할 수 있는 필름은 없다. 일제시대와 해방의 혼란기를 거치면서 간수하지 못했다. 그렇지만 여러 가지 경로와 방법을 통해 영화 아리랑을 유추하여 살펴볼 수는 있다. 먼저 가장 원형에 가까운 것이 영화소설 형태로 남아있는 영화소설 아리랑이다. 그리고 오늘에 있어서 아리랑 영화와 나운규의 존재와 업적을 증명하는 명징한 단서는 주제가 <아리랑>이다. 영화 아리랑의 주제가 아리랑은 주제가, 신민요, 서울·경기아리랑, 본조아리랑, 그리고 모든 지역 아리랑을 대표하는 '아리랑'으로 불리는 존재가 되었다. 바로 이 아리랑에 영화『아리랑』과 나운규의 진가를 찾아 낼 수 있는 것이다. 오늘에 있어서 아리랑의 위상은 영화『아리랑』과 나운규의 기호일 뿐만 아니라 우리문화의 코드인 것이다.30)

나운규와 민요 아리랑의 만남, 민요 아리랑의 영화화, 그리고 주제가 <아리랑>의 새로운 탄생, 아리랑으로서 이는 틀림없는 대변혁이다. 그래서 아리랑 연구가 김연갑은 이를 크게 평가하는데 이의가 없다고 한다.

'나운규의 영화『아리랑』'이란 표현은 어쩌면 음악 아리랑 보다는 영화『아리랑』에 더 무게를 둔 듯하지만, 그만큼 아리랑의 영화와의 만남은 결과적으로 그 자체가 대변혁이었다는 것을 강조한 것이다. 그러나 따지고 보면 그 결과는 영화 '아리랑'이 아니라 민요 아리랑의 대변혁이었음은 "주제가 영화를 끌고 다녔다"는 표현에서 그 실상을 잘 보여주고, 그 결과가 '본조아리랑'으로 위상을 확보할 수 있었다는 것이다. 민요와 영화의 관계는 당시에 발행한 영화 선전문을 통해서 상호간에 깊은 관련이 있음을 알 수 있다.

> 눈물의 아리랑, 웃음의 아리랑
> 막걸리 아리랑, 북구(北丘)의 아리랑
> 춤추며 아리랑 보내며 아리랑 떠나며 아리랑
> 보라! 이 눈물의 하소연!
> 일대 농촌비시(一大 農村悲詩)

---

30) 김연갑, 영화<아리랑> 개봉 80년 기념 토론회, 주제가<아리랑> 형성배경 -나운규의 관련 발언과 상황을 중심으로-

누구나 보아 둘 이 훌륭한 사진 오너라 보아라.
근사(謹謝) 초일(初日) 대만원
현대비극(現代悲劇) 웅대한 규모!
대담(大膽)한 촬영술(撮影術)!
조선 영화사상(映畵史上)의 신기록(新記錄)!
당당(堂堂) 봉절(封切)!

1. 아리랑 아리랑 아라리요
   아리랑 고개로 넘어간다
   나를 버리고 가는 님은
   십리(十里)도 못 가서 발병 나네

2. 청천(靑天) 하늘엔 별도 많고
   우리네 살림살이 말도 많다.

3. 풍년이 온다네 풍년이 온다네
   이 강산(江山) 삼천리(三千里)에 풍년이 온다네

4. 산천초목(山川草木)은 젊어만 가고
   인간(人間)에 청춘(靑春)은 늙어만 가네

5. 문전(門前)의 옥답(沃畓)은 다 어데 두고
   쪽박의 신세가 웬일이냐31)

당시에 나온 영화 아리랑의 광고이다. 광고문을 보면 줄거리나 주인공에 대한 내용은 보이지 않고 주제가와 사설을 보여주고 있다는 점에서 아주 다른 형태이다. 이처럼 아리랑은 민요에서 시나리오와 영화로, 희곡과 연극으로, 그리고 다시 영화소설이란 형태로 다양하게 각색되고 분화하면서 일제하를 살던 우리 민족의 정서적인 애환을 대변하게

---

31) 김연갑, 앞의 인용 책자

되었다. 그리고 오늘에까지 이어져서 우리 민족을 정한을 대변하고 표징하는 존재가 되었다.

본고에서는 이러한 다양성을 지닌 아리랑에 대한 연구 가운데 영화소설 아리랑을 통해 영화 아리랑이 시나리오 형태에서 다시 서사구조인 소설로 변천하는 과정에 대해 살펴보겠다. 원작과 각색의 문제를 통해서 영화 아리랑의 형태에 대한 문제를 살펴보고, 시나리오와 영화의 형태에서 서사구조로의 각색에 대한 문제와 영화소설 아리랑에 대한 구성과 갈등을 중심으로 작품 분석해 보고자 한다.

2. 원작과 각색에 대하여

영화 아리랑은 전편과 후편으로 2편이다. 이들 2편은 모두 영화소설 형태로 서사화되어 박문서관에서 책으로 발간되었다. 전편에 해당하는 아리랑은 주인공인 영진이 동네에서 절대권력을 지니고 동네사람을 착취하는 지주 천상민과 청지기인 오기호와 갈등 대립하다가 오기호를 살해하고 잡혀서 아리랑고개를 넘어가는 것으로 결말지어진다.

후편은 영화 <아리랑> 나운규 작, 함동호 설명 유성기음반과 유성기음반인 극 38. 지나간 그 날 영화 (아리랑)에서[32]를 살펴보면 대강의 줄거리와 내용을 알 수 있다. 줄거리인 시놉시스는 영진이 살인죄로 잡혀갔다 나온 이후에까지의 전편에서 이어져서 연관된 사건이 전개된다. 천상민의 아들 천재일과 영진의 아내와의 아내인 해신이 잡혀가

---

32) 김만수, 최동현, 『일제강점기 유성기음반속의 극 영화』, 태학사, 1997

고, 다시 재일을 살해하고 도망가던 영진이 아버지와 누이동생을 만나는 상황에서 아버지는 죽었고, 영진도 도망치다가 넘어지면서 정신이 아득해지는 장면으로 결말지어진다.

이 장에서는 아리랑 전편에 대해서 영화소설 아리랑을 통해 영화 아리랑을 유추해 보고, 시나리오의 소설화 과정이 어떻게 이루어졌나를 살펴보고자 한다. 각색을 한다는 것은 쉬운 일이 아니다. 우리가 이야기하는 시나리오란 무엇인가?

> '시나리오란 영상으로 들려주는 이야기이다. 시나리오란 한 장소 또는 이곳저곳에서 각자의 일을 하고 있는 한 개인 내지는 사람들에 대한 명사와 같은 것이다. 시나리오란 모두 이 기본적인 전제를 수행하는 것이다. 영화는 기본적인 이야기 줄거리를 극화하는 시각매체이다. 그리고 모든 이야기들과 마찬가지로 영화에도 명확한 시작과 중간 그리고 끝이 있다.'[33]

영화는 서사적인 이야기 줄거리를 시각매체화한 것이다. 그리고 영화를 만드는 시나리오란 시각적인 영상으로 들려주는 이야기인 것이다. 이러한 시각적인 영상을 서사적인 이야기로 다시 만든다는 것은 결코 쉬운 일이 아니다. 사이드 필드는 각색에 대해서 말하기를 소설이나 연극 혹은 신문기사를 시나리오화하는 것은 원작 시나리오(오리지날시나리오)를 쓰는 것과 같은 작업이다. 각색한다 to adapt라는 말은 어떤 매체에서 다른 매체로 옮긴다는 뜻이다.

각색이란 더 나은 것을 만들기 위하여 구조나 기능 형태를 창조할 수 있도록 어떤 것을 변경하거나 적절하게 짜맞추는 가능성으로 정의

---

33) 사이드 필드, 유지나 옮김, 시나리오란 무엇인가, 민음사, 2004, P17

될 수 있다.

소설은 소설이고, 희곡은 희곡이며, 시나리오는 시나리오다. 소설을 시나리오로 각색한다는 것은 어떤 것(소설)을 다른 것(시나리오)으로 바꾼다는 것을 뜻하는 것이지, 어떤 것을 다른 것 위에 놓는다는 뜻은 아니다. 영사적인 소설이나 영상적인 희곡은 있을 수 없다. 사과와 오렌지가 다른 것처럼 소설과 시나리오는 다른 것이다.[34] 보통은 소설이나 희곡 등을 시나리오로 각색하는 것이 일반적인 현상이다. 그런데 우리의 현실은 무성영화시대에 시나리오가 영화화된 형태에서 소설로 각색되었다. 이 사실은 매우 획기적인 사건이다. 이는 단순한 장르의 전환이라는 측면보다도 사회적으로 영화의 흥행적인 성공과 함께 나온 결과라 할 수 있다.

문일은 영화의 소설화 작업에 대해서 '춘사 나운규씨의원작영화'아리랑'을 영화소설로쓰기에는 무한한주저를멧번이나 거듭하얏는 지는 나로서는 그 수를 헤알일수업슬만치 되엿든것이다'라면서 자신이 결코 쉬운 결정이 아니였음을 토로하고 있다. 쉽지 않은 결정이었던 이유는 영화 아리랑이 성공을 하였다는 상황에서 비롯된 어려움이었다.' 그리고 고연한 서투른솜씨에 원작을 그대로는표현식히지못할지라도 원작에상처나주지안을가?하는염려도 또한적지안엇든것이다 '영화를 소설로 표현하였을 때 원작에 못 미칠 것을 염려한 것이다.

이는 각색을 잘못 이해한 판단이라고 할 수도 있겠다. '각색은 오리지널시나리오처럼 씌어져야 한다. 단지 소설이나 신문기사, 노래라는 데서 시작한다는 점만이 다를 뿐이다. 소설을 각색할 때, 본래의 소설

---

34) 사이드 필드, 앞의 책, p170

에 충실해야 한다는 규정은 없다.'35)

영화 시나리오가 없는 무성영화를 소설로 각색한다는 사실은 이런 점에서 어려운 일이라 하겠다. 문일은 그렇기 때문에 몇 번이나 주저 하였고, 원작의 의미를 제대로 전달하면서 각색할 수 있을까하는 염려 를 하였던 것이다. 무성영화인 아리랑은 원래 영화화한 시나리오와 변 사의 대사 형태로 전달되는 영화내용을 바탕으로 새롭게 각색하는 작 업이 필요하다. 특히 무성영화 변사의 대사를 녹취하여 다시 재생한다 는 것은 결코 쉬운 일은 아니었을 것이다. 변사의 대사는 현장의 상황 에 따라 즉흥적으로 첨삭이 가해질 수가 있기에 더욱 어려운 점이 있 다. 문일은 이러한 어려운 점을 극복하기위해 단성사에서 변사로 활동 하던 서상필씨의 도움이 절대적이었을 것이다.

> 이'아리랑'을쓸때에 단성사서상필형에 만은 도음이 잇섯슴으로 안심은되여든 것이다.
> 그런대 먼저독자에게 말삼하야둘것은 엇던장면과장면을연상하 야가면서 읽을때에 좀부족한감을 늣기게되는곳은 널니양해를 바 라는바이다.36)

각색을 하는데 있어서 서상필씨의 도움을 받았음과 장면 단위의 구성 을 통해서 각색을 하였음을 말해준다. 무성영화에 대본이 있을 수가 없었기에 더욱 힘들었을 것이다. 그리고 문일의 표현을 그대로 해석하면 영화소설 아리랑은 진정한 의미의 각색이라고 하기에는 거리가 있다고 하겠다. 그러면 본격적으로 각색의 방향에 대해서 살펴보기로 하겠다.

---

35) 앞의 책, p171
36) 문일편, 나운규원작, 영화소설 아리랑, 머리말

3. 영화 시나리오의 서사화 문제

영화시나리오의 소설 각색은 당시의 유행이었다.

아리랑은 영화소설로 조선키네마특작품으로 춘사 나운규 원작 문일 편이다. 나운규의 원작 시나리오를 문일이 다시 편집하여, 즉 각색을 통해서 영화소설로 만들었다는 말이다. 영화소설 아리랑의 머리말을 보면 문일이 나운규의 영화를 영화소설을 쓰면서 주저했다고 고백한 사실은 당시에 아리랑이 선풍적인 인기를 띄었다는 사실로 인해 각색에 대한 고민이 있었다. 이러한 고민의 흔적은 자신의 솜씨가 서툴러서 실수 할 줄 모른다는 것과 원작에 상처를 줄지도 모른다는 염려 때문이라는 머리말에 나온다. 대중적인 인기를 끌었던 영화 아리랑을 각색하여 영화소설로 만든다는 사실에 대해 약간의 주저함과 두려움을 지니고 있었음을 보여주는 대목이다.

당시에 상영된 무성영화를, 대중적인 인기를 얻고 유행하던 영화를 소설화하는 것은 아리랑뿐만 아니라 다른 작품도 있었음을 통해서 당시에는 소설을 시나리오로 각색하는 것보다는 반대로 대중적인 인기를 얻은 영화를 각색하였음을 알 수 있다. 박문서관 발행 영화소설 아리랑의 마지막 장에 게재된 광고를 보면 '우리 조선의 영화서류를 구하시려면 본 서점이 안이고는 도저히 안될 것입니다. 영화소설 영화소곡집! 영화사전! 영화참고서! 무엇이든지 발행합니다.'라고 선전하면서 기발행한 것을 소개하고 있다. 이들 작품을 보면, 『세계영화소곡집』과 『아리랑전편』과 『아리랑후편』, 『사랑을 차자서』, 『유랑』, 『총중조』, 『풍운아』, 『야서』, 『금붕어』 등이 있다. 당시에 상영된 영화의 주제곡을 모아 놓은 세계영화소곡집과 영화소설을 발행했음을 알 수 있다. 그러면 이러한 영화의 서사화를, 시나리오를 소설로 어떻게 각색하였을까하는 문제다.

사이드 필드가 이야기한 것처럼 영상으로 들려주는 이야기인 시나리오를, 시각매체인 것을 인물의 내적인 삶인 인물의 생각, 느낌, 감정, 기억 등을 묘사하여 그리는 것이 서사양식으로의 각색일 것이다. 이러한 각색이 변사가 활동하던 무성영화 시대에 어떠한 방법으로 행해졌을까 하는 의문이 있다.

4. 소설인가? 아니면 소설형식의 시나리오인가?

등장인물 소개 방식

영화 소설 아리랑을 보면 영화 시나리오의 각색은 분명한데 서서구조의 소설이라고 해야 할 지 아니면 소설형태의 시나리오라 칭해야 할지 여부가 문제이다. 먼저 등장인물에 대해서 살펴보기로 하겠다. 등장인물은 맨 처음 인물란에 소개를 하면서 당시에 배역을 맡았던 배우의 실명이 그대로 제시되고 있다.

    최영진 ......   나운규
    최영희 .....   신일선
    그의 아버지 ...... 이규와
    윤현구......   남궁운
    오기호 ......   주인규

    천상민 ....   홍명선
    박선생 ......   ·   김갑식
    기타

  이러한 인물제시는 서사화된 소설 속에서도 이어지고 있다. 내면적인
서사구조의 묘사형식이 아닌 장면의 제시방식으로 인물을 소개하고 있다.

    T 돈만코세력만코 동리사람들이 호랑령감이라고 부르는이집주인
    천상민..... ...홍명선

    T 어는 사립전문학교이학년에서 퇴학하고귀향한후에 철학을 연구
    하다가 밋처낫다는 이동리명물사나히
    최영진.....나운규

    T 이집청직이로 주이천가에게는한업는귀염을밧지만은 동리사람
    들은송충이갓치실여하는
    오기호.......주인규

  등장인물에 대한 소개가 변사가 인물에 대한 평가를 통해서 제시하
는 것처럼 제시함으로써 소설적인 면모보다는 영화적인 시나리오적인
면모를 보여준다. 이러한 시나리오적인 성향은 인물제시 뿐만 아니라
이야기의 전개 방식, 즉 구성에서도 서사적이기보다는 시나리오적인
면모가 보인다.

영화 서술에 대하여

  서술의 방식이 시나리오의 신단위로 되어 있다. 전체가 5개의 장으
로 나뉘고, 81개 신으로 구성되어 있다. 맨 처음 신은 개와 고양이라는

표제를 단 신으로 시작한다.

    T 개와고양이
    도회를 멀니떠려진곳에 그윽한평화에싸여잇는 하롱촌이잇섯다
    불과 몃호밧게 안이되느이동리에 사람들은 소작인이라는 가느
다란줄에 목을매고 그날 그날의생활을 이어가고 잇섯스며 이동리
에 졂은두사나히가잇섯고 그들은무엇때문인지 맛나기만하면 마치
개와고양이와도갓치 싸우는것이다 오날도길거리에서 맛난그들은
또다시맹렬이싸우기를시작하얏다
    쫏차가고 쫏겨가고 논두렁밧고랑 놉흔언덕 나즌골한업시 쫏기
기든사나히는 할수업시자기의집으로 도라왓다

    애들아

    그리고 기호는 헐네벌덕거리며 쪼차온영진이를 잡으라고 하인
들에게엄령을내리고 자긔는집으로돌어갓는것이다
    그리하야 하인들은 영진이를 잡으려고 하얏슴으로반항하는 영
진이와하인사이에는 또싸홈이게속되는것이다

  첫 신이 평화로운 농촌에서 두 젊은이가 서로 개와 고양이처럼 쫏고
쫏기는 상황으로 시작한다. 그리고 맨 마지막 81번째 신은 두 젊은이
중에 한 젊은이는 죽고 다른 젊은이는 체포되어 아리랑고개를 넘어가
는 신이다.

    T 영희야 그러고현구 어서 어서………
    영진이는영희와현구에게노래불으기를재촉하얏다 그리하야 현구
는슯흐게도노래를부르는것이다
    '아리랑 아리랑 아라리요

아리랑고개로 넘어간다
나를 버리고가는님은
십리도못가서 발명나네

아리랑 아리랑 아라리요
아리랑고개로 넘어간다
청청하날엔 별도만코
우리네 살림사리 말도만타

아리랑 아리랑 아라리요
아리랑고개로 넘어간다
풍년이온다네 풍년이온다네
이강산삼천리에 풍년이온다네

아리랑 아리랑 아라리요
아리랑고개로 넘어간다
산천초목은 젊어만가고
인간에청춘은 늙어만가네'

설움에저진 힘업는발길은 어언간 아리랑고개를당도하얏다 꼿까지
따라오는사람은 현구와영희이엿다 영진은다시금고개를돌리키며
'오-현구야! 영희야 그대들은어서집으로돌아가서 설움에울고게신
아버지를위로하야들여라 나는얼마잇지안으면 돌아올것이다'
오날날까지 영진은동리사람의 슯흠에울엇고 그들의깃븜에우섯든
것이다
최후까지그들의복되기를빌든몸이 그들을위하야가상위대한희생의
길을것는것이다
이스름에저즌 산과들이돗아오는아침해에빗나잇슬때 불행한그들
의불러내는 서름의여음울뒤로들으며 먼-길을떠나갓다
　끗

영화소설이 신 단위 구성으로 되어 있다는 것은 소설의 서사적인 구조와는 거리가 있을 수 있음을 보여주는 것이다. 영화인 시나리오의 구성단위로 재현한 것은 일종의 시나리오적인 성향이라고 볼 수 있다. 분명 이것은 소설적인 서술과는 거리가 있다. 소설적인 서술의 접근이라고 볼 수는 없다. 그렇다면 영화에서의 서술이란 무엇인가? 영화 서술학에서는 이렇게 서술을 말한다.

1. 서술에는 시작과 끝이 있다. 모든 서술은 물리적 사물로서 울타리로 둘러싸여 있다. 물론 후편을 암시하는 영화들도 존재한다.

2. 서술은 이중으로 시간적인 시퀀스다. 모든 서술은 두가지 시간성을 사용한다. 하나는 서술된 것의 시간성이고, 다른 하나는 서술행위 자체에 걸리는 시간성이다. 따라서 사건의 어느 정도 연대기적인 연속과 사용자가 주파하는데 얼마간 시간이 걸리는 기표의 시퀀스, 즉 문학 서술에서는 독서의 시간, 영화 서술에서는 상영의 시간을 구분하는 것이 좋다.

3. 모든 서술행위는 담론이다. 서술행위는 발화행위의 주체와 반드시 관계되는 일련의 발화체라는 뜻이다.

4. 서술의 지각은 서술된 사실을 비현실화 한다.
   만일 현실이 그 누구에 의해서도 발화되지 않은 것이라면, 하물며 그것이 결코 이야기를 하지 않는 것임은 말할 필요도 없다. 이것은 내가 어떤 서술에 관계하는 순간, 나는 그것이 현실이 아니라는 것을 알고 있다는 말이 된다. 물론 실제 이야기에서 따온 소설이나 영화도 존재하지만, 관객은 결코 그것을 현실과 혼동하지 않는다.

5. 서술은 사건들의 전체다.
   사건은 서술의 기본단위다. 소설을 요약해 보면, 어떤 방식을 사용하든 개개의 단어들만으로는 충분치 않다는 사실이 명백하다. 어느 정도 문장을 복잡한 문장을 구성하는 일련의 절들이 필요한 것이다.37)

무성영화에서의 변사에 의한 서술은 시나리오와의 상관관계에서 언어적인 면과 서술적인 측면에서 어떠한 것인가? 실제로 영화소설 아리랑처럼 무성영화를 바탕으로 각색한 경우에 시나리오의 각색에 변사와 자막의 기능과 작용은 어떻게 나타나는가? 그리고 무성영화에서의 자막이나 변사의 개입에 서술적인 면은 어떠한가?

A.고드로 / F.조스트에 따르면 무성영화의 자막에 의해 전달되는 문자 형태의 개입에 대해 지금까지의 연구는, 자막이 전제하는 말의 유형이 언어적인 효과와 동시에 서술적인 효과를 낳는다는 사실을 암시해 준다.(작품에서 이끌어낼 결론 대부분은 변사의 구두로 하는 개입에도 똑같이 적용될 것이다.) 이러한 언어적 서술적 효과들은 서로 구분하기 어려울 때도 있지만, 구분해서 따로따로 소개하겠다. 언어적 효과는 재료의 연구(기호학의 대상)에 속하며, 서술적 효과는 서술의 연구(서술학의 대상)에 속하기 때문이다.

언어적 효과 : 말은 무성의 영상이 전달할 수 없는 몇 가지 정보들을
전달한다.

1) 말은 시각적으로 재현된 행위에 대하여 여러 기의들의 가능성 사이에서 관객을 안내한다. 이것은 말의 의미 정착 기능이다.
2) 말은 이데올로기적 의미를 부여하고, 영상이 단정적으로 밖에 제시할 수 없는 것에 대해 가치판단을 내릴 수 있게 해준다. 그

---

37) 송지연 옮김, A.고드로 / F.조스트, 영화 서술학, 동문선, 2001

결과 말은 관객이 다양한 방식으로 보는 것을 해석하기 위한 지시를 내려준다.

3) 말은 영상이 보여 줄 수밖에 없는 것. 장소 시간 인물 등을 명명한다.

4) 말은 인물의 대화를 전달함으로써 서술행위에 직접화법의 가능성을 첨가한다.

서술적 효과 : 말은 스토리의 구축을 돕는다.

1) 언어적 정보는 디에제즈 세계를 구축하는데 기여한다. 언어적 정보는 우리가 보는 영상을 시공간에 위치시키고, 인물의 성격을 구축하고, 인물의 이름을 부름으로써 우리에게 해석의 틀을 제공한다. 우리가 보는 스토리는 이 해석의 틀 안에서 그럴 듯한 것으로 보이게 된다.

2) 자막은 우리가 보지 못하는 행위들을 요약하거나, 어떤 쇼트를 더 광범위한 지소 기간의 요약으로 제시한다. 자막은 이렇게 영상서술에 재현된 시간성을 가속화할 수 있다.

3) 자막은 영화의 뒷부분에 대해 예상함으로써 영상 필름의 시간 순서를 바꾼다. 이 현상의 단점은 관객이 나중에 발견해야 할 사건의 결과를 미리 예견하게 함으로써, 서스펜스를 없애는데 있다.

4) 자막은 영상서술의 진행을 방해한다. 이는 자막이 대화를 번역할 때 특히 분명하게 나타난다. 언어 서술이 단지 무성의 영상이 말할 수 없는 것을 밝히는 역할만을 하기 때문이다.

 3) 4)항은 영화에 있어서는 단점으로 인식되고 타파되어야 할 소설이나 연극의 유산으로 간주되었다.[38]

---

38) 영화서술학, p112

변사는 영상과 동시에 말을 했지만, 그의 텍스트는 모든 구두서술이 그렇듯 이야기꾼의 성격이나 카리스마와 관계된, 돌발적이거나 즉흥적인 요소가 개입된 소지가 있었다. 영화소설 아리랑에서는 언어적인 면인 대사와 변사의 이야기꾼적인 구두서술을 함께 보여 줌으로써 신 단위의 구성과 함께 영화소설리라고 명칭을 붙이고 있지만 소설적인 특성과는 일정한 거리가 있다. 영화 아리랑을 각색한 결과가 소설의 서사구조적인 각색이라기보다는 시나리오적인 면을 재현하는 형태를 보여주고 있다.

영상과 음향에 대하여

영화는 있었던 행위를 기록했다는 이유만으로 과거이지만, 영화의 영상은 그 행위를 생중계해 주는 인상을 주기 때문에 현재일 수 있다. 영화 서술은 기본 재료의 성격 자체 때문에 사건의 공시성, 행위의 동시성에 관련되는 문제들을 특별히 다룰만한 가치가 있다. 이 문제들은 소설에서보다 더 직접적으로 통시적 차원의 문제를 제기하기 때문이다. 영화는 소설과는 반대로 여러 표현 언어로 연결한다. 이러한 복수성 (예를 들어 영상만을 이야기하더라도, 색깔, 동작, 표현, 의상, 소품 등 끝이 없다)은 거기다 표현 재료의 다수성 (움직이는 영상 외에도 글, 소리, 말, 음악) 앞에 놓는다. 그 결과 행위의 동시성은 연속성과 긴밀히 연관된다.

영화소설 아리랑은 위의 맨 처음 신 앞에 등장하는 아리랑 곡조와 가사가 주제가로써 주요한 의미를 지닌다. 무성영화이지만 맨 처음에 신에 제시된 아리랑곡조와 가사는 영화가 전개되는 과정에 6번이나 등장한다. 주제가인 아리랑은 부르는 신이 6번이나 되는 것이다. 그리고 음악도 바이올린 등의 반주에 맞춰서 부르게 되어 있다. 5번째 장을 시작하는 57번 신과 58번 신을 보면 분명하게 현구가 바이올린 반주를 하고 바이올린에 맞춰서 영진과 영희가 합창을 하는 신이 나온다.

> 밋친영진이는 언제나변함업시오날도 아리랑타령을부르고잇다
> 겻헤잇는현구는 영진이의부르는아리랑타령을바이올렝으로 반주
> 하며 영희에게합창하기를청하얏다
> 함께브릅시다
> 영희는바이올링반주에마치여 아리랑타령을브른다
> T 아리랑 아리랑 아라리요
> 아리랑고개로 넘어간다
> T 나를버리고가는님을
> 십리도못가고발병나네
> 세사람은침울한가운대도 노래를부르고잇다
> 기호는여짓것 영진이아버지에결혼문뎨를졸나대엿스나 그는거절
> 을당하는 것이다

주제가인 아리랑 음악과 음향에 대한 지시가 분명하게 나오고 있다. 변사가 등장하는 무성영화인 아리랑에서 주제가의 제시는 아마도 변사가 이를 대신하여 진행하였을 것이다. 이것은 변사가 영상적인 흐름에 맞추어서 주제가 음악과 음향을 동시에 보여주었다는 것을 의미한다. 이러한 변사의 역할을 재현하고 있다는 사실은 영화소설 아리랑이 소설로의 각색이 아닌 영화 아리랑의 재현 형식으로 서사적인 서술이 아닌 영화적인 서술에 속한다고 볼 수 있다.

5. 영화소설 아리랑의 구성과 갈등

앞에서 이야기한 바와 같이 영화소설 아리랑은 5개의 장과 81개의 scene으로 구성되어 있다. 5개의 장을 구성을 살펴보면, 1장과 2장에서는 등장인물 소개와 전개될 사건의 배경을 소개하고 있다. 3장에서는 영진과 기호로 사건의 발단이 되고, 4장에서 사건과 갈등이 깊어지고, 5장에서 갈등 대립이 극단으로 나아가 영진과 기호가 충돌하여 파국을 맞이한다.

이와 같이 구성이 장과 신 단위로 되어있어서 소설적인 서사구조로 보기에는 무리가 있다. 결국 영화의 해설적인 준 시나리오의 상태로 구성되어 있는 것이다. 그러면 다시 머리말을 통해서 문일씨가 작품의 각색 방향을 어떻게 설정하였는지를 보기로 하자.

> 가장우리 조선의색채가잇고 따라서빈약한농촌의 그무엇을 자아내인 춘사 나운규씨의원작영화'아리랑'을 영화소설로쓰기에는 무한한주저를멧번이나 거듭하얏는 지는 나로서는 그수를헤알일수 엄슬만치 되엿든것이다
>
> 그리고 고연한 서투른솜씨에 원작을 그대로는표현식히지못할지라도 원작에상처나주지안을가?하는염려도 또한적지안엇든것이다
>
> 그러나 이'아리랑'을쓸때에 단성사서상필형에 만은 도음이 잇섯슴으로 안심은되여든 것이다.
>
> 그런대 먼저독자에게 말삼하야둘것은 엇던장면과장면을연상하야가면서 읽을때에 좀부족한감을 늣기게되는곳은 널니양해를 바라는바이다39)

---

39) 춘사원작, 문일편, 영화소설 아리랑, 박문서관, 1929, 머리말

앞에서 논술한 바와 같이 아리랑을 어떠한 과정을 거쳐서 영화를 소설형식의 서사로 각색을 했느냐는 사실에 대해서는 먼저 장면 단위와 신으로 구성했다는 것과 단성사의 서상필의 도움을 받아 안심이 되었다고 한다. 서상필은 단성사의 무성영화 변사였던 것으로 추정된다. 변사의 도움을 받아서 원작 시나리오 형태의 영화와 유사하게 재현하고자 했음을 밝히고 있다. 무성영화인 아리랑의 시나리오의 소설화는 원작 시나리오의 재현에 주안점을 둔 것이다.

그리고 머리말을 통해서 배경과 영화의 주제에 대한 것을 제시하고 있는데 '우리 조선의 색채가 잇고'하는 사항에서 당대의 식민지치하의 한국의 상황을 배경으로 하고 있다는 것을 이야기해 준다. 그리고 주제는 '따라서 빈약한 농촌의 그 무엇을' 보여주고자 한 것이 작가의, 영화의 제작의도인 것이다.

이러한 주제의식은 등장인물과 머리말, 그리고 아리랑 노래 가사와 곡 다음에 나오는 '살진 전답과 아름다운산천을 사랑하든 백성들이 길고긴 세월에 싸인 시름의 시를 을프려한다'고 하는 점에서 짐작 할 수가 있다. 이 땅에 식민지치하의 조선 사람의 시름은 무엇인가? 이러한 시름에 대한 애환을 보여준 부분에 공감이 있었기 때문에 영화 아리랑이 성공할 수 있었고 오늘에까지 아리랑이 회자 될 수가 있었다고 본다. 그러면 보다 구체적으로 5개의 장의 각 신의 내용을 사건과 갈등 위주로 살펴보겠다.

배경과 인물 소개에 나타나는 구성과 갈등

영화 아리랑은 5개의 장으로 나눠져 있다. 배경과 인물소개는 5개장 중에서 처음 2개의 장에서 전개된다.

첫 번째 장에서 나오는 배경과 인물소개를 보면 11scene으로 이루어
졌다. 천상민, 최영진, 오기호, 최영진 부친, 박선생에 대한 인물의 성
격과 역할에 대한 소개와 이들과 연관된 사건의 배경에 대한 설명과
제시가 이루어지고 있다.

아리랑 영화의 처음 시작 장면을 보면 '개와 고양이'사이라는 설정
으로 시작된다. 평화로운 농촌에 견원지간처럼 서로 싸우는 개와 고양
이를 통해서 앞으로 전개될 사건 내용을 암시하고 있다.

> T 개와고양이
> 도회를 멀니떠려진곳에 그윽한평화에싸여잇는 하롱촌이잇섯다
> 불과 멋호밧게 안이되느이동리에 사람들은 소작인이라는 가느
> 다란줄에 목을매고 그날 그날의생활을 이어가고 잇섯스며 이동리
> 에 젊은두사나히가잇섯고 그들은무엇때문인지 맛나기만하면 마치
> 개와고양이와도갓치 싸우는것이다 오날도길거리에서 맛난그들은
> 또다시맹렬이싸우기를시작하얏다
> 쫏차가고 쫏겨가고 논두렁밧고랑 놉흔언덕 나즌골한업시 쫏기
> 기든사나히는 할수업시자기의집으로 도라왓다
> 애들아
> 그리고 기호는 헐네벌덕거리며 쪼차온영진이를 잡으라고 하인
> 들에게엄령을내리고 자긔는집으로돌어갓는것이다
> 그리하야 하인들은 영진이를 잡으려고 하얏슴으로반항하는 영
> 진이와하인사이에는 또싸홈이계속되는것이다40)

영화의 시작이 도회를 멀리 떠난 평화에 쌓여 있는 농촌의 정경이
펼쳐지고, 서로 개와 고양이로 비유된 영진에게 쫓기던 기호가 자기를

---

40) 춘사원작, 문일편, 영화소설 아리랑, 박문서관, 1929, 1쪽

쫓아온 영진을 하인에게 잡으라고 하면서 시작된다. 앞으로 전개될 사건도 기호와 영진의 서로 쫓고 쫓기는 이야기가 될 것임을 암시하여 보여주고 있다.

> 'T 돈만코세력만코 동리사람들이 호랑령감이라고 부르는이집주인
> 천상민..... ...홍명선
> 그는이동리에 대지주로서 군수갓은절대의권리와세력을가지고 동
> 리에사람을자긔마음대로하는 것이다

2번째 신에서 동네에 지주인 천상민이 등장하고, 배우 홍명선이 천상민역을 맡았음을 보여주면서 천상민이 동네에서 절대 권력을 발휘하고 있음을 보여준다. 그리고 4번째 신에서 나운규가 배역을 맡아 연기한 주인공, 사립전문학교 다니다 퇴학하고 귀향한 후에 철학을 연구하다가 무서운 현실의 박해를 받고 견디지 못하여 미친 최영진이 소개된다. 'T 어는 사립전문학교이학년에서 퇴학하고귀향한후에 철학을 연구하다가 밋처낫다는 이동리명물사나히'이다. 5번째 신에서 천가네 청지기로 동네사람의 미움을 받는 오기호역을 맡은 주인규가 나오고, 오기호는 'T 자긔주인의권력을밋고 동리의사람들을여지업시압박하며 피와기름을빨어먹는악마와 갓흔사나히다 심술사나웁고 마음곱지못한' 성격의 소유자로 나온다. 동네 야학 을 하는 박선생은 'T이십년동안이나 학생이 삼십명인동내학교에서 교장 학감 훈장 하인을겸임하여 나려오는 박선생.....김갑식'이다. 배우 김갑식이 배역을 맡았다. 11신에서 영진의 부친이 'T얼마가지고잇든 논밧도 아들의학비로 다업시하고 지금은한숨이끈일새업는밋친영진의 부친.....이규와'로 소개된다.

배경과 인물소개의 2번째 장은 12신부터 23 scene까지로 등장인물 윤현구와 최영희 소개와 사건의 배경이 나온다. 먼저 주인공 최영진의 누이동생 최영희가 외로운 처녀로 소개되고 신일선이 배역을 맡았음을 보여준다.

      T 다정하든 업바가밋처하고 사랑하는 어머니를이저버린 외로운처녀
      최영희.....신일선

그리고 현구의 등장은 영진과 현구가 4년전에 아리랑고개를 넘던 장면을 아버지를 통해 회상하게 한다. 여기서 아리랑고개는 시공간상에 상징적인 존재이다. 일종의 민족의 애환이 담겨있는 시공간이다. 민요에서 탄생한 아리랑이 식민지하의 민족의 정서를 담고 있다면, 이러한 정서적인 문제를 시각적인 공간에 담고 있는 곳이 바로 아리랑고개인 것이다.

       T 그것이벌서 사년전일임니다그려 두놈이저 아리랑고개를 넘어
      갓은것이....
          이말을듯는 영진이아버지눈압헤는영진이와현구가 억개를마조
      잡고 서울을향하야 아리랑고개를넘어갓은것이눈압헤알연이낫하
      나보이엿다

현구가 동네를 오기위해 넘어오는 아리랑고개는 4년전에 영진과 같이 넘어가던 고개로 이당시에는 시공간상 희망의 고개라 할 수 있다. 동네에 남아있는 아버지와 누이동생, 그리고 마을 떠나는 현구와 영진 모두에게 내일에 대한 부푼 희망이 있는 시공간이었었다. 새로운 내일을 기약할 수 있었던 내일에 대한 희망을 안고 지나가던 희망의 고개였던 것이다. 이고개를 넘어갔던 현구는 다시 정다운 친구를 만난다는

희망을 안고 아리랑고개를 넘어서 동네 마을로 온다.

> T 몹시도기다리는 하긔방학은왓다 세상에가장다정하든 친구영
> 진이를차저오는.........
> 윤현구.....남궁운

배우 남궁운이 맡은 윤현구는 방학을 맞아서 그립고 다정한 친구를 찾아서 온다. 친구와의 만남도 아리랑고개를 넘어서 이루어진다. 그런데 현구가 등장하는 상황 속에서 앞으로 전개될 사건에 배경으로 동네 마을에 청지기인 기호는 영희와의 혼인을 하려고 영진 아버지가 빌려간 돈 삼백원을 가지고 차압한다고 협박하면서 혼인을 승낙하던지 삼백원을 상환하던지 하라고 협박한다.

> T 하여간 래일은삼백원을주시든지 혼인을승락하시든지 어느편
> 으로든지작정을할수밧게........
> 기호는이러한 협박덕말을남겨노코갓다

1장과 2장에서는 이렇게 인물 소개와 인물을 둘러싼 배경에 대한 설정을 보여준다. 영진이 미쳤다는 사실과 영진 친구 현구가 등장하면서, 이 두청년과 천상민의 청지기 오기호가 전개할 사건에 대한 배경이 소개되고 있다. 그리고 본격적인 외적 갈등으로 나타날 최영희와 혼인을 하기 위해 오기호가 차입금 삼백원으로 협박한다는 설정을 제시한다.

아리랑의 발단부분인 3장의 구성과 내용

3장은 아리랑의 발단에 해당하는 부분으로 24신부터 38scene까지이

다. 현구가 등장하여 영진이 미쳐서 아리랑 타령만을 부르는 것을 보
고 실망하고 갑갑해 한다. 동네 청년들은 현구가 와서 반갑게 맞이하
는 것을 보고 천가네 하인이거나 소작인인 관계로 질책을 당하고 얻어
맞지만 하면서 현구와 기호의 내적갈등이 발생하고 있음을 보여준다.

> T 이놈아
> 마음곱지못한기호는 동리젊은사람들이현구를마지하고돌아오는
> 것을보고 로긔가가득차서소래를질은다 그것은자긔보다훌륭한사람
> 을 질투하는마음으로무죄한사나히들을 따리며 현구를출영하는것
> 을 질책하는것이다 젊은사나히들은기호에게 엇어맛는것이분하고
> 원통하기가짝이업스나 그러나 그네들은천가에집에하인들로잇는사
> 람 천가에소작인노릇을하는사람 이러한엇절수업는 쓸아린 사정에
> 억매여잇슴으로말이암어 엇어맛고도아모말도못하는것이다
> T 외돌야단이냐 죽엇든네하래비가사러오느냐 시골놈들이멋업
> 시날뛰는꼴이라고는그것참………
> 기호는또따린다 그래도분이풀니지안엇는지 그중에한사람을껄
> 고가서흠씬때려주려고자긔집으로끌고가는것이다

  현구와 기호의 관계와 갈등의 성립은 현구와 영희의 관계를 통해서
분명하게 나타난다. 결혼이라는 사건을 놓고 현구와 기호, 그리고 영희
와의 갈등관계가 영화의 발단단계에서 분명하게 드러나면서 앞으로
사건이 전개되면서 이를 중심으로 갈등이 심화될 것임을 예시하여 보
여준다.

> T영희씨
> 영희는자긔에게도 무엇인지준다는것을 퍽으나고맙기한량이업
> 섯스나 그러나붓그러워서고맙다는말한마듸도못하고밧엇든 것이다

현구는각각선물을내여준다음에는어린양과도갓치 곱고도아릿
다운 영희의 태도와마음에는 자긔의마음이안이끌날수가엄섯은것
이다 영희는현구가주는 그선물을 긔방으로가지고와서 자긔목으로
준것브터펴보앗다

하나는롱촌에서는 도모지보지도못하든 서양과자엿고 하나는현
구의사나히다웁게생긴사진이엿다 영희에게는이얼마나깃브엇스랴

그런대 영진의아버지는 모-든고민의환경을술로서이즐려고 매
일주점에가서 술마시는것을일과로하기는하나 그번민과고통은더
심하야갈뿐이다

발단 부분인 3장에서 발생하는 갈등관계는 아리랑고개를 넘어서 동
네마을에 현구가 등장함으로써, 오기호가 자신의 영희와의 결혼이라
는 야망을 채우기 위해 협박하는 차입금 삼백원사건과 함께, 영희를
중심으로 한 결혼이라는 사항을 놓고 사랑의 삼각관계가 성립된다. 그
리고 영진의 미친 상황 설정에서 사건의 발전이 의외성을 보여줄 수
있음을 암시한다.

아리랑의 전개부분인 4장의 전개와 구성

4번째 장은 아리랑의 전개에 해당하는 본론이다. 39신부터 56 scene
까지이다. 영진이 미쳐서 나타나는 일종의 플래쉬 백 상황이 나온다.
미친 영진이 미친상태에서 보는 환상에 대한 플래쉬백은 이야기를 뒤
로 처지게 한다. 그렇다면 신에서 무슨 일이 벌어질 것인가? 신의 목적
은 무엇인가? 왜 그 신이 그 곳에 있어야 하는가? 어떻게 그 신이 이야
기를 발전시킬 수 있을까? 무슨 일이 벌어질 것인가?

T 때때로끌려가는그의세게는.......
영진이는또밋치여낫다 때때로끌려가는그의세게는 모-든것이딴세
상이엿다 그리하야 그의눈혜는항상모-든것이 저주의불ㅅ길과 악
마로만이화하고만은것이다
지금에도뜰에서엇전일인지 헛소래만하고잇는것이다

영진이 보는 딴 세상은 영진의 눈에 저주의 불길과 악마로만이 변하
는 세상이다. 그렇다면 저주와 악마는 무엇인가? 진시황의 이야기를
통해서 세상에 영원한 것은 없다는 사실을 주지시키면서 황량한 사막
에서 인디안 상인인 기호와 나그네로 변신하여 나타나는 자신 영진을
본다. 영진이 목이 말라 오기호인 인디안 상인에게 물을 달라고 하지
만 상인은 나그네를 발길로 찬다. 그리고 이때 젊은 남녀 현구와 영희
가 나타나 상인에게 물을 달라고 하자, 여자에게 남자를 버리고 자기
에게 오면 물을 주겠다고 해서 여자가 약한 마음에 승낙을 하자, 상인
인 오기호와 남자인 현구가 결투를 한다. 이를 보고 나그네인 영진이
달려들어 상인을 죽이고 여자에게 사랑하는 남자에게 가라고 한다.

T 진시황도죽엇다지
만리장성둘너쌋코 아빵궁을놉히지여 삼천궁녀시위하며 실이목지
소호하고 궁심지지소람하든진시황도 여산황초점은날에 일분토만
남기여노크말엇다 초로갓흔인생들이야말다하야무엇하랴 그리하
야영진이는 뜰가운대서서요령부득으로부르지즈며 딴세상을상상
하게되여 그의눈압헤는황막한사막으로보인다
저편으로부터 인듸안의상인과나그네한사람이오는것이다
그런대 상인이라는것은기호이요나그네는자긔영진이엿다
나그네는목을쥐이며 상인에게무엇을애원한다 그것은목이말으니
물을좀달나는것이다

그러나 무정하게도상인은물을주기는고사하고 오히려목일말러서다
죽어가는 나그네를밧길로차버리는것이다 나그네그는목이말러서긔
진맥진한몸에 밧길로채인채로대항도하지못하고쓸어저잇는것이다
이얼마나악마와갓흐며 악착무도한일이랴 목이말러서물좀달나고물
좀달라고 애원하는것도돌아보지안코 오히려밧길로차버리는것이
이때또그곳에낫하난엇던젊은남녀두사람이상인압헤와서 상인에게
물을달라고 애원한다 남녀두사람은 현구와영희이다 상인은물병을
들어몰래바닥에 쏫아뷔이면서비웃는 우슴을 우스면서녀자의압흐
로갓가히가며말을한다
T 저사나히를 바리고나를쫏차온다면.....
상인은이와갓치말하니 녀자는목이당장말러서죽을지경이라엇지할
수업시 약한마음에 승락을하얏다 그리하야 상인은깃닛븐낫으로녀
자에게물을주는 것이다
이것을본남자는분하야상인에게 달녀들어 격투가시작되엿다
먼저 상인에게물을좀달라고하다가상인의발길에채여 쓸어저잇든그
네는 상인과남자가 격투하는거을보고소래를크게질으며 달녀온다
T 악마
나그네와상인과는얼마동안격투를하얏다 그리하야결국은고약한상
인이나그네의날카로운칼날아래 썩어진생명은 끈어지고말엇다
밋친영진이는 형구와영희에게대하야브르짓는것이다 그의안목은
상금도사막을보이키는것이다
T 이약한게집애야 네가사랑하는그사나히에게로가거라 안이가면
죽인다

　지금 영진이 미쳐서 보는 사막의 환상의 신은 실제 영화 아리랑의
이야기 결말과 같다. 일종의 예시적인 수법으로 플레쉬백을 사용해서
앞으로 일어날 사건을 암시하고 있다. 이러한 암시를 제시하면서 이야
기와 사건은 전개되어 현구와 영희는 더욱 다정한 사이가 되어, 현구

가 영희에게 카쮸사의 이야기를 들려준다. 자신들의 처지에 비유하여
사랑하는 사람의 앞으로 예견되는 헤어짐에 대한 아쉬움을 나누면서
정은 깊어지고, 갈등의 내적상황으로 나타나는 영진은 사막의 환영을
통해 기호에 대한 적개심이 깊어짐을 볼 수 있다. 결국 갈등은 점점
심화가 되고 있다.

> T 악마
> 영진이는기호에게대하야 무의식으로도부르지겟다 영진이는아즉까
> 지도사막의환영을이르켜서 기호에게부르짓는것이다
> 이럴때 동리의엇던처녀하나이지나가는것이다 사막의환영을아즉
> 까지도이르키여잇는영진이는 동리처녀와기호를 가르키며 또부르
> 지젓다

　사막의 환영이 자주 그리고 영진이 기호를 보고는 무의식적으로 악마
라 부를 정도로 사건은 급속하게 내적 갈등이 심화되어 가는 것이다.
그리고 기호는 차입금 삼백원을 가지고 영진아버지를 협박하여 영희와
결혼을 성사시키고자 한다. 그러나 영진 아버지의 거절로 실패한다.

> T 오날은 아조정해벌입시다
> 기호는영진이아버지에게 결혼문데를졸나댄다 그러나영진이아버
> 지는 결코자긔의귀엽은딸영희를 포악무도한기호에게결혼문데를
> 승낙할리는업슬것이다
> 기호는조르다못하야 이러한말로영진이아버지를꾀인다
> '저에게결혼문데만 승락만하신다면 그까지삼백원쯤에차금문데 차
> 압문데는다-해결되지안습닛가 자-얼는결혼문데를승락하십시요'
> T 여보돈은돈이요 결혼은결혼이지 그게무슨말이요
> 하며 영진이아버지는로긔동등하야 기호의말을핀잔주엇다

기호는 엇지할수업는듯이안저잇다가 의긔양양한듯또말한다

영진이 미친 상태에서 보는 환영의 신인 사막과 기호를 악마로 간주하고 있으며, 기호는 차입금 삼백원을 무기로 영진 아버지를 협박하여 영회와 결혼을 하고자 하는 사건이 실패함으로써 목적달성을 위한 내적 갈등을 심화시키고 있다. 이러한 사건의 발전과 전개는 갈등의 심화상태에서 결말로 넘어간다.

아리랑의 결말인 5장의 구성과 내용

아리랑의 결말은 57신부터 81scene까지이다. 모든 신은 항상 시간과 공간에 대한 설정이 따른다. 그런데 지금까지 신에서 보면 시간과 공간에 대한 설정은 처음 인물과 배경 장면 신에서 보여준 이후에 추상적인 상황으로 구체성이 없다는 특성이 있다.

결말은 아리랑의 주제가인 아리랑으로 시작하여 아리랑으로 끝을 맺는다. 마지막 5장의 처음 57신과 58신이 아리랑 노래를 부르는 상황이다.

밋친영진이는 언제나변함업시오날도 아리랑타령을부르고잇다
겻헤잇는현구는 영진이의부르는아리랑타령을바이올렝으로 반주하며 영희에게합창하기를청하얏다
함께브릅시다
영희는바이올링반주에마치여 아리랑타령을브른다
T 아리랑 아리랑 아라리요
아리랑고개로 넘어간다
T 나를버리고가는님을
십리도못가고발병나네
세사람은침울한가운대도 노래를부르고잇다

　　기호는여짓것 영진이아버지에결혼문데를졸나대엿스나 그는거
절을당하는 것이다

　　영진 아버지의 결혼 거절로 낙심한 기호는 새로운 계획을 세우
고, 어느덧 날은 모든 사람이 즐겁게 뛰노는 날이 왔다. 동네 마을
의 모든 사람이 나와서 노는 기쁨의 날, 행복의 날이 왔다.

　　T 깃븐사람 슯혼사람 늙은이와 젊은이모든것은이저바리고 즐겁
게뛰노는날이돌아왔다

　　그리하야롱민들은 깃븐사람 슯혼사람남녀로소할것엄시모다넓
은들로모이엿다

　　일년의세월이다가도록 비와바람을무릅쓰고 피와땀을흘녀가며
롱역에억매여희여나지못하든그들은이하로가다시업는 깃븜의날이
엿고행복의날이엿다

　　T 아리랑 아리랑 아라리요

　　아리랑고개로넘어간다

　　풍년이온다네 풍년이온다네

　　이강산삼천리에풍년이온다네

　　촌민들도아리랑타령을 불느는것이다 꽹과리 회적소래에마추어
춤추는사람 술마시며 노래부르는사람 이네들에게는큰잔치가버러
젓든것이다

　　남녀노소 모든 사람이 나와서 노는 날에 사건은 파국을 향해 간다.
현구와 영진도 즐겁게 춤추며 노래 부르고 춤추는 날에, 영희는 집에
서 현구의 사진을 보며 카츄사처럼 앞으로 돌아올 현구와의 이별을 생
각하는데, 오기호가 하인을 데리고 와서 폭력을 써서 영희를 강제로
안으려고 한다. 이때에 현구가 영희가 보고 싶어 집에 왔다가 기호가
영희를 강제로 안으려고 다투는 것을 보고는 달려들어 기호와 결투를

한다. 영희가 동네 사람을 부르러 간 사이에 결투장면을 보던 영진이
미쳐서 사막을 환상하게 된다. 그리고 악마로 부르던 기호를 죽인다.
결말은 영진이 기호를 살해 하는 것으로 갈등이 해소된다.

T 악마
　영진이는또밋처난다 그리하야 그사막을환상하게된다
　그리고약한남자에게 동정하며상인을 가증하게 보고부르지즈면
서 담에서뛰여나리며날카로운낫을뽑아들엇다
　드대여기호는 영진이의사나운모양을보고 하인들을불러서영진
이를제지하게하엿스나 영진이는달녀들어오는하인을물니치지위하
야 몸을날리여 날카로운낫으로 닥치는대로찍어너머트렷다
　그리고 영진이는한편을바라보니 현구는땅바닥에쓰러저잇섯고
성난즘생갓흔기호는독기를들어현구를찍으려할때 이것을바라본영
진이는날카로운낫을가지고 기호의가슴을찍엇다
　오랫동안 오랫동안자긔주인의권세만밋고빈곤에신음하는 가련
한사람의무리들을여지업시못살게굴든맹수와갓흔기호도이제는최
후를맛첫다
　그리하야 넓은마당은적혈로물들여잇슬때 신경과정신이극도로
긴장된영진이는 이제야비로소녯날에정신으로회복되엿다
　밧갓헤들내는요란스러운소래를따라들어오는사람은아버지와박
선생과영희이엿다

　영진이 기호와의 결투에서 기호를 죽이면서 갈등 상황은 종료된다.
결말은 영진이 살인으로 정신이 돌아오고 희망의 고개이자 언덕이었던
아리랑고개를 넘어 살인의 결과에 의해 잡혀가는 죽음의 길을 밟아가는
상황으로 결말이 난다. 이때의 아리랑고개의 시공간적 의미는 죽음의
길을 가는 서러움의 정서를 보여준다. 이처럼 아리랑고개는 상황에 따

라 시공간적인 의미를 달리하면서 민족적인 애환을 담고 있는 것이다.

　미친 영진이 오기호와의 갈등은 오기호를 악마로, 오랫동안 자기 주인의 권세만 믿고 빈곤에 신음하는 가련한 사람의 무리를 여지없이 못 살게 굴던 맹수같은 오기호라는 표현에서, 식민지하에서 일제와 친일파의 권세로 대표되는 지주계급과 이를 호가호위하는 오기호와의 대립 갈등의 결말 형식이다.

　　설움에저진 힘업는발길은 어언간 아리랑고개를당도하얏다 끗까지따라오는사람은 현구와영희이엿다 영진은다시금고개를돌리키며
　　'오-현구야! 영희야 그대들은어서집으로돌아가서 설움에울고그신 아버지를위로하야들여라 나는얼마잇지안으면 돌아올것이다'
　　오날날까지 영진은동리사람의 슯흠에울엇고 그들의깃븜에우섯든것이다
　　최후까지그들의복되기를빌든몸이 그들을위하야가장위대한희생의길을것는것이다
　　이스름에저즌 산과들이돗아오는아침해에빗나잇슬때 불행한그들의불러내는 서름의여음울뒤로들으며 먼-길을떠나갓다
　　끝

　영진이 오기호와의 대립 갈등에서 얻은 결말은 포승줄에 묶여서 일제 순사에 붙들려가지만 실상은 동리사람으로 대표되는 농민을 위한 가장 위대한 희생의 길을 걷는 것이다. 영화 아리랑의 처음과 마지막에 나오는 이야기는 상징적인 것으로 민요에서 파생된 노래 아리랑이 우리의 식민지 정서를 대표하고 삼천리 방방곡곡에서 널리 애창되게 만든 요소가 된다. 이는 아리랑고개의 상징적인 내포적 의미와 함께 우리 민족의 식민지하의 정서를 담고 있어서 그 의미가 상징성을 지니는 것이다.

살진전답과
아름다운산천을
자랑하든백성들이
길고긴세월에싸인
서름의시를
을프려한다

길고 긴 세월에 싸인 서름의 시란, 우리의 이 땅에 사는 백성들의 식민지하를 살아가는 길고긴 세월의 연륜 속에 쌓인 서러움의 정서를 대표하여 나타내 주기 때문이다. 나운규의 작가정신이 노래이자 민요인 아리랑에 담겨서, 식민지하의 서러움을 담고 널리 애창되게 아리랑의 정체성을 그대로 영화에서 분명하게 제시한 것이다. 그렇다면 아리랑의 정체성이기도 하고 "나운규가 가진 반항과 항거의 정신"이기도 한 나운규의 작가정신을 무엇일까? 이는 단적으로 짧은 나운규의 다음의 진술에서 확인할 수가 있다. 즉, <아리랑>을 개봉한지 4년 후에 쓴 <아리랑과 사회와 나>라는 글에서 '아리랑고개'를 희망의 고개라며 어서 빨리 넘자는 일관된 생각으로 찍었다고 했다.

"이 작품이 세상에 나아가 돈이 되거나 말거나 세상 사람이 조타거나 말타거나 그러한 불순한 생각을 터럭 끝만치라도 업시 오직 내 정신과 역량을 다 하여서 내 자신이 자랑거리 될 만한 작품을 만들자는 순정이 가득 하엿섯슬 뿐이외다."

나운규의 아리랑은 어떤 영화인가? 했을 때 순수한 작가정신의 열정이 만든 것이다. 이러한 이유로 인해 문일이 영화소설 아리랑을 편할 때에 주저하고 어렵게 생각했다고 본다.

영화소설 아리랑의 남겨진 문제, 아리랑은 소설인가? 시나리오인가?

영화소설 아리랑은 분명 영화 아리랑을 각색한 것이다. 그러나 우리가 말하는 각색과는 거리가 있다고 본다. 각색은 했지만 영화 시나리오를 서사형식의 소설로 각색을 한 것이 아니라 영화의 시나리오 형식으로 재현하고 있다.

먼저 5개의 장과 81개의 신으로 구성되어 있다는 시나리오 작성의 구성을 그대로 보여주고 있으며, 등장인물을 소개하는 1장과 2장에서도 영화 속에 등장인물의 실명을 그대로 사용하고 있다. 영화와 같이 동일하게 설정하고 영화의 진행에 따른 설정과 같이 재현하여 제시하는 방법으로 영화소설을 서술하고 있다.

당시의 책 광고를 살펴보면 영화로 상영된 작품을 영화소설로 각색하는 것이 하나의 유행이었던 것 같다. 이런 점에서 영화소설 아리랑은 과연 소설로 각색된 것이라 하겠지만 내용상의 면에서 보면 소설이라는 명칭 하에 시나리오 형식을 띤 소설이라고 할 수 있겠다.

앞으로 남은 과제는 다른 영화소설과의 비교를 통해 동 시대에 유행하던 영화소설의 장르적인 실체의 규명과 아리랑의 변천에 대한 탈 장르적인 고찰이 필요하다고 본다.

6. 영화소설 아리랑의 남겨진 문제

영화소설 아리랑은 분명 영화 아리랑을 각색한 것이다. 그러나 우리가 말하는 각색과는 거리가 있다고 본다. 각색은 했지만 영화 시나리오를 서사형식의 소설로 각색을 한 것이 아니라 영화의 시나리오 형식으로 재현하고 있다.

먼저 5개의 장과 81개의 신으로 구성되어 있다는 시나리오 작성의 구성을 그대로 보여주고 있으며, 등장인물을 소개하는 1장과 2장에서도 영화 속에 등장인물의 실명을 그대로 사용하고 있다. 영화와 같이 동일하게 설정하고 영화의 진행에 따른 설정과 같이 재현하여 제시하는 방법으로 영화소설을 서술하고 있다.

당시의 책 광고를 살펴보면 영화로 상영된 작품을 영화소설로 각색하는 것이 하나의 유행이었던 것 같다. 이런 점에서 영화소설 아리랑은 과연 소설로 각색된 것이라 하겠지만 내용상의 면에서 보면 소설이라는 명칭 하에 시나리오 형식을 띤 소설이라고 할 수 있겠다.

앞으로 남은 과제는 다른 영화소설과의 비교를 통해 동 시대에 유행하던 영화소설의 장르적인 실체의 규명과 아리랑의 변천에 대한 탈 장르적인 고찰이 필요하다고 본다.

연극소설 <젖은 물결 아리랑고개>의 경우에서와 같이 제목은 연극소설이고, 각본특집이라고 하면서 내용은 희곡이었던 바와 같이 영화소설 <아리랑>도 사실은 영화소설이라고 하지만 소설과는 일정한 거리가 있는 시나리오 대본을 형식상 영화소설이라 지칭하였던 것이다. 이러한 탈장르적인 현상은 동시대의 시대적 상황과 연관이 있는 것으로 시대적인 흐름에 따라 필요에 의해서 만들어진 것이다. 고객들의 수요에 따라 필요에 의해 만들어진 것이다. 이러한 탈장르적인 현상에 대한 고찰도 필요하다고 본다.

공연 예술 연표

기준일	게재일	발생일	사건
1902-08-01		8월	고종어극 40년 稱慶 예식시에 需用次로 희대를 奉常寺內에 設置.
			協律司(社)를 삼령 장봉환이 주무케 하고 선가선무하는 여령을 선택하여 연극제구를 교습하다.
1902-09-01		9월	음력 9월17일로 設行豫定이던 칭경예식은 코레라 유행으로 연기.
1902-11-01		11월	協律社에서 唱夫歌債廣告
1902-12-01		12월	協律社에서 「笑春臺遊戱」를 시행. (等票價格 제시함)
1903-04-01		4월	영친왕 痘疹으로 칭경예식 가을로 다시 연기.
1903-06-01		6월	동대문내 전기회사 機械廠에서 활동사진을 設行.
1906-04-01		4월	奉常副提主 李苾和 協律社 혁파를 상소.
1906-04-25		4월 25일	協律社를 혁파함.
1906-05-01		5월	동대문내 광무대의 연예개량광고 보임.
1907-12-01		12월	단성사 연희 광고.
			西署 夜照(珠)峴 소재 관인구락부(前 協律社)에서 연예장 개시광고 보임.
1908-02-01		2월	활동사진과 妓舞를 舞律社에서 上演.
1908-07-26		7월 26일	대한신문 사장 이인직이 야주현 前協律社에서 신연극장 원각사를 개시
			가기와 창부에 의한 우리나라 고유의 연예설행.
			신연극 「은세계」상연을 예고함.
1908-08-01		8월	이인직이 한국연극개량을 위하여 일본연극 시찰차 도일.
1908-11-01		11월	이인직 저 연극신소설 「은세계」출간.
1908-11-08		11월 8일	대한매일신보 논설 「演劇界之 李人稙」보임.
			신연극 「은세계」상연.
1909-07-01		7월	원각사에서 신연극 「千刃峯」상연
1909-11-01		11월	신연극 「수궁가」상연
1910-02-01		2월	원각사에서 소년잡지사 공개 제1차 강연회 개최. 이어 기생조합소에서 한두차례 연주회를 가짐.
1910-04-01		4월	惇德展내에서 고등연예관 활동사진을 招入 어관람.
			원각사에서 고아원 경비보조 연주회 개최.
1910-06-01		6월	종로 청년회관내 전도회에서 활화연극회 개최.

1911-05-01		5월	일본의 문예협회 제1회 공연 「함리트」 상연.
1911-10-01		10월	臥유회가 금강산환등 겸 활동사진회 장소로 원각사를 씀.
1912-02-18		2월 18일	이해 초겨울 어성좌에서 임성구의 혁신단일행이 「불효천벌」외 일편을 갖고 창립공연. (일자는 확인치 않음)
			연흥사에서 혁신단 제2회 공연으로 「육혈포강도」(10막) 상연.
			조중장의 『혁신선미단』은 「지성감천」으로 단성사에서 창립공연
			한달뒤에 해산.
1912-03-29	1912-03-31	3월 29일	윤백남의 극단 『문수성』창립공연 「불여귀」(9막). 원각사에서 상연.
1912-04-01	1912-04-10	4월	극단 『문수성』제2회공연 「천리마」(10막)
1912-05-01	1912-05-25	5월	극단 『혁신단』「수전노」공연. 조중장, 박희대의 주간으로 개성에서 『조선풍속 개량성미단』발족, 한달후에 해산.
1912-06-14		6월 14일	극단 『혁신단』, 「친구의 」살해.
1912-06-20	1912-06-20	6월 20일	극단 『혁신단』, 「미신무녀후업」공연
1912-07-02	1912-07-02	7월 2일	극단 『혁신단』, 「귀족비밀」공연.
1912-07-17	1912-07-17	7월 17일	극단 『혁신단』, 「先貧後」공연.
1912-11-01		11월	이기세의 극단 『유일단』, 개성극장에서 번안극 「처」를 갖고 창립공연 「불여귀」, 「장한몽」, 「자기의 죄」등 상연.
			김정원의 극단 『이화단』, 장안사에서 공연.
			최초의 희곡 조일제의 희극「병자삼인」, (매일신보).
1912-12-01		12월	극단 『유일단』상경, 연흥사, 단성사 등에서 공연 곧이어 지방순회공연 떠남.
			신연극 청년파일단이 연제「興敗在友」로 연흥사에서 창립공연.(단장 박창한).
			이 일단에 변기종이 18세로 출연함. 평양에 순회 공연.
1913-01-01		1월	극단 『유일단』, 「혈의 눈」상연.
1913-03-01		3월	극단 『청년파일단』, 『혁신단』과 합류함.
1913-04-01		4월	극단 『혁신단』신문소설을 각색한 소설연극 「쌍옥루」(삼권 전막)를 연흥사에서 공연.
1913-05-01		5월 1일~ 5월 3일	극단 『혁신단』, 「쌍옥누」「봉선화」공연
1913-07-01		7월	일본의 『예술좌』제1회 공연. 메에텔링크의 「내부」「몬아 · 반나」

1913-10-28		10월 28일	일본의 『혁신단』, 「눈물」공연
			都元桓 단장의 어린이 연극단체 『연미단』, 황금유원 가설 극장에서 신파극 공연 조중환의 번안소설 「장한몽」, 매일 신문에 연재함.
1913-11-01		11월	극단 『영신단』, 남성사에서 흥행.
			극단 『혁신단』, 「장한몽」「귀의성」공연.
1913-12-01		12월	극단 『혁신단』, 창립기념 공연 「一策兩覺」상연
1914-02-01		2월	극단 『문수성』의 재기공연에 관한 소식 보도(매일신보).
			극단 『혁신단』, 「은세계」공연. 이어 지방순회공연을 함.
1914-03-01		3월	일본의 『예술좌』, 「부활」각색상연.
1914-03-21		3월 21일	극단 『문수성』, 조일제, 이하몽 합작 「청춘」(10막)으로 재기 공연
1914-04-01		4월	극단 『문수성』, 「단장록」「눈물」공연
1914-06-01		6월	극단 『문수성』, 지방공연
1914-08-01		8월	연흥사에서 한창렬의 『정극단』이 「형제」를 상연.
1915-12-01		12월	극단 『혁신단』, 지방순회공연 마치고 상경, 「눈물」「쌍옥루」재공연
1916-03-01		3월	극단 『혁신단』, 이상협 번안 「정부원」공연
1916-04-03		4월 3일	이기세, 윤백남, 이범구와 함께 『예성좌』조직. 「콜시카의 형제」로 창립공연
1916-04-11		4월 11일	극단 『예성좌』, 「부활」「쌍옥루」상연
1916-06-01	1916-06-01	6월	단성사에서 『예성좌』『문수성』『혁신단』이 합동하여 「신파대합동연극」 공연광고(매일신보)
1916-11-01		11월	해주 신파연극단 『수양단』발족.
1916-12-01		12월	극단 『예성좌』개성공연후 해산, 정인기 후원으로 『신극좌』로 발족.
1917-01-01		1월	춘원의 희곡「闍恨」, 『학지광』11 월호에 발표
1917-02-01		2월	『신구극개량단』(조선신구극개량단)발족, 「장화홍련전」을 당선사에서 상연.
			「사씨남정기」공연 후 지방순회.
1918-02-01		2월	경성구파배우조합 신파개량단은 신파배우들을 가입시키고 『聚星座』(좌장 金小浪)로 개편발족.
1918-03-01		3월	극단 『취성좌』, 단성사에서 신소설 「추월색」공연.
1918-05-01		5월	극단 『취성좌』, 지방순회
1918-08-01		8월	극단 『혁신단』, 「창립 구(팔)주년기념 흥행」공연.

1919-09-01		9월	극단 『신극좌』, 「의기남아」공연
1919-10-01		10월	이기세 『조선 문예단』조직, 대구좌에서 창립공연.
1919-11-01		11월	김도산의 『신극좌』, 연쇄극「義理的 仇鬪」「是友情」「형사 고심」등 공연.
1920-01-01		1월	춘원의 희곡 「순교자」
1920-02-01		2월	극단 『신극좌』 『취성좌』합동공연, 여우 마호정 열연. 현철의 예술학원 창설.
1920-03-01		3월	극단 『혁신단』, 「위충의」「심청전」공연
1920-04-23		4월 23일	극단 『조선문예단』(이기세 일행), 연쇄활동사진극「지기」 (5장)를 우미관에서 공연 극단 『신극좌』, 「의적」공연
			김우진, 조명희, 유춘섭 등 동경유학생들이 주동이 되어 『극예술협회』를 조직 극단 『혁신단』, 연쇄활동사진 「대모 험 애활극 학생절의」단성사 상연
1920-05-04		5월 4일	극단 『혁신단』 「연쇄인정대활극 보은」상연
1920-06-01		6월	현철의 「하믈레트」중역 게재됨. (개벽)
1920-12-01		12월	국내의 고학생 『갈돕회』, 연극공연.
1921-07-01		7월	동경유학생으로 조직된 『동우회』, 순회연극단(임세희 인 솔), 조명희 작 「김영일의 사」와 「찬란함 문」, 「최악의 악수」등을 순회공연.
			『송경학우회』(고학승 주동), 개성좌에서 「백파의 우름」 (임영빈 작) 「불쌍한 사람」으로 창립공연.
1921-09-01		9월	『천도청년연극회』조직.
1921-09-01		10월	이기세, 『예술협회』조직, 단성사에서 제1회 공연, 윤백남 의 「운명」이기세의 희망의 눈물.
1921-11-01		11월	『혁신단』임성구 병사.
1921-12-11		12월 11일	『예술협회』직속극단 『예술좌』, 「하나님을 떠나서」(1막) 「무한의 자본 공연」(1막) 「눈오는 밤」(2막) 「시인의 가정」(1막)
1922-01-01		1월	윤백남, 연극전문극장으로 중앙극장 건립 추진, 극단 『민중극단』조직.
1922-02-01		2월	극단 『민중극단』, 지방공연 후 서울에서 「등대직」「기연」 시연.
1922-04-01		4월	『해삼위동포연예단』조직, 모국방문 공연.
1922-06-01		6월	입센 작 양백화 역 『노라』발간.(영창서관)
1922-07-01		7월	동경고학생 『갈돕회순회극단』, 이규송의 「선험자의 보수」 이수창의 「신생의 서광」상연.
			『반도고학생친목회』조직. 이기세의 「희망의 눈물」 윤백남 의 「기연」공연.

			『관성연예단』조직.
1922-11-01		11월	김영보 희곡집 「황야에서」발간(조선조서 주식회사)
1923-02-09	1923-02-09	2월 9일	조명희작 「김영일의 사」(단행본)발간. (동양서원)
			김복진, 박승희, 이서구, 김을한 등 동경유학생들이 모여 『토월회』를 조직.
			극단 『민중극단』, 조선극장에서 유고 작 윤백남 각색 『噫 무정」(2막), 윤백남 작 「제야의 종소리」(3막) 「파멸」「사랑의 싹」(5막) 상연.
1923-04-01	1923-04-01	4월	셰스피어 원작 현철 역 「하므레트」발간(박문서관).
1923-06-01		6월	『동우회』와 『극협』이 『영설회』란 하기순회극단 조직. 동경 준하대불교회관에서 시연.
			헨릭·입센 원작 이상수 역「해부인」 발간. (한성도서주식회사)
1923-07-04		7월 4일	극단 『영설회』순회공연.
			동경유학생의 『토월회』제1회 공연. 조선극장에서 박승희 「길식」(1막), 체홉 「곰」(1막), 쇼오 작 「그 남자가 그여자의 남편에게 어떻게 거짓말을 하였나」, 피롯트 작 「飢渴」(1막) 등을 상연.
1923-09-01		9월	일본의 관동대진재로 한국인 다수 죽음.
			극단 『토월회』, 백조사의 후원으로 제2회공연. 조선극장에서 「부활」공연, 카츄샤역에 이월화, 네퓨르도프역에 안석영. 마이아·펠스타 작「아트·하이델벨크」, 스트린 베리 작 「債鬼」 등을 공연.
1923-12-01		12월	「조선여자교육협회」, 순회극단 조직
1924-01-01		1월	극단 『토월회』재정비(박승희 회장), 제 3회 공연으로 박승희 무용가극 「사랑과 죽음」, 홍로작역 「회색꿈」등을 상연.
1924-05-01		5월	극단 『토월회』, 「오로라」공연.
1924-06-01		6월	극단 『토월회』, 「부활」「칼멘」「장한몽」고연. 일본 축지소극장 개장.
1924-07-01		7월	극단 『토월회』, 박승희의 「이내말씀 들어보오」고연.
1924-09-01		9월	셰스피어작 이상수 역 「베니스의 상인(일명인육재판)」 발간.(조선도서)
1924-12-01		12월	현철 조선배우학교 창설.
			극단 『민중극단』, 광무대에서 「영생의 종」「돌아오는 아버지」「비극 비파가」상연후 해산됨.
			부산에서 조선 키네마 주식회사 설립.
1925-01-01	1925-01-01	1월	김송희곡집 「호반의 비가」발행(삼문사)

1925-03-01		3월	극단『토월회』, 광무대와 1년간 전속계약.
1925-04-01		4월	극단『토월회』, 희극「산셔낭당」, 비극「희생하는 날 밤」 공연. 변해숙, 석금성 맞아 최초로 여배우에게 월급지급.
1925-08-01		8월	조선프로레타리아 예술동맹(KAPF)결성.
1925-09-01		9월	극단『토월회』,「춘향전」공연(변해숙 춘향역). 이어「심청전」「장화홍련전」「추풍감별곡」과 춘원의「무정」「재생」「개척자」등 상연.
			조선배우학교, 입센의「인형의 집」시연.
1925-11-01		11월	극단『토월회』, 지방순회공연 떠남.
1926-01-01		1월	극단『민립극단』(변기종외 10명)조직, 조선극장에서「눈물의 지환」이어「운명의 종소리」(3막 4장)「붉여귀」공연.
1926-02-01		2월	조선배우학교 제1기생 졸업. 소프라노 가수 윤심덕,『토월회』의「카르멘」희극「이웃집」(2막3장) 주연.
1926-04-01		4월	극단『토월회』56회 공연을 마지막으로 해산식.
1926-08-01		8월	김우진, 윤심덕 현해탄에서 정사.『개벽』지 폐간.
1926-10-01		10월	극단『민중극단』을 중심으로『조선극우회』조직. 단성사에서「신칼멘」「생명의 관」등 공연.
			영화「아리랑」개봉. (나운규 원작, 감독, 주연).
1926-11-01		11월	극단『민립극단』, 남도순회흥행 후 해산.
1927-01-01		1월	극단『불개미』조직.
1927-05-01		5월	조선극장에서 극단『토월회』의 홍로작, 박진 등이 극단『산유화회』조직.
			홍로작「향토심」, 이소연 번안「소낙비」공연 뒤 해산.
1927-09-01		9월	나운규 프로덕션 설립.
1927-10-01		10월	『종합예술협회』(대표 연학년)조직.
1927-11-01		11월	『종합예술협회』, 안드레에프의「빰맞는 그자식」천도교기념관에서 상연 3일 만에 경찰의 중지로 해산.
1927-12-01		12월	이화여전서「성잔다크」공연(박은혜 주연)
1928-05-01		5월	극단『토월회』간부 등 극단『화조회』조직, 제1회 공연으로 공회당에서「갓난이의 슬픔」등 상연 후 해산.
1928-10-01		10월 1일	극단『토월회』, 우미관에서 57회 공연으로 재기, 박승희의「이 대감 망할 대감」「사의 승리」, 홍로작 번안「5남매」공연 후 곧 이어 지방 공연.
1928-12-01		12월	극단『토월회』,「요부」「모반의 혈」「교장의 딸」공연.
1929-10-01		10월	일본에서 최초의『조선어극단』시연.「국경의 도시」,

			번연극 「도적」.
			『삼일극장』으로 개칭(안연일, 이서항 중심).
			세브란스의 전, 『분극의 밤』개최.
1929-11-01		11월	『찬영회』주최 『토월회』재기공연, 조선극장에서 박승희의 「아리랑고개」
1929-12-01		12월	극단 『취성좌』해산(13년됨). 『조선연극사』를 조직, 제1회 공연으로 단성사에서 「눈 먼 동생」(12.21, 1막) 「낙화유수」 (12.28, 3막) 등 공연.
1930-02-01		2월	극단 『토월회』지방순회 공연.
			최승회 제1회 무용발표회 개최.
1930-02-01		2월	무용가 사카로프부처 내연.
1930-04-01		4월	KAPE의 연극부 책임자에 김기진, 산하 극단 『이동식소형극장』『메가폰』
1930-08-01		8월	윤백남, 이상화, 이기세, 박승희, 홍해성 등이 조직하려던 신극운동단체 『경성소극장』의 유산.
1930-09-29		9월 29일	이백수, 최승일, 나운규, 심영, 석금성 등 미나도좌극장에서 루·멜텐 작 「산」, 업톱·싱크레어 원작 「이층의 사나이」, 오토뮤라의 「하차」 등 경향극 공연.
1930-10-01	1930-10-01	10월	홍로작, 최승일 등 홍해성을 맞아 『신흥장』을 조직, 제1회 공연으로 「목단등기」공연.
			윤백남 희곡집 「운명」 간행.(影문당 서점)
1930-11-01		11월	대구의 『가두극장』생김.
			이해 이후 梨專서 영어극 상연.
1930-12-01		12월	이화여고보, 홍행성 연출 체홉의 「벗꽃동산」공연.
1931-01-01		1월	배구자 예술연구소 제1회 공연.
			극단 『연극시장』발족. (원산의 『송해 가극단』, 함흥의 『연극시장』, 『천시좌』의 일부, 오양가극단의 일부, 극단 『조선연극사』의 일부가 모여 조직)
1931-02-01		2월	무용가 사카로프부처 내연.
1931-03-01		3월	개성의 『대중극장』조직.
1931-04-01		4월	해주의 『연극공장』조직.
1931-06-01		6월	『극영동호회』조직. 동아일보사 후원. 『연극영화전람회』 개최.
			연전 학생회 주최 극예술강연회 홍해성, 서항석, 이하윤, 김진섭, 정인섭 등을 연사로 초청. 서울에서 『청봉극장』, 『우리들 극장』발족.

1931-07-01		7월	『극영동호회』회원이 주동이 되어 『극예술연구회』를 조직.
			김진섭, 서항석, 이하윤, 이헌구, 유치진, 윤백남, 장기제, 정인섭, 조희순, 최정우, 함대훈, 홍해성 등 12인의 창립 동인으로 발족. (약칭 극연)
1931-08-01		8월	극연 주최 제1회 하기 극예술연구회를 조선극장에서 개최.
			극단 『조선연극공장』함흥공연, 「팔백호갑판상」등 상연.
1931-09-01		9월	단성사 직속극단 『신무대』창립공연, 「아리랑」반대편 등.
1931-11-01		11월	극연 직속극단 『실험무대』조직. 제1회 연구생 강습회 개최. 제1회 극예술 연구회 강연회 개최.
			서울에서 극단 『이동식 소형극장』조직.
			연전 문우회 연극부, 「어둠의 힘」공연.
1931-12-01		12월	『중외극장』제1회 공연.
			경기도 보안과, 배우의 사상경향 보고서 제출을 관하에 지시.
			이전학생기독청년회, 세익스피어 작 「페트루키오와 캐트리나」공연.
			경성교육 녹양회, 정인섭의 「파종」공연.
			박승희 중심으로 방송극협회를 조직.
1932-02-01		2월	해산된 『토월회』, 『태양극장』으로 개편, 미나도좌에서 공연, 현철 가담.
			근화여학교, 체홉의 「구혼」공연.
			극연직속극단 『실험무대』, 제1회 연구생 수료식.
			함흥의 『동북극장』조직.
			평야의 『마치극장』조직.(후에 명일극장)
1932-03-01		3월	극연, 2주간 여자단기극예술강좌 개최.
			극단 『신무대』의 일부 『예술좌』개편.
1932-04-01		4월	극단 『신건설』조직.
1932-05-01		5월	극단 『실험무대』, 제1회 시연, 조선극장에서 고골리의 「검찰관」(5月4日부터)상연.(홍해성연출)
1932-06-01		6월	극연 제 2회 공연, 「관대한 애인」「옥문」「해적」등 번역극 상연.
			극단 『메가폰』서울에서 조직. 제 1회공연(6월9일), 유지오 작 「박첨지」「깨어진 장화몽」등 공연. 연전무우회 연극부, 입센의 「바다의 부인」을 야외극으로 공연.

1932-07-01		7월	극단『신무대』와『예술좌』합동으로 극단『협동신무대』로 개편.
1932-09-10		9월 10일	극단『협동신무대』,「젊은이여! 울지마라」「홍길동전」등 공연
1932-11-01		11월	극단『협동신무대』, 나운규의 연쇄극「암굴왕」「아리랑(나운규 주연)」「신라노」등 공연.
			이전문과 부라운의「촬스램」공연.
			『경성교육녹양회』, 정인섭의「사람늑대」공연.
			연전문우회 연극부,「정의」공연.
			보전연극부,「삼등수병 말틴」공연.
			『신건설』창립공연,「荷車」「지옥」등 도화극장에서 상연.
1933-01-01		1월	배재 연예반, 조용만의「가보세」, 오닐의「고래」공연.
1933-02-01		2월	『중전북악회』, 백철의「새벽」공연.
			극연 제 3회 공연. 공회당에서 체홉의「기념제」, 유치진의「토막」(극연 최초의 창작극) 상연.
1933-04-01		4월	극단『조선연극사』에 홍해성 입단.「개화전야」「파는 집」등 공연 후 북한 만주 순회 공연.
1933-05-01		5월	『조선성악연구회』창설됨.
1933-06-01		6월	극연 제 4회(창립 2주년) 공연으로 버나드 쇼오의「무기와 인간」공연.
			연전문우회 연극부, 던 세니의「아라비아인의 천막」등 공연.
1933-08-01		8월	문학단체『구인회』발족.
1933-10-01		10월	梨專, 梨保 톨스토이의「사람은 무엇으로 사나?」, 몰레이의「목요일과 저녁」공연.
1933-11-01		11월	극연 제 5회 공연으로 조선극장에서「버드나무선 동리의 풍경」「베니스의 상인」공연 후에 JODK로 방송. 섹스피어전을 가짐.
			극단『신건설』,「서부전선 이상없다」상연 후에 공욘금지 당함.
			보전 연극부, 고리키의「밤주막」공연.
1933-12-01		12월	극단『황금좌』제 1회 공연.
1934-01-01		1월	조택원 제 1회 무용발표회 개최.
			세전연극부, 윗터푸오겔의「누가 제일 바보냐?」공연.
1934-04-01	1934-04-01	4월	『극예술』지 (입센 기념호) 창간.
			극연 제 6회 공연. 입센의「인형의 집」.

1934-06-01		6월	동경에서 『동경학생예술좌』창립.(박동근, 주영섭, 최규홍, 이진순, 미완영 등)
			『경성여자기독청년회』, 입센의 「유령」공연.
1934-08-01		8월	극단 『신건설』, 신건설사 사건으로 『카프』와 함께 해산.
1934-09-01		9월	일경의 연극배우 통제안 입안.
1934-12-01		12월	극연 지 7회 공연「앵화원」.「극예술」제 2호 (체흡기념호) 발간.
1935-02-01		2월	극단 『예원좌』발족.
			연전 문우회 연극부, 쉐리프의 「여로의 끝」 공연.
1935-06-01		6월	극단 『삼일극장』,『조선예술좌』개칭,『일본 프로레타리아 예술동맹』 가입, 축지소극장에서 이기영의 鼠火 각색 상연. 트레챠코프의 「웨쳐라 중국」, 유치진의 「빈민가」 등 상연후 『고려극단』으로 개칭. 연극탄압으로 활동 중지.
			『동경학생예술좌』창립공연으로 유치진 작 「소」, 주영섭 「나루」상연.
1935-07-01		7월	극단 『조선연극사』, 이운방의 「범죄도시」공연후에 해산됨.
1935-11-01		11월 1일	동양극장 신축개관.
			극연 제 8회 공연으로 이무영의 「한낮에 꿈꾸는 사람들」, 유치진의 「제사」, 꾸르트린의 작 「작가생활보」등 공연.
			일경의 연극영화 통제안 입안.
1935-11-01		11월	新築洛城開館坡露華陳
1935-11-01	1935-11-02	11월 1일~ 11월 7일	배구자악극단 양토방문 단기공연
			만극 「멍텅구리 제 2세」5경
			촌극 「월급날」1경
			무용극 「汲水婦」2경
1935-11-08	1935-11-09	11월 8일~ 11월 12일	배구자악극단 석별흥행
			악극 최독견 작 「탐라의 기적」
			악극 「쌍동의 기적」2경
			촌극 「아첨하다 봉변」1경
1935-11-13	1935-11-14	11월 13일~ 11월 16일	영화 「비련의 스파이」
			영화 「예인의 비애」
			영화 「戀幕草鞋」

1935-11-17	1935-11-18	11월 17일~ 11월 20일	영화 「紐育口笛」
			영화 「암구황단열차」
			영화 「金色夜又」
			영화 「여자와 어리석은 獅子」
1935-11-21	1935-11-22	11월 21일~ 11월 24일	신무대 공연 제 1주
			개정 김진문 편 「숙영낭자전」1막 2장
			출연 - 이동호, 배경환, 김애순, 서옥정, 김송천, 김도일, 박영희
			양극, 김진문 작 「정열의 에디오피아」전2막
			출연 - 변기종, 박고송, 이경환, 송해천, 복원규, 이동호, 김애순, 최천예 등
			珍京劇賈殺 작 「깍뚝이」전 1막 복원규, 김송천, 송해천, 김향예, 박화순, 엄홍천
1935-11-25	1935-11-25	11월 25일~ 11월 27일	신무대 공연 제 2주
			모성 비극 김진문 작 「어머니와 아들」전 3막
			출연 - 이경환, 김예순, 송해천, 서옥정, 박고송, 복원규, 김도일, 박영희, 이동호, 최천예 등
			폭소극, 송해천 편 「쌍초상」3장
			출연 - 김추일, 송해천, 김송천, 김명숙, 이동호
1935-11-28	1935-11-30	11월 28일~ 11월 30일	신무대공연 제 3주(최종프로)
			인정극 金抱燕 작 「황금과 노복」1막
			출연 - 변기종, 이경환, 박고송, 서옥정, 박영희, 박화순
			비극 김진문 작 「동심」3막
			출연 - 이동호, 김도일, 박고송, 송해천, 허말라, 김애순, 박영희, 최천예, 김송천, 강홍근 외
			희극 홍개화 작 「약속이 틀려」
1935-12-01	1935-12-01	12월 1일~ 12월 6일	주간: 영화 「부라운 野球大使記」
			영화 「권투 카그니」
			야간: 동경소녀가극단 공연 (12월 5일까지)
1935-12-06		12월 6일	야담동인회 주최 동아일보 후원 야담대회

1935-12-07	1935-12-08	12월 7일~ 12월 10일	영화 「미완성 교향악」
			영화 「상선 테니시트」
1935-12-11	1935-12-11	12월 11일~ 12월 14일	영화 「광란 몬테카로」
			영화 「紅髮(닌진)」
1935-12-15	1935-12-15	12월 15일~ 12월 19일	동양극장 전속극단 「청춘좌」결성
			청춘좌 제1회 공연
			사회극 이운방 작 「국경의 밤」2막
			주연 - 심영, 서월영, 차홍녀
			비극 최독견 작 「숭방비곡」2막3장
			주연 - 황철, 박제행, 김선영, 김선초
			희극 구월선인 작 「棄兒一個二萬圓也」
1935-12-20	1935-12-21	12월 21일~ 12월 23일	청춘좌 제 2회 공연
			시대극 申鄕牛 作 「사랑은 눈물보다 쓰리다」
			주연 - 황철, 서월영, 김연실, 차홍녀
			촌극 구월산인 작 「네것 내것」
			인정극 이운방 작 「포도원」1막
			주연 - 김선영, 박제행, 황철
			희극 구월산인 작 「가정쟁의 실황방송」
			주연 - 심영, 김선초
1935-12-24	1935-12-25	12월 25일~ 12월 27일	청춘좌 제 3회 공연(지방순회 예고, 김연실, 김선초, 김선영, 막간노래) - 연극과 노래의 밤
			인정극 관악산인 작 「재생의 새벽」6경
			주연 - 황철, 처홍녀, 박제행
			사회극 이운방 작 「검사와 사형수」2막
			주연 - 서월영, 김선영
			희극 「팔자없는 출세」2경
			주연 - 박제행, 김연실, 김선초
1935-12-28	1935-12-28	12월 28일~ 12월 30일	영화 「크레오파트라」
			영화 「벤칼의 창기병」

1935-12-31	1935-12-31	12월 31일~ 36년 1월 7일	영화 「아리랑 고개」
			영화 「살인귀와 광선」
			영화 「후라 권투가」
			영화 「G 맨」
1936-01-08	1936-01-11	1월 8일~ 1월 11일	영화 「오늘밤도 즐거웁게」
			趙澤元舞踊研究所 總動員 新作 發表會
1936-01-12	1936-01-14	1월 12일~ 1월 14일	영화 「이별의 곡」
			영화 「永遠의 緣」
1936-01-15	1936-01-18	1월 15일~ 1월 17일	영화 「家なき兒」(孤兒)
			영화 「南の哀愁」
1936-01-18	1936-01-19	1월 18일~ 1월 20일	영화 「乾杯の唄」
			영화 「心の綠野」
1936-01-21	1936-01-21	1월 21일~ 1월 23일	영화 「ますらあ」
			영화 「バクリイ」
1936-01-24	1936-01-24	1월 24일~ 1월 31일	청춘좌 제 2회 공연(1월 24일 구정)
			신청극 최독견 각색 「춘향전」2막8장
			춘향-차홍녀, 몽룡-황철, 향단-김선영, 방자-심영, 운봉-서월영, 장님-박제행
			비극 이운방 작 「슬프다 어머니」전 2막
			혜순-남궁선, 영희-김선영, 만수-서월영, 덕구-복원규, 흥길-박제행
			희극 구월산인 작 「팔십세에도 연애하나」
			출연 - 홍해성, 이운방, 조명-정태성
1936-02-01		2월	극연 제 9회 공연으로 「어둠의 힘」공연.
			『조선성악연구회』(송만갑, 이동백, 김연수, 김소희, 박록주 등) 제1 회 공연을 「배비장전」5막으로 가짐. 산하단체 극단 『청극좌』(1941.8.개칭) 해방전까지 존속. 동양극장 직속 극단 <동극좌>조직.

1936-02-01	1936-02-02	2월 1일~ 2월 4일	청춘좌 제 3회 공연
			신창극 이운방 각색 <효녀 심청> 3막 7장
			주연 - 김연실, 박제행, 김선초, 서월영
			희극 구월산인 작 <장가보내주>1막
			주연 - 심영, 황철, 차홍녀
			연애비극 이운방 작 <기생의 애인>1막
			주연 - 차홍녀, 황철, 남궁선, 심영
1936-02-05	1936-02-06	2월 5일~ 2월 8일	청춘좌 공연
			신창극 이운방 각색 <추풍감별곡.3막
			주연 - 차홍녀, 황철, 박제행, 서월영, 남궁선
			인정극 신향우 작 <광인의 정열> 1막
			주연 - 박제행, 남궁선, 심영
			희극 구월산인 작 <뛰어든 미인>1막
			주연 - 심영, 황철, 김연실
1936-02-09		2월 9일~ 2월 13일	조선성악연구회 제 1회 시연회 舊派名星總動員
			희창극 「배비장전」이동백, 김창룡, 정정렬, 송만갑, 김소희, 장향란, 이기화, 김애란, 조계선, 한희종, 방금선, 김세준, 김만수, 오소연, 한성준, 임소향, 정원섭, 조명수, 황대홍, 오태석, 조상선, 이강산, 서홍구, 조채란
1936-02-14		2월 14일~ 2월 17일	동극좌 청단 공연
			인정극 이운방 작「순정」1막
			주연 - 신은봉, 변기종, 김양춘, 하지만, 박총영
			사극 이운방 각색 <항우와 우미인> 2막
			주연 - 서일성, 김영숙, 한일송, 하지만
			인정희비극 화산학인 작 「딸을 팔아 딸을 사다니」2장
			주연 - 변기종, 신은봉, 김양춘, 서옥정, 이윤옥, 송해천
1936-02-18		2월 18일~ 2월 23일	동극좌 제 2주 공연
			시대극 동국문예부 각색 <泗比水와 落花岩> 전 4막

			인정비극 이운방 작 <허물어진 청춘> 1막
			희극 화산학인 작 <일호습래> 1막
1936-02-24		2월 24일~ 2월 27일	동극좌 제 3주 공연(지방순업 예고)
			연애비극 이운방 작 <지상의 천사>3막
			사회극 이운방 작 <정의의 복수>3막
			희극 화산학인 작 <買約濟>2막
1936-02-28		2월 28일~ 3월 2일	극예술연구회 제 9회 공연
			골즈워즈 작 <승자와 패자> 1막 3장 장기체 案
			톨스토이 작 <어둠의 힘> 3막 이광수 역 유치진 案
			희극 이무영 작 <무료치료술> 1막
1936-03-01		3월	동양극장 직속극단 『희극좌』조직
1936-03-03		3월 3일~ 3월 8일	청춘좌 제 3회 공연
			최독견 각색 신판 「장한몽」4막 6장
			이수일-심영, 심순애-차홍녀, 김중배-서월영, 백낙관-황철, 최만리-지경순 외 박제행, 김선초, 남궁선
			이운방 작 「실낙원」 2막 명옥-지경순, 수동-심영, 병식-서월영, 운월-김선초, 총각-박제행, 주모-남궁선 외 차홍녀, 김동규, 복원규
			희극 구월산인 작 「급성연애병」
			심영, 황철, 지경순, 남궁선
1936-03-09		3월 9일~ 3월 13일	청춘좌 명작주간
			이운방 작 「검사와 사형수」
			최독견 작 「기아일개이만원야」
			구월선인 작 「팔자없는 출세」
1936-03-14		3월 14일~ 3월 16일	天華大一座 공연
			막간, 곡예, 촌극, 기타
1936-03-17		3월 17일~ 3월 19일	신무대 공연
			「조선의 어머니」전 4막

1936-03-20		3월 20일~ 3월 22일	신무대 공연
			박영호 작 <賈笑婦>(일명 거룩한 손님)
			출연 - 이동호, 박고송, 박정옥, 김애순, 엄용기, 김송천, 최천예, 허말라, 박화순
			폭소극 「기차시간이 늦어서」전1막
			유행가와 만담
1936-03-23		3월 23일~ 3월 25일	창극단 제 1회 공연(조선 성악 연구회 찬조출연)
			「춘향전」
1936-03-26		3월 26일~ 3월 31일	희극좌 창립 공연
			이운방 각색 「흥부전」2막 3장 전경희, 석와불 주연
			희극 수양산인 작 「급성연애병」2장
			넌센스의극 김건 작 「쌍둥이 행진곡」
			닷월생 작 「주정 벙거지」1경
			희극좌 문예부안 「아내길드리는 법」1경
			멤버-김소조, 강정랑, 김혜숙, 최영선, 윤순선, 이정순, 손이평, 손문평, 김종일, 김원호, 석와불, 전경희
1936-04-01		4월	극연 제 10회 공연. 부민관에서 이광래의 「촌선생」(동아 일보 신춘문예 당선작), 이서향의 「어머니」등 공연.
1936-04-01		4월 1일~ 4월 6일	희극좌 공연 제 2주(4월 1일부터 동극좌 인천 공연)
			이운방 작 「지하의 천국」1막
			희극 수양산인 작 「급성연애병」2장
			스케치 희극좌문예부 안 「연애탈선」1경
1936-04-07		4월 7일~ 4월 11일	희극좌 제 3주 공연
			정희극 최독견 작 「벙어리 냉가슴」1막
			주연 - 손일평, 김원호, 전경희, 남방설, 석와불
			넌센스 희극좌 문예부안 「엉터리 세계행진」4경
			주연 - 김원호, 이정순, 기타 수명
			이운방 작 「처녀나이 일곱살」1막
			소품스케치 1경

1936-04-12		4월 12일~ 4월 16일	악극단 낙랑좌 공연
			넌센스 「처녀행진곡」
			버라이어티쇼
			악극 「고도의 비가」7경
			출연 - 박옥초, 이선림, 기소파 등등
1936-04-17		4월 17일~ 4월 18일	악극단 낙랑좌 공연
			희가극 洪吒無 편 「몽상의 가인」전 8경
			희가극 숯草 작 「감자와 처녀」1막
			촌극 洪吒無 편 「맛있는 술」1경
1936-04-19		4월 19일~ 4월 23일	동극좌 공연
			사회비극 이운방 작 「악마」2막 4장
			주연 - 최선, 박창환, 이경환, 변기종
			시대극 김진문 작 「無情佳約二十年」2막 4장
			주연 - 김영숙, 한일송, 송해천, 하지만
			희극 화산학인 작 「신구충돌」1막 2장
			주연 - 변기종, 이경환, 한일송, 하지만, 김양춘
1936-04-24		4월 24일~ 4월 29일	동극좌 제 2주 공연
			인정비극 이운방 작 「아들의 죽음」2막
			주연 - 최선, 김양춘, 박창환, 송해천
			女給哀話 김진문 작 「지폐찢는 여자」1막
			주연 - 김양춘, 박창환
			시대극 김건 작 「복수삼척검」1막
			주연 - 최선, 한일송, 김양준, 박창환
			희극 화산학인 작 「천국이나 지옥이냐」1막
1936-04-30		4월 30일~ 5월 3일	동극좌 제 3주 공연(청춘좌 남선 5회, 희극좌 호남 5회)
			가정비극 이운방 각색 「치악산」3막 6장
			출연 - 한일송, 김양춘, 최선, 변기종
			연애비극 김건 작 「사랑은 괴로워」1막
			출연 - 박창환, 김영숙, 서옥정, 송해천
			희극 관악산인 작 「따귀가 한근」1막

1936-05-01	1936-05-01	5월	극연 제 11회 공연. 유치진의 「자매」, 전한의 「호상의 비극」상연.
			『극예술』제 4호 발간
1936-05-05	1936-05-06	5월 5일~ 5월 10일	배구자악극단 출연
			대레뷰 「안녕합소 서울」16경
			악극 「마음의 등불」
			청춘좌 출연
			연애비극 박진 작 「청춘 광상곡」
1936-05-11	1936-05-14	5월 11일~ 5월 15일	배구자악극단, 청춘과 동시공연
			배구자 악극단 출연
			대레뷰 16경
			가극 「인형제」1막
			스겟취 「방울꽃 정화」2경
			째즈 「백정권팔」2경
			청춘과 출연
			사회비극 「인생수업」2막
1936-05-16	1936-05-17	5월 16일~ 5월 20일	배구자악극단 고별흥행
			레뷰 「잘있거라 서울」10경
			째즈 「近藤勇」1장
			가극 「사랑은 허무하기 물거품 갓드라」4장
			청춘좌 출연
			가정비극 「쌍옥루」2막
1936-05-21	1936-05-22	5월 21일~ 5월 25일	희극좌 공연
			희극 낙산인 작 「여군패평기」1막
			정희극 김건 작 「명판관」2막3장
			인정비극 김진문 작 「어데로 갈거나」1막
1936-05-26	1936-05-28	5월 26일~ 5월 30일	희극좌 제 2주 공연
			가정비극 김건 각색 「콩쥐 팥쥐」3막 6장
			사회극 「그림자 없는 악마」3막
			스켓치 「世上萬事寒翁馬」1경

1936-05-31	1936-06-01	5월 31일~ 6월 4일	희극좌 제 3주 공연
			인정극 최독견 작 「債鬼」1막
			희극 낙산인 작 「아내에 속지마소」1막
			희극 수양산인 작 「유산 오천원」2장
1936-06-05	1936-06-05	6월 5일~ 6월 9일	희극좌 離京 공연
			남궁춘 편 「유선형 춘향전」3막 5장
			출연 - 김소저, 이정순, 남방설, 허말라, 김원호, 최영선, 김광, 손일평, 윤병춘, 김소정
			김건 각색 「신판 장화홍련전」3막 5장
			출연 - 윤재동, 석와불, 전경희, 용옥자, 송문평, 윤순희, 김목동, 태을민
1936-06-10	1936-06-11	6월 10일~ 6월 14일	동극좌 공연
			시대극 임선규 작 「松竹莊의 武未」2막
			출연 - 변기종, 이경환, 송해천, 하지만, 최선, 김영숙 기타 동극단원 다수
			인정극 김진문 작 <魔都의 천사>1막
			출연 - 박정환, 한일송, 박영태, 김도일, 이윤옥, 김양춘
			희극 낙산인 작 「내일은 오백만원」1막
1936-06-15	1936-06-18	6월 15일~ 6월 19일	동극좌 제 2주 공연
			비극 임선규 작 「미음의 고향」2막
			출연 - 변기종, 이경환, 송해천, 하지만, 김영숙, 서옥정 등
			동극좌단원 다수
			인정극 김진문 작 「落花一輪」1막
			출연 - 박정환, 한일송, 김동일, 박영태, 이윤옥, 김양춘, 김영숙 외
			희극 낙산인 작 「저희 남편은 '애로'가 좋대요」1막
1936-06-20	1936-06-22	6월 20일~ 6월 24일	동극좌 제 3주 공연
			사극 김건 작 「불국사의 秋史」2막
			출연 - 변기종, 이경환, 송해천, 하지만, 최선, 서옥정, 등 동극단원 다수

			인정극 김진문 작 「우정」1막
			출연 - 박창원, 한일송, 박영태, 김도일, 배구성, 이윤옥, 김양춘, 김영숙 외
			희극 송해천 작 「별장과 기연」1막 3장
1936-06-25	1936-06-26	6월 25일~ 6월 29일	동극좌 제 4주 공연
			임선규 작 「홍수전야」2막 4장
			출연 - 변지종, 이경환, 송해천, 김영숙, 김부림, 등 총출연
			김건 작 「지하실과 인생」2막
			출연 - 박창환, 한일송, 박영태, 김도일, 배구성, 김기성, 박총빈, 이윤옥, 서옥정 등
			희극 화산학인 작 「임차관계」1막 2장
1936-06-30	1936-07-01	6월 30일~ 7월 5일	동극돠 제 5주 공연
			김건 작 「광명을 읽은 사람들」2막
			출연- 변기종, 이경환, 송해천, 하지만, 서옥정, 김영숙 등 총출연
			주봉월 작 「불구의 아내」1막 2장
			출연 - 박정환, 한일송, 박영태, 배구성, 박총빈, 이윤옥, 김부림 등 다수
			낙산인 작 「빈부의 경우」1막
1936-07-01		7월	극단 『청춘좌』, 우미관에서 임선규의 「사랑에 속고 돈에 울고」공연.
			오빠역에 황철, 홍도역에 차홍녀, 대학생에 심영.
1936-07-06	1936-07-07	7월 6일~ 7월 10일	경도명물 오색회 공연
			1. 영화 「사랑의 꽃다발」
			2. 곡예댄스
			3. 봐라에트아저씨
			4. 자동차
			5. 오늘도 명면히
1936-07-11	1936-07-12	7월 11일~ 7월 14일	청춘좌 제 1주 공연
			이운방 작 「두 아내」2막
			출연 - 박제행, 서월영, 남궁선, 지경순, 차홍녀, 등

			일봉산인 작 「목매는 아버지」1막
			출연 : 심영, 황철, 이헌, 김소영, 한은진 등
			남궁춘 작 「말못할 사정」3경
1936-07-15	1936-07-16	7월 15일~ 7월 21일	청춘좌 제 2주 공연
			대비극 최독견 각색 「단종애사」15막 17장
			청춘좌 단원 총출동, 동극좌 희극좌 간부 배우 찬조 출연, 등장인물 백여명
			박진 연출 문종-황철, 단종-윤재동, 수양대군-서월영, 황보인-박제행, 김종서-변기종, 한명회-유현, 포격-한일송, 양정-박창환, 성삼문-심영, 신숙주-김동규, 박팽년-임선규, 왕비-차홍녀, 이하 생략
1936-07-22		7월 22일	조선성악연구회 공연
1936-07-23	1936-07-24	7월 23일~ 7월 31일	청춘좌 제 3주 공연
			연애비극 임선규 작 「사랑에 속고 돈에 울고」4막 5장
			출연 - 박제행, 심영, 황철, 서월영, 김선초, 남궁선, 지경순, 차홍녀 등
			희극 낙산인 작 「헛수고 했소」2장
1936-08-01	1936-08-01	8월 1일~ 8월 7일	청춘좌 제 4주 공연
			시대비극 월탄 작 최독견 각색 「명기 황진이」4막 5장
			비극 이운방 작 「愛慾」2막
			희극 화산학인 작 「신구충돌」2장
1936-08-08	1936-08-09	8월 8일~ 8월 13일	청춘좌 제 5주 공연
			비극 임선규 작 「유정무정」3막 4장
			희극 화산학인 작 「임차관계」1막 2장
			희극 낙산인 작 「하마터면」2막
1936-08-14	1936-08-15	8월 14일~ 8월 22일	최독견 각색 「춘향전」2막 8장
			비극 주월봉 작 「불구의 아내」2막 2장
1936-08-23	1936-08-24	8월 23일~ 8월 26일	청춘좌 제 8주 공연
			청춘좌 문예부 편 「마라손왕 손기정군 만세」3막 5장
			모성애비극 임선규 작 「슬프다 어머니」2막

1936-08-27	1936-08-28	8월 27일~ 9월 4일	청춘좌 제 9주 공연
			연애비극 임선규 작 「사랑에 속고 돈에 울고」4막 5장
			출연 - 박제행, 심영, 황철, 서월영, 김선초, 남궁선, 지경순, 차홍녀 등
			성군각색 「오전2시부터 9시까지」2장
			낙산인 작 「이열치열」1막 5장
1936-09-01		9월	극연 창립5주년 기념 제 12회 공연, 유치진 각색 「춘양전」 (4막 11장 공연).
			『극예술』제 5호 발간.
			동양극장 직속극단 『희극좌』, 『동극좌』합병하여, 극단 『호화선』 조직.
1936-09-05	1936-09-06	9월 5일~ 9월 11일	청춘좌 공연
			비극 최독견 작 「두여자의 걷는 길」6막
			희극 동극문예부 편 「별장과 기록」1막 3장
1936-09-12	1936-09-12	9월 12일~ 9월 17일	청춘좌 공연
			임선규 작 「청춘송가」3막 4장
			희극 낙산인 작 「위기일발」1막
1936-09-18	1936-09-20	9월 18일~ 9월 23일	청춘좌 공연
			최독견 각색 「신판 장한몽」4막 8장
			사회비극 임선규 작 「추풍령」2막
1936-09-24	1936-09-25	9월 24일~ 9월 28일	조선성악연구회 남녀 명창 총출연
			김용승 각색 「춘향전」7막 11장
			출연 - 송만갑, 이동백, 정정열, 김창룡, 오태석, 정남희, 박록주, 임소두, 조영희, 강태홍 등
1936-09-29	1936-09-30	9월 29일~ 10월 6일	극단 호화선 제 1회 공연
			인정활극 이운방 작 「정의의 복수」2막 3장
			만극 정태성 각색 「나의 청춘 너의 청춘」9경
			소희극 「호사다마」1막3장
1936-10-01		10월	『조선연극협회』, 부민관에서 제 1회 「수전노」공연.

1936-10-07	1936-10-08	10월 7일~ 10월 9일	화화선 제 2주 공연
			가희극 문예부 편 「돌아온 아들」1막
			대비극 청매 작 「인정」2막
			희극 남궁춘 작 「저선가 만세」1막2장
1936-10-10	1936-10-12	10월 10일~ 10월 12일	화화선 제 3주 공연
			비극 수양산인 작 「벙어리 냉가슴」1막
			인정극 김건 작 「광명을 잃은 사람들」2막
			희극 화산학인 작 「급성연애병」1막 2장
1936-10-13	1936-10-14	10월 13일~ 10월 18일	화화선 제 4주 공연
			비극 임선규 작 「사랑뒤에 오는 것」
			출연 - 박창환, 장진, 김양춘, 석와불, 강비금 등
			오페렛타- 쑈 정태성 각색 「스타가 될때까지」4경
			출연 - 유계선, 이정순, 변성희, 지계순 등
			비극 문예부 안 「아버지는 사람이 좋아」1막
			출연 - 전경희, 손일평, 이백, 김종일, 강석경 등
1936-10-19	1936-10-20	10월 19일~ 10월 23일	화화선 제 5주 공연
			비극 최독견 작 「허영지옥」5막
			희극 남궁춘 작 「將棋狂 受難時代」1막
			오페렛타-쑈 정태성 각색 「스타가 될때까지」4경
			희극 낙산인 작 「빈부의 경우」
1936-10-29	1936-10-29	10월 29일~ 10월 31일	호화선 제 7주 공연
			비극 임선규 작 「사랑뒤에 오는 것」
			비극 문예부 안 「아버지는 사람이 좋아」1막
			쑈쑈트 정태성 편 「최명텅구리와 킹콩」4경
1936-11-01	1936-11-01	11월 1일~ 11월 5일	호화선 지방항해 공연
			비극 이운방 작 「남아의 세계」2막
			희극 남궁춘 작 「나는 귀머거리」1막
			만극 정태성 각색 「나의 청춘 너의 청춘」9경

1936-11-06	1936-11-07	11월 6일~ 11월 10일	조선성악연구회 제 4회 공연
			각색 김용승, 연출 정정열, 지휘 이동백, 송만갑, 김창룡
			조선가극 「흥부천」5막
1936-11-11	1936-11-11	11월 11일~ 11월 17일	청춘좌 제 1주 공연
			비극 임선규 작 「정조성」3막 6장
			희극 구월산인 작 「이자식 뉘자식」1막
1936-11-18	1936-11-18	11월 18일~ 11월 20일	청춘과 제 2주 공연
			비극 이운방 작 <생명> 3막 4장
			희극 남궁춘 작<울기는 왜 우나요> 1막
1936-11-21	1936-11-21	11월 21일~ 11월 27일	청춘좌 제 4주 공연 일본명작 주간
			박진 역 「월급날」1막 2장
			임선규 역 <자식을 죽이기까지> 1막
			최독견 역 <아버지 돌아오시네> 1막
1936-11-28	1936-11-28	11월 28일~ 12월 1일	청춘좌 제5주 공연
			연애비극 임선규 작 「청춘송가」3막 4장
			희극 구월산인 작 「기아일개이만원야」
1936-12-01		12월	『동경학생예술좌』 기관지 「막」 제1집 창간.
			태양극장 해산. * 이해 이후 학원연극활동이 어렵게 됨.
1936-12-02	1936-12-03	12월 2일~ 12월 5일	청춘좌 공연
			비극 임선규 작 「유정무정」3막4장
			희극 구월산인 작 「팔자없는 출세」1막
1936-12-06	1936-12-08	12월 6일~ 12월 9일	청춘좌 제 6주 공연
			폭소극 은구산 작 「산칠성님」1막2장
			비극 최독견 작 「사랑의 힘」3막
1936-12-10	1936-12-11	12월 10일~ 12월 14일	청춘좌 고별흥행
			비극 이운방 작 「葡萄園」1막

			비극 관악산인 작 「홍국백국」 3막
			희극 낙산인 작 「따귀가 한근」 1막
1936-12-15	1936-12-15	12월 15일~ 12월 17일	조선성악연구회 공연
			각색 김용승, 연출 정정열, 지휘 이동백, 송만갑, 김창룡
			조선가극 「심청전」 4막9장 박록주, 오태석, 정남희, 임소향, 조앵무 등 일류명창 총출연
1936-12-18	1936-12-15	12월 18일~ 12월 22일	조선성악연구회 공연
			조선가극 <춘향전> 6막11장
1936-12-23	1936-12-23	12월 23일~ 12월 27일	호화선 개선공연 제1주
			문예부 각색 「부활(카츄사)」 4막
			만극 정태성 각색 「금덩이 건져서 부자는 됫지만」 5경
			희극 남궁춘 작 「임대차계약」 1막
1936-12-28	1936-12-29	12월 28일~ 12월 30일	호화선 공연
			비극 이운방 작 「남아의 세계」 2막
			만극 정태성 작 「노다지는 캤지만」 5경
			희극 남궁춘 작 「장기광 수난시대」 1막
1936-12-31	1936-01-03	12월 31~37일 ~1월 4일	호화선 신년특별 공연 1월1일부터 「사랑에 속고 돈에 울고」
			부민관에서 (3일간)공연
			비극 이운방 각색 「재생」 3막 4장
			오페랏타-쑈 정태성 작 「멕시코 장미」 9경
1937-01-01	1937-01-08	1월	극연 제 14회 공연으로 헤이워드 뷔의 「포오기」(최초의 미국극) 상연.
1937-01-05	1937-01-08	1월 5일~ 1월 10일	청춘좌 신년 특별 공연
			비극 이운방 작 「제야」 2막
			희비극 임선규 편 「눈날리는 뒷골목」 1막3장
			희극 은구산 편 「새아씨 경제학」
1937-01-11	1937-01-12	1월 11일~ 1월 18일	청춘좌 제 3주 공연

			비극 이운방 작 「진달래꽃 필제」 3막 4장
			희극 송영 작 「황금산」 1막2장
1937-01-19	1937-01-19	1월 19일~ 1월 27일	청춘좌 제 4주 공연
			비극 임선규 작 <임자없는 자식들> 4막5장
			희극 남궁춘 작 <심심산촌의 백도라지> 1막
1937-01-28	1937-01-27	1월 28일~ 2월 2일	청춘좌 제 5주 공연
			비극 박영호 작 「흘러간 鳳女」 4막
			희극 남궁춘 작 「오! 너의 이름은 여자니라」 1막
1937-02-01		2월	극연 제 15회 공연으로 유치진의 「풍년기」(「소」의 改題), 이무영의 「수전노」(「무료치료술」의 改題).
1937-02-03	1937-02-03	2월 3일~ 2월 10일	청춘좌 제 6주 공연
			비극 이운방 작 「한강물은 푸를건말」 3막
			희극 남궁춘 작 「호사다마」 1막3장
1937-02-11	1937-02-11	2월 11일~ 2월 16일	호화선 제 1주 공연
			인정극 봉래산인 작 「황금광시대」 2막
			가극 남궁춘 작 「장9한몽」 9경
1937-02-17	1937-02-17	2월 17일~ 2월 20일	호화선 제 2주 공연
			김건 각색 「신판 장화홍련전」 3막 5장
			오페랏타-쑈, 정태성 작, 연출 「멕시코 장미」 9경
			연출 - 박진, 홍해성, 장치-김운선
1937-02-21	1937-02-24	2월 21일~ 2월 25일	호화선 제 3주 공연
			비극 이운방 작 「그 여자의 비밀」 3막
			오페랏타 정태성 각색 「오전2시부터 9시까지」 2장
			가정극 이서구 작 「사친가」 1막
1937-02-26	1937-02-26	2월 26일~ 3월 1일	조선성악연구회 공연
			각색 김용승 「숙영낭자전」 4막 6장
1937-03-02	1937-03-02	3월 2일~ 3월 5일	조선성악연구회 공연

			각색 김용승 창극 「배비장전」 5막
1937-03-06	1937-03-06	3월 6일~ 3월 10일	호화선 제 1주 공연
			비극 이규희 작 「비련지옥」 4막
			희극 은구산 작 「흐렸다 개였다」 1막
1937-03-11	1937-03-11	3월 11일~ 3월 15일	호화선 제 2주 공연
			비극 임선규 작 「송죽장의 무부」 2막
			풍자극 남궁춘 작 「엉터리 생활설계도」 9경
1937-03-16	1937-03-16	3월 16일~ 3월 22일	호화선 제 3주 공연
			비극 임선규 작 「봄눈이 틀때」 2막6장
			풍자극 정태성 각색, 연출 <인생독본 제1과 舊爵大監>
1937-03-23	1937-03-27	3월 23일~ 3월 27일	호화선 제 4주 공연
			비극 이운방 작 「날이 밝기 전」 4막
			희극 수양산인 작 「동생의 행복」 1막
			희극 봉래산인 작 「큰 사위 작은 사위」 1막
1937-03-28	1937-03-28	3월 28일~ 4월 3일	호화선 제 5주 공연
			비극 송영 작 「哀怨草」 4막
			만극 남궁춘 작 「어느 작가의 스켓치 북」 4경
1937-04-01		4월	극연 제 16회 공연, 톨스토이의 「카츄샤」(「부활」).
1937-04-04	1937-04-05	4월 4일~ 4월 7일	호화선 제 6주 공연
			비극 이운방 작 「고도의 밤」 3막
			희극 남궁춘 작 「그보다 더 큰 일」 1막
			희극 구월산인 작 「이자식 뉘자식」 1막
1937-04-08	1937-04-10	4월 8일~ 4월 17일	청춘좌 개선 공연 제 1주
			비극 임선규 작 「잊지못할 사람들」 7장
			희극 남궁춘 작 「지레짐작 매꾸러기」 2장
			희극 남궁춘 작 「나는 귀머거리」 1막
1937-04-18	1937-04-18	4월 18일~ 4월 23일	天勝大一座 公演

1937-04-24	1937-04-25	4월 24일~ 5월 1일	청춘좌 공연
			연애비극 최독견 작 「여인애사」 6막 8장
			희극 남궁춘 작 「제버릇 개주나」 1막
1937-05-02	1937-05-02	5월 2일~ 5월 8일	비극 이운방 작 「방랑자」 3막
			희극 은구산 작 「曹操와 劉玄德」 1막2장
1937-05-09	1937-05-09	5월 9일~ 5월 12일	청춘좌 4주간 단기 공연
			순정비극 최독견 작 「어엽븐 바보의 죽엄」 1막2장
			가정비극 수양산인 작 「벙어리 냉가슴」 1막
			희극 청매 안 「홀아비여 울지마라」 1막
			희극 백연 작 「백원짜리 쇠집색이」 1막
1937-05-13	1937-05-13	5월 13일~ 5월 18일	호화선 귀경 제 1주 공연
			비극 송영 작 「출범전후」 4막
			희극 은구산 작 「욕심쟁이 미안하오」 1막 2장
1937-05-19	1937-05-19	5월 19일~ 5월 22일	호화선 제 2주 단기공연
			비극 임선규 작 「사랑뒤에 오는 것」 2막
			정희극 최독견 작 「아우의 행복」 1막
			비극 주봉월 작 「불구의 아내」 1막
1937-05-23	1937-05-23	5월 23일~ 5월 27일	호화선 공연
			비극 최독견 작 「남아의 순정」 5막7장
			희극 남궁춘 작 「그보다 더 큰일」 1막
1937-05-28	1937-05-28	5월 28일~ 6월 4일	호화선 제 3주 공연
			비극 임선규 작 「내가 사랑하는 사람들」 2막 5장
			운우전, 김운선 장치, 박진 연출
			희극 봉래산인 작 「저기압은 동쪽으로」
1937-06-01		6월	극단 『중앙무대』(중간극 표방) 조직. 제1회 공연 「까치 우는 섬」 등 공연. 단원은 서월영, 심영, 박제행, 변해숙 등.
			『조선연극협회』 제 2회 공연. 「섬있는 바다 풍경」 상연후 해산.

			『동경학생예술좌』제 2회 공연. 축지소극장에서 유치진의 「춘향전」 공연.
1937-06-05	1937-06-05	6월 5일~ 6월 11일	호화선 제 5주 공연
			비극 이운방 작 「남편의 정조」 3막4장
			풍자극 남궁춘 작 「회장 호활란선생」 1막
1937-06-12	1937-06-12	6월 12일~ 6월 16일	호화선 제 6주 공연
			비극 이운방 작 「항구의 새벽」 3막 5장
			희극 남궁춘 작 「연애전선 이상있다」 1막
1937-06-17	1937-06-17	6월 17일~ 6월 18일	일본 대일좌 공연
			폭소왕 <構山エウタシ> (吉本興業 專屬)
1937-06-19	1937-06-19	6월 19일~ 6월 20일	호화선 공연
			비극 이운방 작 「항구의 새벽」 3막 5장
			비극 임선규 작 「내가 사랑하는 사람들」 2막 5장
1937-06-21	1937-06-22	6월 21일~ 6월 22일	조선성악연구회 제 16회 공연
			가극 김용승 작 「편시춘」 4막 6장
1937-06-23	1937-06-23	6월 23일~ 6월 26일	조선성악연구회 제 17회 공연
			가극 김용승 각색 「춘향전」 6막 6장
1937-06-27	1937-06-27	6월 27일~ 6월 30일	조선성악연구회 제 18회 공연
			가극 김용승 각색 「심청전」 6막 8장
1937-07-01	1937-07-01	7월 1일~ 7월 6일	청춘좌 대공연
			비극 임선규 작 「방황하는 청춘들」 4막 5장
			풍자극 남궁춘 작 「홈 스윗트 홈」 1막
			출연 - 황철, 차홍녀, 복원규, 김선초, 한일송, 지경순, 김동규, 한은진, 태을민, 조미령, 이재현, 김숙영, 유현, 황은순, 조석원, 김선영, 이동호, 최궁미혜(최선), 변기종, 신은봉
1937-07-01		7월	중일전쟁 반발

1937-07-07	1937-07-14	7월 7일~ 7월 14일	청춘좌 제 2주 공연
			비극 이운방 작「외로운 사람들」3막 4장
			희극 구월산인 작「이런부부 저런 부부」
			풍자극 남궁춘 작「홈 스윗트 홈」1막
			풍자극 남궁춘 작「회장 오활란선생」1막
1937-07-15	1937-07-15	7월 15일~ 7월 26일	청춘좌 제 3주 공연
			비극 이운방 작「몰레방아 도는데」3막4장
			풍자극 남궁춘 작「원수는 외나무다리에서」1막 3장
1937-07-22	1937-07-22	7월 22일~ 7월 26일	청춘좌 제 4주 공연
			快作 임선규 작「남아 行狀記」4막
			희극 구월산인 작「연습하는 부부싸움」1막
1937-07-27	1937-07-30	7월 27일~ 7월 30일	청춘좌 제 5주 공연
			순정비극 최독견 작「어엽븐 바보의 죽엄」1막 2장
			비극 임선규 작「봄눈이 뜰때」2막 6장
1937-07-31	1937-07-31	7월 31일~ 8월 6일	청춘좌 제 6주 공연
			비극 임선규 작「애원십자르」3막 6장 차홍녀 재생출연
			희극 구월산인 작「부부풍경」1막2장
			희극 화산학인 작「신구충돌」2막
1937-08-07	1937-08-07	8월 7일~ 8월 9일	청춘좌 공연
			비극 임선규 작「사랑에 속고 돈에 울고」4막 5장
			폭소극 구월산인 작「이작식 뉘자식」1막
1937-08-10	1937-08-10	8월 10일~ 8월 15일	청춘좌 공연
			비극 이운방 작「청춘일기」3막 6장
			폭소극 구월산인 작「장가보내주」1막
1937-08-16	1937-08-17	8월 16일~ 8월 17일	청춘좌 공연
			비극 이운방 작「葡萄園」1막

			비극 이운방 작 「검사와 사형수」 2막
			희극 남궁춘 작 「장기광 수난시대」 1막
1937-08-18	1937-08-19	8월 18일~ 8월 20일	청춘좌 공연
			연애비극 최독견 작 「여인애사」 6막 8장
			희극 남궁춘 작 「장기광 수난시대」 1막
1937-08-21	1937-08-21	8월 21일~ 8월 26일	호화선 제 1주 공연
			비극 임선규 작 「아들 돌아오는 날」 2막
			이운방 작 「꿈꾸는 여름밤」 1막
			희극 남궁춘 작 「자선가 만세」 2막
1937-08-27	1937-08-27	8월 27일~ 8월 30일	호화선 제 2주 공연
			비극 임선규 작 「내가 사랑하는 사람들」 2막5장
			희극 남궁춘 작 「연애전선 이상있다」 1막
1937-08-31	1937-08-31	8월 31일~ 9월 5일	호화선 제 3주 공연
			비극 이운방 작 「항구의 새벽」 3막 5장
			정희극 최독견 작 「아우의 행복」 1막
1937-09-06	1937-09-08	9월 6일~ 9월 10일	호화선 제 4주 공연
			비극 이운방 작 「남편의 정조」 3막 4장
			희극 남궁춘 작 「그보다 더 큰일」 1막
1937-09-11	1937-09-11	9월 11일~ 9월 15일	호화선 제 5주 공연
			비극 이운방 작 「단풍이 붉을 때」 3막
			희극 남궁춘 작 「아버지 二百斥」 1막
1937-09-16	1937-09-20	9월 16일~ 9월 20일	조선성악연구회 제19회 공연
			가극 김용승 각색 「춘향전」 6막 12장
1937-09-21	1937-09-22	9월 21일~ 9월 27일	청춘좌 개선 제1주 공연
			비극 임선규 작 「비련초」 3막 5장
			희극 남궁춘 작 「효자제조법」 1막
			書間 조선권번연예부 출연-쑈, 막간, 레뷰

1937-09-28	1937-09-29	9월 28일~ 9월 30일	청춘좌 공연
			비극 이운방 작「葡萄園」1막
			비극 이운방 작「검사와 사형수」2막
			희극 남궁춘 작「장기광 수난시대」1막
			주간 조선가무회 공연
1937-10-01	1937-10-03	10월 1일~ 10월 6일	청춘좌 공연
			비극 이운방 작「눈물을 건너온 행복」3막 4장
			희극 관악산인 작「거리에서 죽는 숙녀」1막 3장
			주간 조선가무회 공연
1937-10-07	1937-10-09	10월 7일~ 10월 12일	청춘좌 공연
			이서구 작「춘원」4막
			희극 관악산인 작「인생은 40부터」1막 2장
			주간 조선가무회 공연
1937-10-13	1937-10-13	10월 13일~ 10월 17일	청춘좌 공연
			이운방 각색 신판「쌍옥루」2막 1장
			낙산인 작「빈자의 경우」1막
			구월산인 작「기아일개이만원야」1막
			주간 조선가무회 공연
1937-10-18	1937-10-19	10월 18일~ 10월 24일	청춘좌 공연
			임선규 작「행화촌」2막 6장
			남궁춘 작「流行成感冒」1막
1937-10-25	1937-10-26	10월 25일~ 10월 30일	청춘좌 공연
			관악산인 작「결혼작업」1막
			이서구 작「제2의 출발」3막
			書間 영화「텍사스 결사대」
1937-10-31	1937-11-01	10월 31일~ 11월 7일	청춘좌 공연
			이서구 작「봄없는 청춘」3막 4장
			남궁춘 작「홈 스윗트 홈」1막

			書間 영화 「장군의 최후」
			영화 「鐵爪」
1937-11-01		11월	극단 「호화선」, 이서구의 「어머니의 힘」 공연.
1937-11-08	1937-11-09	11월 8일~ 11월 10일	청춘좌 공연
			화산학인 작 「신구충돌」 2장
			임선규 작 「애원십자로」 3막 6장
1937-11-11	1937-11-12	11월 11일~ 11월 18일	청춘좌 공연
			비극 이서구 작 「그늘에 우는 천사」 3막
			희극 남궁춘 작 「세상은 속임수」 2장
1937-11-24	1937-11-26	11월 24일~ 11월 28일	청춘좌 고별주간
			이운방 작 「심야의 태양」 3막
			남궁춘 작 「심심산촌의 백도라지」 1막
1937-11-29	1937-11-30	11월 29일~ 12월 7일	호화선 귀경 제 1주 공연
			이서구 작 「어머니의 힘」 3막 5장
			사양산인 작 「벙어리 냉가슴」 1막
1937-12-08	1937-12-09	12월 8일~ 12월 13일	호화선 제 2주 공연
			수양산인 작 「벙어리 냉가슴」 1막
			이서구 작 「불타는 순정」 3막 4장
1937-12-14	1937-12-14	12월 14일~ 12월 20일	호화선 공연
			남궁춘 작 「부친상경」 1막 3장
			이운방 작 「고아」 「외로운 아해」 2막 7장
			주연 - 엄미화(7세)
1937-12-21	1937-12-21	12월 21일~ 12월 26일	호화선 공연
			남궁춘 작 「아버지 이백척」 1막
			이서구 작 「단장비곡」 3막
			주연 - 엄미화(7세)

1937-12-27	1937-12-28	12월 27일~ 12월 30일	호화선 공연
			남궁춘 작 「연애전선 이상있다」 1막
			청춘좌 이서구 작 「어머니의 힘」 3막 5장
1937-12-31	1937-12-31	12월 31일~ 38년 1월 6일	청춘좌 공연
			남궁춘 좌 「소문만복래」 1막 2장
			이서구 작 「결혼비가」 3막 4장
1938-01-01		1월	극단『낭만좌』, 창림 제 1회 공연으로 섹스피어의 「햄릿」 상연.
			동아일보사 주최 연극경연대회 참가.
1938-01-07	1938-01-08	1월 7일~ 1월 11일	청춘좌 제2주 공연
			관악산인 작 「거리에서 죽는 숙녀」 1막 3장
			임선규 작 「행화촌」 2막 6장
1938-01-15	1938-01-15	1월 15일~ 1월 21일	청춘좌 제 3주 공연
			관악산인 작 「아버지는 답답해」 1막
			이서구 작 「꽃피는 고향」 3막 4장
1938-01-22	1938-01-23	1월 22일~ 1월 24일	청춘좌 제 4주 공연
			남궁춘 작 「유행성감모」 1막 2장
			임선규 작 「잊지못할 사람들」 7장
			남궁춘 작 「원수는 외나무다리에서」 1막3장
1938-01-25	1938-01-25	1월 25일~ 1월 29일	청춘좌 공연
			남궁춘 작 「지레짐작 매꾸러기」 2장
			이운방 작 「사랑하는 까닭에」 3막 6장
1938-01-30	1938-02-01	1월 30일~ 2월 6일	청춘좌 공연
			남궁춘 작 「효자제조법」 1막
			이서구 작 「貞婦怨」 3막
			남궁춘 작 「원수는 외나무다리에서」 1막 3장

1938-02-01		2월	극연, 동아일보사 제1회 연극경연대회 참가. 슈닛츠라의 「눈 먼 동생」 공연후 해체. 이 경연대회에 『화랑원』『인생극장』 등의 단체가 참가
1938-02-07	1938-02-08	2월 7일~ 2월 10일	청춘좌 공연
			구월산인 작 「이자식 뉘자식」 1막
			송영 작 「유랑의 처녀」 3막
1938-02-11	1938-02-12	2월 11일~ 2월 17일	호화선 귀경 개선 공연
			구월산인 작 「연습하는 부부싸움」 1막 2장
			이서구 각색 「눈물」 4막
1938-02-18	1938-02-18	2월 18일~ 2월 23일	호화선 공연
			남궁춘 작 「부친상경」 1막 3장
			이서구 작 「젊은 안해의 일기」 3막
1938-02-24	1938-02-24	2월 24일~ 3월 3일	호화선 공연
			남궁춘 작 「외교일기 ABC」 6경
			이운방 작 「봄을 기다리는 사람들」 3막
1938-03-01		3월	『동경학생예술좌』, 기관지 「막」 제 2집 발간. 중학교에서 조선어 과목 폐지.
1938-03-04	1938-03-06	3월 4일~ 3월 9일	호화선 공연
			관악산인 작 「국경은 소란타」 2경
			이서구 작 「애별곡」 3막 6장
1938-03-10	1938-03-10	3월 10일~ 3월 12일	호화선 중앙공연 최종주간
			구월산인 작 「칠팔세에도 연애하나」 1막
			이서구 작 「어머니의 힘」 3막 5장
1938-03-13	1938-03-13	3월 13일~ 3월 17일	조선성악연구회 공연
			김용승 각색 창극 「토끼타령」 4막
1938-03-18	1938-03-18	3월 18일~ 3월 24일	청춘좌 개선공연(차홍녀 출연)

			남궁춘 작 「이런수도 있나요」 1막
			이서구 작 「구원의 처녀」 3막 4장
1938-03-25	1938-03-25	3월 25일~ 4월 1일	청춘좌 공연
			임서방 작 「청춘무정」 4막 5장
			구월산인 작 「뛰어든 미인」 1막
1938-04-01		4월	일경의 탄압으로 해체된 극연은 극단 『극연좌』로 개편 발족.
			극단 『신인무대』 조직. 개성좌에서 공연
1938-04-02	1938-04-01	4월 2일~ 4월 3일	영화 「新しき土」
			영화 「여순항」
			청춘좌 「춘향전」, 「홈 스윗 홈」부민관
1938-04-04	1938-04-05	4월 4일~ 4월 10일	청춘좌 공연
			임선규 작 『사랑에 속고 돈에 울고』 4막 5장
			구월산인 작 『이자식 뉘자식』 1막
1938-04-11	1938-04-12	4월 11일~ 4월 14일	天勝 일행 대공연
1938-04-15	1938-04-15	4월 15일~ 4월 22일	청춘좌 공연
			임서방 작 『해바라기』4막
			남궁춘 작 『폭풍경보』1막
1938-04-23	1938-04-12	4월 23일~ 4월 25일	청춘좌 공연
			임서방 작 『청춘무정』4막 5장
			이문방 작 『뻐꾹새 울때마다』
1938-04-26	1938-04-27	4월 26일~ 5월 1일	청춘좌 공연
			이운방 작 『뻐꾹새 울때마다』
			남궁춘 작 『폭풍경보』1막
1938-05-01		5월	제 18회 공연으로 김진수의 『길』(극연 희극상 당선작), 막스작
			『뻐꾹새』상연.

1938-05-02	1938-05-03	5월 2일~ 5월 6일	청춘좌 공연
			임선규 작 『청춘송가』3막 4장
			화산학인 작 『신구충돌』1막 2장
1938-05-07	1938-05-07	5월 7일~ 5월 13일	청춘좌 공연
			이서구 작 『벗못본 지평선』3막
			낙산인 작 『위기일발』1막 2장
1938-05-14	1938-05-15	5월 14일	조선성악연구회 창립5주년 기념공연
			김용승 각색 창극 『춘향전』
1938-05-15	1938-05-15	5월 15일	김용승 각색 창극 『심청전』
1938-05-16	1938-05-15	5월 16일	김용승 각색 창극 『흥부전』
1938-05-17	1938-05-17	5월 17일~ 5월 19일	악극단 도원경 창립공연
			이서구 가극 『청춘호텔』1경
			이영 작 가극 『사랑의 꽃다발』5경
			퍼레이드 『春宵夢』15경
1938-05-20	1938-05-20	5월 20일~ 5월 24일	호화선 공연 제 1주
			이고범 작 『집없는 아해』3막 4장 엄미화 주연
			낙산인 작 『빈부의 경우』1막
1938-05-25	1938-05-26	5월 25일~ 5월 29일	호화선 공연
			남궁춘 작 『아버지의 눈물』3막 4장
			구월산인 작 『칠팔세에도 연애하나』1막
1938-05-30	1938-05-31	5월 30일~ 6월 3일	호화선 공연
			송영 작 『순정무변』3막 5장
1938-06-01		6월	『동경학생예술좌』축지소극장에서 오닐의 『지평선』
			주영섭의 『벌판』공연.
1938-06-01	1938-06-02	6월 1일~ 6월 3일	『사랑에 속고 돈에 울고』부민관
			호화선 공연, 부민관, 이석3작
1938-06-04	1938-06-04	6월 4일~ 6월 5일	『어머니의 힘』3막 5장 호화선 공연, 부민관 이서구작

			남궁춘 작 『울기는 왜우나요』1막
1938-06-04	1938-06-04	6월 4일~ 6월 8일	청춘좌 공연
			이서구 작 『사나이 사랑』3막
			남궁춘 작 『유행성감모』1막 2장
1938-06-09	1938-06-07	6월 9일~ 6월 13일	청춘좌 공연
			최독견 작 『연인애사』6막 8장
			남궁춘 작 『원수는 외나무다리에서』1막 3장
1938-06-14	1938-06-14	6월 14일~ 6월 19일	청춘좌 공연
			이운방 작 『애련초』3막 4장
			남궁춘 작 『급락행 특급』1막
1938-06-20	1938-06-19	6월 20일~ 6월 24일	청춘좌 공연
			임서방 작 『눈물의 개가』3막 4장
			유일 작 『택시에 복을 싣고』1막
1938-06-25	1938-06-26	6월 25일~ 6월 27일	청춘좌 공연
			임선규 작 『비련초』3막 5장
			구월산인 작 『기아일개이만원야』4막
1938-06-28	1938-06-28	6월 28일~ 7월 1일	청춘좌 공연
			이곱 작 『남방에 지는 꽃』2막
			관악산인 작 『진흙』1막
			남궁춘 작 『폭풍경보』1막
1938-07-01		7월	『극연좌』7주년기념공연으로 막스웰 앤더슨 작 『목격자』 상연.
1938-07-02	1938-07-02	7월 2일~ 7월 4일	청춘좌 공연
			최독견 각색 『춘희』5막 부민관
1938-07-02	1938-07-02	7월 2일~ 7월 7일	호화선 공연
			이인직 작 『인생의 봄』3막 5장
			남궁춘 작 『만사 OK』1막

1938-07-08	1938-07-07	7월 8일~ 7월 14일	호화선 공연
			이인직 작 이운방 각색 『치악산』3막 6장
			동극 문예부안 『아버지는 사람이 좋아』1막
1938-07-14	1938-07-14	7월 14일~ 7월 20일	호화선 공연
			이서구 작 『진주탑』4막 5장
			남궁춘 작 『내외충돌 삼중주』1막
1938-07-21	1938-07-21	7월 21일~ 7월 27일	호화선 공연
			이운방 작 『청춘유죄』3막
			남궁춘 작 『인정은 쓰고 볼것』1막 2장
1938-07-28	1938-07-28	7월 28일~ 7월 31일	호화선 공연
			이운방 작 『외로운 사람들』3막 4장
			남궁춘 작 『효자제조법』1막 2장
1938-08-01	1938-08-01	8월 1일~ 8월 7일	호화선 공연
			이서구 작 『雪怨草』3막 5장
			구월산인 작 『이자식 뉘자식』1막
1938-08-08	1938-08-09	8월 8일~ 8월 12일	조선성악연구회 공연
			김용승 각색 창극 『옹고집』6경
1938-08-13	1938-08-13	8월 13일~ 8월 19일	청춘좌 공연
			임선규 작 『별만이 아는 비밀』3막 5장
			남궁춘 작 『愛情公憤』1막
1938-08-20	1938-08-20	8월 20일~ 8월 26일	청춘좌 공연
			이운방 작 『애정무한성』3막 5장
			구월산인 작 『팔자없는 출세』1막 2장
1938-08-27	1938-08-26	8월 27일~ 9월 2일	청춘좌 공연
			이서구 작 『사러진 무지개』3막 6장
			남궁춘 작 『이십일일 이변』3장

1938-09-01		9월	극연 제 20회 공연, 오뎃츠 작 『깨어서 노래부르자』
			동경학생예술자원 김동혁(동원), 이해랑, 이진순 참가.
			『극연 영화부』작품 『愛戀頌』개봉.
			극단 『낭만좌』제 2회 공연 도스도엡스키의 『죄와 벌』.
1938-09-03	1938-09-03	9월 3일~ 9월 9일	청춘좌 공연
			임선규 작 『산송장』4막 5장
			남궁춘 작 『이런수도 있나요』1막
1938-09-10	1938-09-10	9월 10일~ 9월 16일	청춘좌 공연
			임선규 작 『貞操城』3막 6장
1938-09-15	1938-09-17	9월 15일~ 9월 16일	청춘좌 공연
			이서구 작 『봄』3막 4장
			남궁춘 작 『그보다 더 큰일』1막
1938-09-22	1938-09-23	9월 22일~ 9월 25일	청춘좌 공연
			최독견 각색 『춘희』5막
			남궁춘 작 『愛情公憤』1막
1938-09-26	1938-09-27	9월 26일~ 9월 30일	청춘좌 공연
			이운방 작 『울어도 울어도』3막 5장
			남궁춘 작 『월급일 이변』1막 3장
1938-10-01	1938-10-02	10월 1일~ 10월 3일	영화 『東洋平和の道』동극영화부
			영화 『トンキテ』동시상영
1938-10-01	1938-10-02	10월 1일~ 10월 3일	청춘좌 공연
			최독견 각색 『춘향전』5막 8장 부민관
1938-10-04	1938-10-04	10월 4일~ 10월 12일	조선성악연구회 대공연
			임생남 작 창극 『어촌야화』4막 6장
1938-10-08	1938-10-08	10월 8일까지	조선성악연구회 대공연
			김용승 각색 창극 『춘향전』6막 12장

1938-10-12	1938-10-11	10월 12일까지	조선성악연구회 대공연
			김용승 각색 창극 『심청전』5막 6장
1938-10-13	1938-10-13	10월 13일~ 10월 19일	호화선 공연
			『人生行路』3막
			『黃金夢』1막
1938-10-20	1938-10-21	10월 20일~ 10월 24일	호화선 공연
			이서구 작 『어머니의 힘』3막 5장
			남궁춘 작 『인정은 쓰고 볼것』1막 2장
1938-10-25	1938-10-25	10월 25일~ 11월 4일	호화선 공연
			남궁춘 작 『따귀가 한근』1막
			임선규 작 『유랑삼천리』
1938-11-05	1938-11-06	11월 5일~ 11일 13일	청춘좌 공연
			남궁춘 작 『호사다마』1막
			임선규 작 『청춘』4막
1938-11-14	1938-11-16	11월 14일~ 11월 20일	청춘좌 공연
			남궁춘 작 『소문만복래』1막 2장
			이서구 작 『비련몽』3막 4장
1938-11-20	1938-11-24	11월 20일~ 11월 25일	청춘좌 공연
			임선규 작 『유정무정』3막 4장
			남궁춘 작 『극락행 특급』1막
1938-11-26	1938-11-27	11월 26일~ 12월 2일	청춘좌 공연
			남궁춘 작 『월급일 이변』1막 3장
			이운방 작 『여인행로』3막 5장
1938-12-01		12월	극단 『극연좌』제 21회 공연 빌드락의 『상선테나 시티』 『풍년기』*이해에 『김희좌』극악단 조직
1938-12-03	1938-12-04	12월 3일~ 12월 9일	청춘좌 공연

			남궁춘 작 『남녀칠세 부동석』2장
			이서구 작 『마음의 진주』3막 4장
1938-12-10	1938-12-10	12월 10일~ 12월 12일	부민관
			『유랑삼천리』엄미화 주연
1938-12-10	1938-12-10	12월 10일~ 12월 13일	영화 『地の果ごな行く』동극영화부
			영화 『第九交響曲』
1938-12-14	1938-12-16	12월 14일~ 12월 20일	청춘좌 공연
			남궁춘 작 『愛情公憤』1막
			임선규 작 『산송장』4막 5장
1938-12-21	1938-12-22	12월 21일~ 12월 23일	청춘좌 공연
			남궁춘 작 『이런수도 있나요』1막
			임선규 작 『청춘』4막
1938-12-24	1938-12-26	12월 24일~ 12월 31일	청춘좌 공연
			구월산인 작 『칠팔세에도 연애하나』1막
			임산규 작 『노방초』3막
1939-01-01	1939-12-31	1월 1일~ 1월 10일	청춘좌 공연
			남궁춘 작 『홈 스위트 홈』1막
			임선규 작 『사비수와 낙화암』4막
1939-01-11	1939-01-11	1월 11일~ 1월 17일	청춘좌 공연
			남궁춘 작 『세기의 가정 풍경』1막 2장
			이서구 작 『안해의 가는길』3막 4장
1939-01-18	1939-01-19	1월 18일~ 1월 24일	청춘좌 공연
			남궁춘 작 『폭풍경보』1막
			이운방 작 『망향곡』3막4장
1939-01-25	1939-01-25	1월 25일~ 1월 28일	청춘좌 공연 최종주간

			송영 작 대비극 『남편 도라오는 날』
			남궁춘 작 『호사다마』1막
1939-01-29	1939-01-30	1월 29일~ 2월 3일	조선성악연구회
			김용승 각색 『춘향전』7막 16장
1939-02-01		2월	2월극단 『극연좌』제 23회 공연 『목격자』 『눈 먼 동생』등 재상연.
1939-02-06	1939-02-07	2월 6일~ 2월 10일	호화선 공연
			은구산 작 『장부일언 중천금』1막
			이서구 작 『원수의 행복』4막
1939-02-11	1939-02-13	2월 11일~ 2월 18일	호화선 공연
			임선규 작 『유랑삼천리』전.후편대회
1939-02-19	1939-02-19	2월 19일~ 2월 28일	호화선 공연 (구정)
			임선규 작 『유랑삼천리』해결편 4막 5장
1939-03-01		3월	3월극단 『극연좌』동아일보사 주최제 2회 연극경연 대회에 『도념』으로 참가. 이대회에는 『통천예우극 장』 『중앙무대』 등이 참가.
			『고려영화협회』극단 『고협』을 조직하고 지방공연.
1939-03-01	1939-03-02	3월 1일~ 3월 9일	호화선 공연
			이운방 작 『일헛든 행복』3막4장 엄미화, 최승이 주연
			남궁춘 작 『대용품시대』1막
1939-03-10	1939-03-10	3월 10일~ 3월 17일	호화선 공연
			이서구 작 『어머니와 아들』3막 4장 엄미화, 지경순 주연
			남궁춘 작 『내외충돌삼중주』1막
1939-03-18	1939-03-17	3월 18일~ 3월 24일	호화선 공연
			송영 작 『고향의 봄』3막 4장
			남궁춘 작 『빈부의 경우』1막

1939-03-25	1939-03-26	3월 25일~ 3월 30일	호화선 공연
			남궁춘 작 『대용품시대』1막
			임선규 작 『애정보』4막 5장
1939-03-31	1939-04-01	3월 31일~ 4월 7일	청춘좌 공연
			남궁춘 작 『홈 스위트 홈』1막
			이운방 작 『인생의 새벽』3막 5장
1939-04-01		4월	4월극단 『극연좌』제 24회 공연 『춘향전』 문예지 『문장』 창간.
1939-04-08	1939-04-09	4월 8일~ 4월 14일	청춘좌 공연
			임선규 작 『임자없는 자식들』4막 5장
			남궁춘 작 『이런수도 있나요』1막
1939-04-15	1939-04-16	4월 15일~ 4월 23일	청춘좌 공연
			이서구 작 사회비극 『형제』3막 4장
			은구산 작 희극 『아버지는 사람이 좋아』1막
1939-04-24	1939-04-24	4월 24일~ 4월 30일	청춘좌 공연
			임선규 작 『사비수와 낙화암』4막
			남궁춘 작 『만사 OK』1막 2장
1939-05-01		5월	5월 극단 『극연좌』제 26회 공연 『목격자』『도념』 이후 일제의 탄압으로 해산.
1939-05-01	1939-05-01	5월 1일~ 5월 8일	청춘좌 공연
			임선규 작 『거리의 목가』3막 5장
			남궁춘 작 『결혼비상시』1막
1939-05-09	1939-05-09	5월 9일~ 5월 12일	청춘좌 공연
			이운방 작 『마음의 별』3막 6장
			마태부 작 『벙거지 우에 꼬구마』1막
1939-05-13	1939-05-13	5월 13일~ 5월 19일	호화선 공연

			이서구 작 가정비극『아버지의 봄』3막
			희극 남궁춘 작『장기광 수난시대』1막
1939-05-20	1939-05-21	5월 20일~ 5월 26일	호화선 공연
			임선규 작『유랑삼천리』전.후편대회
1939-05-27	1939-05-28	5월 27일~ 6월 2일	호화선 공연
			이운방 작 비극『犧牲華』3막4장
			남궁춘 작 풍자희극『박사와 그부인』1막
1939-06-03	1939-06-03	6월 3일~ 6월 8일	호화선 공연
			이서구 작 가정비극『애정문답』3막
			유일 작 희극『닭쫓던 개 집응쳐다보기』1막
1939-06-09	1939-06-10	6월 9일~ 6월 16일	호화선 공연
			이서구 작『어머니의 힘』3막 5장
			유일 작 희극『닭쫓던 개 집응쳐다보기』1막
1939-06-17	1939-06-17	6월 17일~ 6월 26일	호화선 공연
			임선규 작『북두칠성』2막 5장 엄미화 주연
			남궁춘 작『소나기 뒤끝』1막
1939-06-27	1939-06-27	6월 27일~ 7월 1일	호화선 공연
			은구산 작『아버지는 사람이 좋아』1막
1939-06-27	1939-06-29	6월 27일~ 7월 1일	호화선 공연
			이서구 작『망부석』3막
			남궁춘 작 희극『인정은 쓰고 볼것』1막
1939-07-02	1939-07-02	7월 2일~ 7월 6일	호화선 고별공연 송재로, 박상익, 입단 출연
			송영 작『정조문답』3막 4장
1939-07-02	1939-07-05	7월 2일~ 7월 6일	호화선 고별공연 송재로, 박상익, 입단 출연
			은구산 작 희극『아버지는 사람이 좋아』1막
1939-07-08	1939-07-08	7월 8일~ 7월 17일	청춘좌, 호화선 합동공연

			임선규 작 『정열의 대지』4막 7장
1939-07-18	1939-07-19	7월 18일~ 7월 26일	청춘좌 공연
			이운방 작 『끝없는 화원』3막
			남궁춘 작 『결혼비상시』1막
1939-07-27	1939-07-27	7월 27일~ 8월 3일	청춘좌 공연
			이운방 작 『물레방아 도는데』3막 4장
			남궁춘 작 『월급일 이변』1막 2장
1939-08-01		8월	8월 『동경학생예술좌』의 주영섭, 마완영, 박동근, 이서향 등 기소됨.
1939-08-04	1939-08-04	8월 4일~ 8월 10일	청춘좌 공연
			이규희 작 『버들피는 고향』
			남궁춘 작 『이런수도 있나요』1막
1939-09-22	1939-09-23	9월 22일~ 9월 26일	청춘좌, 호화선 합동공연
			이운방 작 『청춘애사』3막 5장
			관악산인 작 『내떡 남의 떡』1막
1939-09-27	1939-09-28	9월 27일~ 10월 1일	청춘좌, 호화선 합동공연
			송영 작 『추풍』3막 5장
			은구산 작 『뛰는놈 위에 나는 놈』1막
1939-10-02	1939-10-03	10월 2일~ 10월 6일	청춘좌, 호화선 합동공연
			김건 작 『여죄수』4막
			송영 작 『추풍』
			임선규 작 『정열의대지』
1939-10-07	1939-10-07	10월 7일~ 10월 17일	조선성악연구회
			김용승 각색 『춘향전』7막 16장
1939-10-13	1939-10-12	10월 13일~ 10월 16일	조선성악연구회
			김용승 각색 『심청전』6막 9장

1939-10-17	1939-10-19	10월 17일~ 10월 21일	호화선 귀경공연
			은구산 작 『인생의 향기』3막
			송영 작 『황금산』1막 2장
			임선규 작 『청춘극장』
1939-10-22	1939-10-22	10월 22일~ 10월 27일	호화선 공연
			『남성 대 여성』3막 4장
			마태부 작 『가화만사성』1막
			그외 2작품 예고
			『그 여자의 방랑기』『물제비』
1939-10-28	1939-10-27	10월 28일~ 11월 3일	호화선 공연
			남해림 작 <사랑의 노래>3막4장
			백수봉 작 <연애특급>1막
1939-11-01		11월	극단 『신인무대』 극단 『성군』으로 개칭.
1939-11-02	1939-11-02	11월 2일	예고
			(이운방)그 여자의 방랑기 3막 6장
			극단, 청춘좌, 남해지방장기공연
1939-11-04	1939-11-05	11월 4일~ 11월 10일	호화선 공연
			이운방 작 <그 여자의 방랑기>3막5장
			송영 작 <남자폐업>1막
1939-11-11	1939-11-11	11월 11일~ 11월 17일	호화선 공연
			이서구 작 <물제비>3막
			은구산 작 <새아씨 경제학>1막
1939-11-18	1939-11-18	11월 18일~ 11월 27일	호화선 공연
			이광수 원작 송영 각색 <무정>5막7장
			안종화 연출, 정태성 장치, 김인수 음악
1939-12-01		12월	극단 『고협』, 부민관에서 이태준의 「어머니」박영호의, 「정어리」공연. 「인문평론」발간
1939-12-02	1939-12-02	12월 2일~ 12월 12일	호화선 공연

			송영 각색, 홍해성 연출, 정태성 장치 <수호지>4막5장
1939-12-11	1939-12-12	12월 11일~ 12월 12일	부민관에서 '유정' 공연
1939-12-13	1939-12-13	12월 13일~ 12월 19일	청춘좌 공연
			이광수 원작 송영 각색 <유정>3막6장
1939-12-20	1939-12-21	12월 20일~ 12월 23일	청춘좌 공연
			이서구 작 <사랑보다 더한 사랑>3막 5장
			관악산인 작 <진흙>1막
1939-12-24	1939-12-24	12월 24일	김건력 작 <보리밧> 4막7장
			신문휴간으로 자료 미상 (1939.12.25~1940.1.7)
			*이해에 창극단 『화랑』, 『동일창극단』, 『반도창극 단』 등 생김
1940-01-08	1940-01-09	1월 8일~ 1월 15일	청춘좌 공연
			이운방 작 <눈물의 천사> 3막4장
			은구산 작 <장부일언 중천금> 1막
1940-01-16	1940-01-16	1월 16일~ 1월 22일	청춘좌 공연
			김건 작 <애정의 화원> 3막5장
1940-01-23	1940-01-23	1월 23일~ 1월 28일	청춘좌 공연
			남궁운 작 <인생대학> 4막5장
1940-01-29	1940-01-30	1월 29일~ 2월 2일	청춘좌 최종고연
			송영 작 <남편도라오는 날>
1940-02-03	1940-02-03	2월 3일~ 2월 7일	호화선 공연
			소영 작 <善人街> 3막5장
1940-02-08	1940-02-09	2월 8일~ 2월 17일	호화선 구정공연
			<춘향전>
1940-02-18	1940-02-19	2월 18일~ 2월 24일	호화선 공연

			김건 작 <장한가>3막5장
			태백산인 작 <애처와 미인> 1막
1940-02-25	1940-02-24	2월 25일~ 3월 1일	호화선 공연
			송영 작 <유랑의 처녀> 3막 4장
1940-03-01		3월	극단 『고협』희곡상제도 창설.
1940-03-02	1940-03-01	3월 2일~ 3월 8일	호화선 공연
			백수봉 작 <귀향> 4막5장
1940-03-09	1940-03-10	3월 9일~ 3월 11일	호화선 공연
			앤더슨 작 동극문예부 번안 <목격자> 4막5장
1940-03-12	1940-03-12	3월 12일~ 3월 16일	호화선 공연
			김건 작 <장한가> 3막5장
			남궁춘 작 희극 <인정은 쓰고 볼것> 1막
1940-03-17	1940-03-18	3월 17일~ 3월 22일	오화선 공연
			이운방 작 <나는 고아요> 2막5장
			은구산 작 희극 <아버지는 사람이 좋아> 1막
1940-03-23	1940-03-24	3월 23일~ 3월 31일	청춘좌 공연
			김건 각색 <장한몽> 5막7장
1940-04-01	1940-04-01	4월 1일~ 4월 8일	청춘좌 공연
			이서구 작 <두 사나히> 3막
1940-04-09	1940-04-09	4월 9일~ 4월 15일	청춘좌 공연
			임선규 작 <청춘십자로> 3막
			구월산인 <칠십세에도 연애하나> 1막
1940-04-16	1940-04-16	4월 16일~ 4월 22일	청춘좌 공연
			김건 작 <불국사의 비담> 2막
			남궁춘 작 <효자제조법> 1막2장
1940-04-23	1940-04-23	4월 23일~ 4월 29일	청춘좌 공연

			이운방 작 <원앙의 노래> 3막8장
1940-04-30	1940-05-01	4월 30일~ 5월 5일	청춘좌 공연
			김건 작 <김옥균전>전편 4막11장 연출 홍해성, 장치 김운선
1940-05-06	1940-05-07	5월 6일~ 5월 14일	호화선 귀경공연
			이서구 번안 각색 <불여귀> 5막
1940-05-15	1940-05-15	5월 15일~ 5월 21일	호화선 공연
			이운방 작 <안해를 죽일 때까지> 3막 7장
1940-05-22	1940-05-22	5월 22일~ 6월 3일	호화선 공연
			<홍길동전> 전·후편대회
1940-06-01		6월	극단『조선무대』, 송영의 「감삿갓」으로 창립공연.
1940-06-04	1940-06-06	6월 4일~ 6월 8일	호화선 공연
			이서구 작 <그전날밤> 4막
1940-06-09	1940-06-11	6월 9일~ 6월 14일	호화선 고별공연
			<춘향전>
1940-06-15	1940-06-17	6월 15일~ 6월 19일	평양 노동좌 공연
			홍개명 작 <백일홍> 3막5장
1940-06-20	1940-06-21	6월 20일~ 6월 25일	청춘좌 공연
			이운방 작 <임거정 전> 4막5장
1940-06-26	1940-06-26	6월 26일~ 7월 2일	청춘좌 공연
			박신민 작 <대지의 어머니> 4막5장
1940-07-03	1940-07-05	7월 3일~ 7월 10일	청춘좌 공연
			김건 작 <사랑의 포도> 3막4장
1940-07-11	1940-07-11	7월 11일~ 7월 17일	청춘좌 공연
			이운방 작 <안해의 비밀> 4막6장

1940-07-18	1940-07-19	7월 18일~ 7월 22일	청춘좌 공연
			김건 작 <청춘의 항구> 4막
1940-07-23	1940-07-23	7월 23일~ 7월 26일	청춘과 공연
			문예부 안 가정비극 <타향의 봄> 4막5장(박신민)
1940-07-28	1940-07-29	7월 28일~ 7월 31일	노동좌 김연실쑈 합동대공연
			홍개명 작 <기다리는 사람> 3막5장
1940-08-01		8월	동아일보, 조선일보 폐간됨.
1940-08-01	1940-08-01	8월 1일~ 8월 7일	호화선 공연
			이서구 작 <언덕우의 행복>3막5장
1940-08-08	1940-08-09	8월 8일~ 8월 11일	호화선 공연
			이서구 번안 각색 <불여귀> 5막
1940-08-12	1940-08-15	8월 12일~ 8월 18일	호화선 공연
			박신민 편 <支那의 밤> 4막7장 주연 장진, 남궁선
1940-08-19	1940-08-20	8월 19일~ 8월 21일	호화선 공연
			송영 작 <추풍>3막5장
1940-08-22	1940-08-24	8월 22일~ 8월 28일	호화선 공연
			이운방 작 <내가 찾는 사람들> 3막4장
1940-08-29	1940-08-30	8월 29일~ 9월 2일	호화선 공연
			김건 작 <장한가> 3막5장
1940-09-01		9월	『동경학생예술좌』해산.
1940-09-03	1940-09-04	9월 3일~ 9월 8일	호화선 공연
			박신민 작 <백란의 가> 4막7장
1940-09-09	1940-09-11	9월 9일~ 9월 15일	호화선 공연
			임선규 작 <정열의 대지> 4막7장

1940-09-09	1940-09-11	9월 9일~ 9월 11일	호화선 공연
			임선구 작 <정열의 대지> 4막5장
1940-09-16	1940-09-18	9월 16일~ 9월 25일	청춘좌, 호화선 합동대공연
			임선규 작 <잊지못할 사람들> 7장
1940-09-26	1940-09-26	9월 26일~ 10월 1일	청춘좌, 호화선 합동대공연
			<춘향전> 5막9장
1940-10-01		10월	극단 『낭만좌』해산.
			매일신보에 연극통제기사 실림.
1940-10-02	1940-10-04	10월 2일~ 10월 8일	조선성악연구회 공연
			김용승 각색 <백제의 낙화암> 5막6장
1940-10-09	1940-10-10	10월 9일~ 10월 13일	조선성악연구회 공연
			김용승 각색 <심청전>3막6장
1940-10-14	1940-10-16	10월 14일~ 10월 17일	조선성악연구회 공연
			김용승 각색 <배비장전>
1940-10-18	1940-10-20	10월 18일~ 10월 27일	청춘좌 공연
			이서구 작 <아들의심판> 3막
1940-10-18	1940-10-20	10월 18일	호화선 남선순연일정
1940-10-28	1940-10-29	10월 28일~ 11월 3일	청춘좌 공연
			박신민 작 <마음의 성가> 4막5장
1940-11-04	1940-11-06	11월 4일~ 11월 7일	청춘좌 공연
			박신민 작 <대지의 어머니>4막5장
1940-11-05	1940-11-05	11월 5일	연기 감상의 밤
1940-11-08	1940-11-09	11월 8일~ 11월 13일	청춘좌 공연
			이운방 작 <신청년> 5막3장

1940-11-14	1940-11-14	11월 14일~ 11월 21일	청춘좌 공연
			최독견 작, 이운방 각색 <승방비곡> 3막
1940-11-22	1940-11-23	11월 22일~ 11월 28일	극단 고협
			이광수 원작, 송영 각색 <그 여자의 일생>3막6장
1940-11-26	1940-11-26	11월 26일	송영작 <버들피리> 1막
1940-11-29	1940-11-30	11월 29일~ 12월 7일	극단 고협
			김건 작 <망향초>3막
1940-12-01		12월	평양『김천대좌』직속극단『老童座』『국민좌』로 개칭. 44년까지 공연 계속.
			『조선연극협회』결성.(회장 이서구)
			『극작가동호인회』(회장 이서구 등 14명).『조선연극 협회』의 산하단체로 9개 극단 (『아랑』『청춘좌』『호 화선』『황금좌』『연극호』『에원좌』『노동좌』『조선 성악연구회』『고협』)을 지정하고 아울러 기예증을 발급함.
1940-12-08	1940-12-08	12월 8일~ 12월 14일	호화선 공연
			이운방 작 <장미야 우지마라> 3막5장
1940-12-15	1940-12-15	12월 15일~ 12월 19일	호화선 공연
			박신민 작 <열풍> 4막
1940-12-20	1940-12-20	12월 20일~ 12월 22일	호화선 공연
			이서구 작 <언덕우의 행복>3막5장
1940-12-23	1940-12-24	12월 23일~ 12월 29일	호화선 공연
			임선규 작 <행화촌> 2막6장
1940-12-30	1941-01-07	12월 30일~ 1월 6일	화화선 공연
			柳天春木 작 <순정애곡> 3막
1941-01-01		1월	극단『아랑』,『연극협회』가맹기념공연, 임선규의「인생설계」.

			극단 『청춘좌』, 『호화선』과 합동하여 연협결성기념 으로 「이생화원」공연, 이어 「님자 없는 자식들」공연.
1941-01-07	1941-01-08	1월 7일~ 1월 13일	청춘좌 공연
			김건 작 사극 <성종이 울릴때> 3막7장
1941-01-07	1941-01-08	1월 7일~ 1월 13일	청춘좌 공연
			김건 작 사극 <성종이 울릴때> 3막7장
1941-01-14		1월 14일~ 1월 20일	청춘좌, 호화선 합동대 공연
1941-01-21		1월 21일~ 1월 26일	청춘좌, 호화선 합동대 공연
			임선규 작 <사랑에 속고 돈에 울고> 4막5장
1941-01-27		1월 27일~ 2월 4일	청춘좌, 호화선 합동대 공연
			류천춘목 작 <인생의 화원> 3막
			희극 남궁춘 작 <장기과 수난시대> 1막
1941-02-05		2월 5일~ 2월 10일	청춘좌, 호화선 합동대 공연
			<춘향전> 5막8장
1941-02-11		2월 11일~ 2월 18일	조선성악연구회 공연
			이광수 원작, 김용승 각색 <신라사회> 4막5장
1941-02-15	1941-02-16	2월 15일	김용승 각색
			<심청전> 4막5장
1941-02-19		2월 19일	청춘좌 귀경공연 송강명장
			<사공의 노래> 4막5장
1941-02-19	1941-02-19	2월 19일~ 2월 23일	조선성악연구회 공연
			김용승 각색 <춘향전> 6막14장
1941-02-24	1941-02-24	2월 24일~ 3월 5일	청춘좌 공연
			이서구 작 <어머니의 힘> 3막5장
1941-03-01		3월	연극신체제 방침 발표.

			일본동보국민극 제 1회 공연.
			극단『현대극장』조직 (유치진 대표).
			극단『고협』창립 2주년기념 공연으로 유치진의 「마의태자와 낙랑공주」 상연.
1941-03-06	1941-03-06	3월 6일~ 3월 9일	호화선 공연
			이서구 작 <태양의 거리>3막
1941-03-10	1941-03-11	3월 10일~ 3월 16일	극단 고협
			유치진 작 나응 연출, 홍성인장치
			<마의태자와 낙랑공주> 4막5장
			송영 작 <黎明一場>
1941-03-17	1941-03-18	3월 17일~ 3월 19일	극단 고협
			박영호 작 <銅羅>일명 <징> 3막4장
1941-03-20	1941-03-20	3월 20일~ 3월 24일	청춘좌, 호화선 합동대 공연
			임선규 작 <잇지못할 사람들> 7장
1941-03-25	1941-03-26	3월 25일~ 4월 1일	청춘좌, 호화선 합동대 공연
			이운방 작 <봄은 왔건만은> 3막5장
1941-04-02	1941-04-02	4월 2일~ 4월 8일	청춘좌, 호화선 합동대 공연
			김건 작 <제2의 운명> 3막
1941-04-09	1941-04-10	4월 9일~ 4월 15일	청춘좌, 호화선 합동대 공연
			임선규 작 <사비수와 낙화암> 4막
1941-04-16	1941-04-16	4월 16일~ 4월 18일	평양 금천대좌 전속 국민좌 공연
			박춘강 작 <풍속사> 3막5장
1941-04-19	1941-04-19	4월 19일~ 4월 20일	전조선일류명창 가무 감상대회
			이동백선생 제자 총출연
1941-04-21	1941-04-22	4월 21일~ 4월 29일	청춘좌 공연
			이서구 작 <해바라기> 4막

1941-04-30	1941-05-01	4월 30일~ 5월 8일	청춘좌, 호화선 합동대 고연
			임선규 작 <산송장> 4막5장
1941-05-01		5월	극단『현대극장』부설『국민연극연구소』개강 (함대훈 주재).
			극단『아랑』,「동학란」공연.
			극단『청춘극장』창립.
1941-05-09	1941-05-09	5월 9일~ 5월 15일	청춘좌, 호화선 합동대 고연
			류천춘목 작 <백일몽>4막
1941-05-16	1941-05-16	5월 16일~ 5월 21일	청춘좌, 호화선 합동대 공연
			김진문 작 <社鵑頌>3막5장
1941-05-22	1941-05-22	5월 22일~ 5월 28일	청춘좌, 호화선 합동대 공연
			박신민 작 <인생의 새벽길> 4막
1941-05-29	1941-05-29	5월 29일~ 6월 5일	청춘좌, 호화선 합동대 공연
			임선규 작 <청춘송가> 3막5장
1941-06-01		6월	극단『현대극장』, 부민관에서 유치진의「흑룡강」상연.
1941-06-06	1941-06-06	6월 6일~ 6월 10일	청춘좌, 호화선 합동대 공연
			이서구 작 <애별곡> 3막5장
1941-06-11	1941-06-11	6월 11일~ 6월 16일	청춘좌, 호화선 합동대 공연
			임선규 작 <임자없는 자식들> 4막5장
1941-06-17	1941-06-17	6월 17일~ 6월 19일	조선성악연구회 공연
			김용승 각색 <백제의 낙화암> 5막
1941-06-20	1941-06-21	6월 20일~ 6월 26일	조선성악연구회 공연
			김용승 각색 <심청전> 5막
1941-06-27	1941-06-28	6월 27일~ 6월 29일	조선성악연구회 공연
			김용승 각색 <춘향전> 9막

1941-06-30	1941-07-01	6월 30일~ 7월 4일	청춘좌 공연
			김건 작 사극 <불국사> 2막
			이운방 작 비극 <포도원>1막
1941-07-01		7월	매일신보, 국민극 희곡 모집.『조선연극협회』의 가맹 단체는 23개 단체가 됨.
			극단『아랑』, 창립 3주년 기념 공연,『바람부는 계절』공연.
1941-07-05	1941-07-05	7월 5월~ 7월 10일	청춘좌 공연
			이운방 작 <슬프다 어머니>2막
			김건 작 <복수 삼척검> 1막
1941-07-11	1941-07-11	7월 11일~ 7월 13일	청춘좌 공연
			류천춘목 작 <상사초> 3막 4장
1941-07-14	1941-07-15	7월 14일~ 7월 18일	호화선 공연
			류천춘목 작 <순정애곡> 3막
1941-07-19	1941-07-20	7월 19일~ 7월 28일	호화선 공연
			이운방 작 <결혼가두> 3막5장
1941-07-29	1941-07-30	7월 29일~ 8월 3일	호화선 공연
			이운방 작 <승리의 개가> 4막5장
1941-08-01		8월	국민연극연구소 제1기생 졸업, 함세덕의 「추석」, 남궁만의 「전설」등으로 시연회.
			조선연극협회 직속『이동극단』제1대 지방순회, 김건의 「지하의 악수」 송영의 「소제부」등 상연.
			극단『아랑』, 홍개명의 「마음의 고향」공연.
			극단『고협』, 이태준의 「청춘무성」공연.
1941-08-04	1941-08-04	8월 4일~ 8월 9일	호화선 공연
			류천춘목 작 <세기의 풍경>3막5장
1941-08-10	1941-08-11	8월 10일~ 8월 12일	호화선 공연
			김건 작 <망향초> 3막

1941-08-13	1941-08-13	8월 13일~ 8월 20일	청춘좌 공연
			김건 작 <남아일대기>3막5장
1941-08-21	1941-08-21	8월 21일~ 8월 25일	청춘좌 공연
			이훈 작 <도회의 풍경>4막6장
1941-08-26	1941-08-26	8월 26일~ 9월 1일	청춘좌 공연
			이서구 작 <익모초> 1막
			임선규 작 <사랑뒤에 오는 것> 2막
1941-09-01		9월	극단『현대극장』제2회 공연「黑鯨亭」(M 빠뇨올의「마리우스」번안)상연.
1941-09-02	1941-09-02	9월 2일~ 9월 8일	동양극장 공연
			임선규 작 <북두칠성>2막5장
1941-09-09	1941-09-09	9월 9일~ 9월 15일	동양극장 공연
			임선규 작 <별만이 아는 비밀>3막5장
1941-09-16	1941-09-17	9월 16일~ 9월 25일	동양극장 공연
			이광수 원작, 김영수 각색 <사랑> 4막
1941-09-26	1941-09-26	9월 26일~ 10월 1일	동양극장 공연
			김영수 각색 <찔레꽃> 4막
1941-10-02	1941-10-03	10월 2일~ 10월 4일	동양극장 공연
			유치진 작 <흑룡강> 5막
1941-10-05	1941-10-04	10월 5일~ 10월 8일	동양극장 공연
			함세덕 번안각색, 유치진 연출 <黑鯨亭>3막
			함세덕 작 <추석>1막
1941-10-09	1941-10-08	10월 9일~ 10월 11일	현대극장 '전설' 공연
1941-10-12	1941-10-12	10월 12일~ 10월 20일	동양극장 공연

			<춘향전> 전편 춘향모 - 김선초, 성춘향 - 지경순, 이몽룡 - 한일송
1941-10-21	1941-10-21	10월 21일~ 10월 24일	동양극장 공연
			김태진 작 연출 <세기의 가족> 4막
1941-10-25	1941-10-26	10월 25일~ 10월 30일	동양극장 공연
			이서구 작 <일허진 진주> 3막
1941-10-31	1941-10-31	10월 31일~ 11월 4일	동양극장
			박향민 작 <뱃다래기> 1막
			이운방 작 <정열> 3막4장
1941-11-05	1941-10-31	11월 5일~ 11월 6일	동양극장 공연
			이서구 작 <망부석>2막
1941-11-07	1941-11-08	11월 7일~ 11월 18일	동양극장 공연
			박영호 작 <가족> (인문평론 소재작 개작) 4막5장
1941-11-14	1941-11-14	11월 14일~ 11월 21일	동양극장 공연
1941-11-23	1998-11-24	11월 23일~ 12월 3일	성군 공연
			김태진 작 사극 <백마강> 5막
			12월 태평양전쟁 시작됨.
1941-12-04	1941-11-05	12월 4일~ 12월 10일	청춘좌 공연
			新井藤夫 작 <애정천리> 3막 6장 연출 박진 장치 원우전
1941-12-18	1941-12-13	12월 11일~ 12월 17일	청춘좌 공연
			이서구 작 <모성> 3막
1941-12-18	1941-12-19	12월 18일~ 12월 24일	청춘좌 공연
			임선규 작 <송죽장의 무부> 2막
			송영작 <황금산> 1막 2장

1941-12-25	1941-12-25	12월 25일~ 12월 30일	청춘좌 공연
			<춘향전> 전편
1941-12-31		12월 31일~ 1월 6일	성군 공연
			박영호 작 <이차돈> 5막6장 홍해성, 허설 연출, 원우전, 김운선, 장치
1942-01-01		1월	조선연극협회 직속 『이동극단』 제2대 지방순회 공연.
			극단 『아랑』, 『成吉思汗』공연.
			극단 『고협』, 임선균의 『동백꽃 피는 마을』공연.
1942-01-15	1942-01-15	1월 15일~ 1월 19일	성군 공연
			김태진 작 사극 <백마강> 5막
1942-01-20	1942-01-21	1월 20일~ 2월 1일	성군 공연
			한상준, 박향민, 동동각색 <아편전쟁> 3막 5장
			연출 허설, 원우전, 장치, 후원, 임전보극단
1942-02-01		2월	극단 『아랑』, 송영의 『삼대』 공연.
1942-02-02		2월 2일~ 2월 6일	조선성악연구회 공연
1942-02-07		2월 7일~ 2월 10일	조선성악연구회 공연
			김용승 각색 <심청전> 4막9장
1942-02-11	1942-02-13	2월 11일~ 2월 14일	조선성악연구회 공연
			김용승 각색 <춘향전> 4막 5장
1942-02-15	1942-02-16	2월 15일~ 2월 21일	청춘좌 공연
			송영 작 <정열부인> 3막7장
1942-02-20	1942-02-19	2월 20일~ 2월 28일	청춘좌 공연
			임선규 작 <정열의 대지>
1942-02-24	1942-02-25	2월 24일~ 3월 3일	청춘좌 공연
			신정등부 작 <순정일기> 3막 6장

1942-03-01		3월	극단 『성군』, 박영호의 『시베리아의 국흰』 공연.
1942-03-04	1942-03-03	3월 4일~ 3월 10일	청춘좌 공연
			송영 작 <新幕坡> 3막 6장
1942-03-11	1942-03-12	3월 11일~ 3월 17일	청춘좌 공연
			이운방 작 <홍장미> 3막 6장
1942-03-18	1942-03-19	3월 18일~ 3월 21일	국민좌 공연
			박신민 작 <소복> 3막 5장 백우 연출, 김운선 장치
1942-03-22	1942-03-23	3월 22일~ 3월 29일	성군 공연
			박영호 <시베리아 국회> 4막
1942-03-30	1942-03-29	3월 30일~ 4월 5일	성군 공연
			石川達三 원작 김태진 각색 <모계가족> 4막
			홍해성 연출, 원우전 장치
1942-04-01		4월	극단 『현대극장』, 유치진의 『복진대』 공연.
1942-04-01		4월	일본연극협회 창립. 극단 『고협』, 송여의 「선구자」공연. 극단 『청춘좌』, 이서구의 해바라기 고연.
1942-04-06	1942-04-07	4월 6일~ 4월 12일	성군 공연
			송영 각색 <수호지> 4막 5장 홍해성 연출, 원우전 장치
1942-04-14	1942-04-18	4월 13일~ 4월 18일	성군 공연
			희극 남궁춘 작 <폭풍경보> 1막
			송영 작 <선구녀> 3막 6장
1942-04-19	1942-04-19	4월 19일~ 4월 25일	성군 공연
			하프트만 원작 송영 번안 각색 <노들강변> 3막4장
1942-04-26	1942-04-26	4월 26일~ 5월 2일	성군 공연
			태영선 작 <희망촌> 3막

1942-05-03	1942-05-03	5월 3일~ 5월 11일	성군 공연
			임선규 작 <청춘송가> 3막4장
1942-05-12	1942-05-12	5월 12일~ 5월 18일	성군 공연
			김태진 각색 <밤안개> 3막 4장
1942-05-26	1942-05-27	5월 26일~ 6월 2일	태영선 작 <향기없는 꽃> 3막 4장
1942-06-03	1942-06-03	6월 3일~ 6월 10일	청춘좌 공연
			이운방 작 <풍운의 봄> 3막5장
1942-06-11	1942-06-11	6월 11일~ 6월 17일	청춘좌 공연
			이서구 작 <해바라기> 4막
1942-06-18	1942-06-19	6월 18일~ 6일 24일	청춘좌 공연
			송영 작 <정열부인> 3막7장 연출 박진, 장치 원우전
1942-06-25	1942-06-26	6월 25일~ 7월 2일	성군 공연
			태영선 작 <갱생의 개가> 3막4장
1942-07-01		7월	조선연극협회를 해산하고 『조선연극문화협회』 발회식
			회장 신도驍 상무이사, 김관수.
1942-07-03		7월 3일~ 7월 9일	성군 공연
			김건 작 <파문> 4막
1942-07-10	1942-07-10	7월 10일~ 7월 17일	성군 공연 명희극주간
			봉래산인 작 <소원성취> 1막
			은구산 작 <인생사업병> 1막 2장
			남궁춘 작 <창공> 1막
1942-07-18	1942-07-18	7월 18일~ 7월 24일	청춘좌 공연
			이운방 작 <올빼미 우는 밤> 3막 5장 연출 박진, 장치 원우전
1942-07-25	1942-07-25	7월 25일~ 8월 1일	청춘좌 공연

			清本松 작 <眞實路> 3막 4장
1942-08-02	1942-08-02	8월 2일~ 8월 9일	청춘좌 공연
			태영선 작 <함박꽃> 3막
1942-08-06	1942-08-08	8월 6일~ 8월 9일	청춘좌 공연
			이서구 작 <어머니의 힘> 3막 5장
1942-08-10	1942-08-10	8월 10일~ 8월 16일	조선악극단(구 오케-악극단) 공연
1942-08-17	1942-08-18	8월 17일~ 8월 24일	성군 공연
			이광수 원작, 김영수 각색 <사랑> 4막 5장 이서향 연출
1942-08-25	1942-08-27	8월 25일~ 9월 1일	성군 공연
			송영 작 <버들피리> 1막 3장 연출 남궁운, 장치 원우전
			송영 작 <바보 장두월> 2막 3장
1942-09-01		9월	『조선연극문화협회』 주최 부민관에서 연극경연대회 개최
			『현대극장』(유치진의 『대추나무』), 『아랑』(김태진의 『행복의 계시』), 『고협』(임선규의 『빙화』), 『성조선어학회사건 발생.
1942-09-02	1942-09-02	9월 2일~ 9월 12일	성군 공연
			하프트만 원작 송영 번안각색 <노들강변> 3막4장
1942-09-13	1942-09-13	9월 13일~ 9월 16일	조선악극단(구 오케-악극단) 공연
1942-09-17	1942-09-17	9월 17일~ 9월 19일	조선창극단 창립 坡露 명창대회 성군 박영호 『산돼 지』4막5장
1942-09-20	1942-09-21	9월 20일~ 9월 30일	청춘좌 공연
			김건 각색 <춘향전> 9막11장 박진 연출, 원우전 장치
1942-10-01	1942-10-02	10월 1일~ 10월 8일	청춘좌 공연
			김건 작 <장화홍련전> 4막12장
1942-10-09	1942-10-09	10월 9일~ 10월 15일	조선악극단(구 오케-악극단) 공연

1942-10-16	1942-10-17	10월 16일~ 10월 22일	청춘좌 공연
			이서구 작 <제비오는 집> 3막 박진 연출, 원우전 장치
1942-10-23	1942-10-30	10월 23일~ 10월 29일	청춘좌 공연
			이서구 각색 <숙영낭자전> 4막 11장
1942-11-05	1942-11-06	11월 5일~ 11월 12일	청춘좌 공연
			김건 작 <과수원의 전설> 3막6장 이서향 연출, 원우전 장치
1942-11-20	1942-11-20	11월 20일~ 11월 26일	예원좌 공연
			소원 작 김춘광 연출, 원우전 김운선 장치
1942-11-27	1942-11-27	11월 27일~ 12월 3일	청춘좌 공연
			김건 각색 <춘향전> 5막11장 박진 연출, 원우전 장치
1942-12-01		12월	극단 『현대극장』, 『춘향전』을 갖고 지방순회.
			연극경연대회 시상식, 단체상 - 『아랑』, 『고협』, 작품 상 - 유치진, 연출상 - 나웅(『청춘좌』), 안영일(『아랑』, 장치상 - 원우전(『청춘좌』), 개인연기상 - 서일성, 서경애, 황철, 김양춘, 박학, 김선초
1942-12-04	1942-12-05	12월 4일~ 12월 10일	청춘좌 공연
			송영 작 <애처기> 3막 홍해성 연출
1942-12-11	1942-12-11	12월 11일~ 12월 17일	성군 공연
			박영호 작 <가족> 4만5장 이서향 연출
1942-12-18	1942-12-19	12월 18일~ 12월 22일	성군 공연
			송영 작 <바보 장두월> 2막3장
			남궁춘 작 <창공> 1막
1942-12-23	1942-12-23	12월 23일~ 12일 29일	성군 공연
			임선규 작 <사랑뒤에 오는 것> 2막3장 허운 연출, 김운선 장치
			은구산 작 <아버지는 사람이 좋아> 1막

1942-12-30	1942-12-30	12월 30일~ 1월 5일	청춘좌 공연
			박신민 작 <대지의 어머니> 4막6장
1943-01-06	1943-01-06	1월 6일~ 1월 13일	청춘좌 공연
			송영 작, 나웅 연출, 원우전 장치 <산풍> 3막5장
1943-01-14	1943-01-15	1월 14일~ 1월 19일	청춘좌 공연
			김태진 작 <憧憬> 4막9장 나웅 연출, 원우전 장치
1943-01-20	1943-01-21	1월 20일~ 1월 24일	청춘좌 공연
			이서구 작 <모성> 3막
1943-01-25	1943-01-25	1월 25일~ 1월 29일	청춘화 공연
			김건 작 <장화홍련전>4막 12장
1943-01-30	1943-01-30	1월 30일~ 2월 4일	예원좌 공연
			임선규 작 <사랑에 속고 돈에 울고> 4막 5장
1943-02-05	1943-02-06	2월 5일~ 2월 13일	성군 공연
			박계주 원작, 김건 각색, 이서향 연출, 원우전 장치 <순애보> 4막 6장
1943-02-14	1943-02-15	2월 14일~ 2월 19일	성군 공연
			박영호 작 <시베리아 국회> 4막 허운 연출, 원우전 장치
1943-02-20	1943-02-20	2월 20일~ 2월 23일	성군 공연
			하프트만 원작 송영 번안각색 <노들강변> 3막4장
1943-02-24	1943-02-25	2월 24일~ 3월 2일	성군 공연
			박영호 작 이서향 연출 김운선 장치 <산돼지> 4막5장
1943-03-03	1943-03-04	3월 3일~ 3월 9일	청춘좌 공연
			김건 작 <불국사의 비화> 2막
			남궁운 작 <愛國公債> 1막

1943-03-10	1943-03-10	3월 10일~ 3월 18일	청춘좌 공연
			김건 각색 <춘향전> 5막 11장 박진 연출, 원우전 장치
1943-03-19	1943-03-18	3월 19일~ 3월 25일	청춘좌 공연
			김검 작 <콩쥐팥쥐> 4막9장 홍해성 연출, 원우전 장치
1943-03-26	1943-03-27	3월 26일~ 3월 27일	청춘좌 공연
			송영 작 <정열부인> 3막7장
1943-03-28	1943-03-29	3월 28일~ 4월 1일	청춘좌 공연
			태영선 작 <함박꽃> 3막
1943-04-02	1943-04-02	4월 2일~ 4월 6일	청춘좌 공연
			이서구 작 <어머니의 힘> 3막5장 천재소녀 조미령 출연
1943-04-07	1943-04-07	4월 7일~ 4월 14일	고협 공연
			임선규 작 전창근 연출 <永花>
1943-04-12	1943-04-12	4월 12일~ 4월 15일	고협 공연
			<삼남매>3막 5장
1943-04-16	1943-04-15	4월 16일~ 4월 22일	성군 공연
			이광수 원작, 김영수 각색 <사랑> 4막5장 이서향 연출
1943-04-23	1943-04-23	4월 23일~ 4월 27일	성군 공연
			김건 작 <과수원의 전설> 3막 6장 이서향 연출, 원우전 장치
1943-04-28	1943-05-01	4월 28일~ 5월 4일	성군 공연
			김건 작 <아버지의 비밀> 4막
			남궁춘 작 <창공> 2막
1943-05-12	1943-05-11	5월 12일~ 5월 17일	성군 공연
			이서구 작 <두 어머니> 3막

1943-05-18	1943-05-18	5월 18일~ 5월 22일	성군 공연
			박계주 원작, 김건 각색 <순애보> 3막6장
1943-05-23	1943-05-24	5월 23일~ 5월 28일	성군 공연
			박영호 작 이서항 연출 김운선 각색 <산돼지> 4막5장
1943-05-29	1943-05-31	5월 29일~ 6월 5일	성군 공연
			清本松 작 <眞實路> 3막4장
1943-06-06	1943-06-07	6월 6일~ 6월 15일	청춘좌 공연
			임선규 작 <사비수와 낙화암> 3막4장
1943-06-16	1943-06-21	6월 16일~ 6월 23일	청춘좌 공연
			박신민 작 <대지의 어머니> 4막 7장
1943-06-24	1943-06-25	6월 24일~ 6월 29일	청춘좌 공연
			송영 작 <애처기> 3막 연출 계훈
1943-06-30	1943-06-30	6월 30일~ 7월 4일	청춘좌 공연
			이운방 작 <올빼미 우는 밤> 3막5장 연출 계훈
1943-07-01		7월	극단 『현대극장』, 이서향의 『봄밤에 온 사나이』공연.
			극단 『청춘극장』, 극단 『태양』과 통합
1943-07-04	1943-07-05	7월 4일~ 7월 9일	청춘좌 공연
			김건 작 <장화홍련전> 4막11장 연출 계훈
1943-07-10	1943-07-12	7월 10일~ 7월 15일	예원좌 공연
			김춘광 연출 <검사와 여선생> 4막6장
1943-07-16	1943-07-17	7월 16일~ 7월 21일	성군 공연
			임선규 작 <송죽장의 무부> 2막
			이서구 작 <익몸초> 1막
1943-07-22	1943-07-23	7월 22일~ 7월 30일	성군 공연

			송영 작 <바보 장두월> 2막3장
			남궁운 작 <소내기 뒤끝> 1막
1943-07-31	1943-08-02	7월 31일~ 8월 6일	성군 공연
			태영선 작 <무화과> 2막 연출 계훈
			남궁운 작 <애국공채> 1막
1943-08-01		8월	징병제 시행
1943-08-07	1943-08-09	8월 7일~ 8월 11일	성군 공연
			이서구 작 <아들의 심판> 3막 연출 계훈
1943-08-12	1943-08-12	8월 12일~ 8월 17일	청춘좌 공연
			유호 작 <갈매기> 3막4장 연출 계훈
1943-08-18	1943-08-20	8월 18일~ 8월 23일	청춘좌 공연
			김건 각색 <춘향전> 5막11장
1943-08-24	1943-08-27	8월 24일~ 8일 29일	청춘좌 공연
			이운방 작 <불멸의 혼> 3막4장 연출 계훈
1943-08-30	1943-09-01	8월 30일~ 9월 5일	청춘좌 공연
			이서구 각색 <숙영낭자전> 4막7장 연출 계훈
1943-09-01		9월	『조선연극문화협회』, 제2회 연극경연대회 부민관 에서 개최.
			『예원좌』,(송영의 『역사』),『성군』(김건의 『新穀祭』),『황금좌』(임선규의 『꽃피는 나무』),『현대극장』(함세덕의 『황해』),『고협』(김태진의 『아름다운 고향』),『아랑』(박영호의 『물새』),『태양』(양가의 『밤마다 돋는 별』)참가.
1943-09-06	1943-09-08	9월 6일~ 9월 11일	청춘좌 공연
			태영선 작 <해풍> 3막 연출 계훈, 장치 원우전
1943-09-12	1943-09-11	9월 12일~ 9월 18일	조선악극단 공연
1943-09-19	1943-09-19	9월 19일~ 9월 23일	청춘좌 공연

			이서구 작 <어머니의 힘> 3막5장
1943-09-24	1943-09-30	9월 24일~ 9월 29일	성군 공연
			태영선 작 <그늘진 고향> 3막
1943-09-30	1943-09-30	9월 30일~ 10월 4일	성군 공연
			김광주 작 <북경야화> 3막 연출 한노단, 장치 원우전
1943-10-05	1943-10-06	10월 5일~ 10월 9일	성군 공연
			관악산인 작 <진흙> 1막
			송영작 <바보 장두월> 2막3장
1943-10-10	1943-10-07	10월 10일~ 10월 13일	신생극단 공연
			<뒷골목> 3경
			<一平の醫者さん> 6경
			<一五蓮潭> 6경
1943-10-14	1943-10-16	10월 14일~ 10월 21일	청춘좌 공연
			태영선 작 <모자상봉> 3막6장
1943-10-22	1943-10-23	10월 22일~ 10월 28일	청춘좌 공연
			김건 작 <불국사의 비화> 2막
			구월산인 작 <이자식 뉘자식> 1막
1943-10-29	1943-10-29	10월 29일~ 11월 3일	청춘좌 공연
			태영선 작 <무화과> 2막
			김건 작 <紅娘과 白夢> 1막
1943-11-01		11월	극단 『현대극장』, 김승구의 『로오너 부인의 행상 기』상연.
			* 이무렵 중요한 악극단으로 『김희악극단』, 『악초악극단』, 『성보악극단』, 『나미나가극단』, 『반도가극단』, 『제일악극단』 『조선악극단』 등이 활동하고 있었음.
1943-11-04	1943-11-06	11월 4일~ 11월 8일	청춘좌 공연
			유호 작 <상해에세 온 사나이> 2막 7장

1943-11-09	1943-10-16	11월 9일~ 11월 13일	예원좌 공연
			소원 작 <인생도> 3막 4장
1943-11-09	1943-11-09	11월 9일~ 11월 15일	예원좌 공연
			挾間裕行 작 소원 각색 <검사와 여선생> 4막 6장
1943-11-16	1943-11-16	11월 16일~ 11월 22일	성군 공연
			김영수 작 <역마차> 4막 계훈 연출 원우전 장치
1943-11-23	1943-11-23	11월 23일~ 11월 28일	청춘좌 공연
			김건 각색 <도령과 춘향> 5막
1943-11-29	1943-11-30	11월 29일~ 12월 8일	청춘좌 공연
			이운방 작 <화륜선> 3막6장 계훈 연출, 원우전 장치
1943-12-09	1943-12-09	12월 9일~ 12월 13일	제일악극대 공연
			악극 <洪榮圈 風物詩> 5경
			가극 <춘풍일가> 5경
			음악극 <국제 ホテル> 1경
1943-12-14	1943-12-15	12월 14일~ 12월 18일	신생극단 공연
			高田保原작 萬代伸 각색 연출 <一平の花壻さん> 3막
			牧山瑞求작 연출 <南原道中> 1막
			趙鳴岩 작 연출 <嶺 넘어 팔십리> 1막3장
1943-12-19	1943-12-21	12월 19일~ 12월 30일	조선악극단 공연
1943-12-31	1944-01-01	12월 31일~ 1월 5일	성군 공연
			김건 작 <사랑의 進駐> 4막 7장
1944-01-01		1월	극단 『현대극장』, 『셔어맨호』공연.
1944-01-06	1944-01-07	1월 6일~ 1월 12일	청춘좌 공연
			한계원 작 <안개낀 거리> 4막 7장 계훈 연출, 김운선 장치
1944-01-13	1944-01-13	1월 13일~ 1월 17일	청춘좌 공연

			태영선 공연 <모자상봉> 3막6장 계훈 연출. 김운선 장치
1944-01-18	1944-01-18	1월 18일~ 1월 21일	청춘좌 공연
			김건 작 <상해에서 온 사나이> 3막7장
			구월산인 작 <이자식 뉘자식>1막
1944-01-23	1944-01-21	1월 23일~ 1월 31일	조선악극단 공연
1944-02-01	1944-02-03	2월 1일~ 2월 6일	성군 공연
			김영수 작 <역마차> 4막 계훈 연출. 원우전 장치
1944-02-07	1944-02-10	2월 7일~ 2월 12일	성군 공연
			신정민 작 <안해> 4막5장 계훈 연출. 원우전 장치
1944-02-13	1944-02-13	2월 13일~ 2월 20일	성군 공연
			김건 각색 <춘향전> 9막 11장
1944-02-21	1944-02-23	2월 21일~ 2월 26일	동일창극단 공연
			김아부 작 <흥부와 놀부> 4막
			목산서구 작 연출 <決戰一族> 1막
1944-02-27	1944-02-27	2월 27일~ 3월 4일	조선악극단 공연
			송영 작 <제비나라 8경> (일명 홍보전)
			음악극 <金の國銀の國>
			음악극 <樓の合唱>
1944-03-01		3월	극단 『현대극장』, 『청춘』공연.
1944-03-05	1944-03-06	3월 5일~ 3월 10일	성군 공연
			임선규 작 <송죽장의 무부> 2막
			구월산인 작 <이자식 뉘자식> 1막
1944-03-11	1944-03-11	3월 11일~ 3월 17일	성군 공연
			태영선 작 <그늘진 고향> 3막
			목산서구 작 <숌山 영감> 1막
1944-03-22	1944-03-22	3월 22일~ 3월 26일	조선악극단 공연

1944-03-27	1944-03-28	3월 27일~ 3월 30일	동일창극단 공연
			김아부 각색 <추풍감별곡> 4막
			김아부 작 <흥부와 놀부> 4막
			목산서구 작 연출 <決戰一族> 1막
1944-03-31	1944-04-01	3월 31일~ 4월 4일	성군 공연
			유호 작 <갈매기> 1막
			上泉秀信 작 <면箱> 2경
1944-04-05	1944-04-05	4월 5일~ 4월 9일	조선악극단 공연
			耕造 작 <혼혈아> 4경 조명암 연출
			潮鐵兒 작 <月の樓>2경
			김희동 작 <해> 1경
1944-04-10	1944-04-10	4월 10일~ 4월 14일	성군 공연
			이서구 작 <두어머니> 3막
			관악산인 작 <형제>1막
1944-04-15	1944-04-16	4월 15일~ 4월 19일	동일창극단 공연
			김아부 작 <흥부와 놀부> 5막5장
			이운방 작 <남강의 풍설> 3막5장
1944-04-20	1944-04-21	4월 20일~ 4월 24일	청춘좌 공연
			菊池克 원작 북촌포부 각색 <この父この子> 1막
			태영선 작 <해풍> 3막
1944-04-25	1944-04-25	4월 25일~ 4월 29일	제일악극대 공연
			<激浪> 5경 <南海の血潮> 1경 <일평교실> 1경
1944-04-30	1944-05-02	4월 30일~ 5월 4일	청춘좌 공연
			이운방 작 <불멸의 혼> 3막 4장
			국어극 <菊笑けり> 1막
1944-05-05	1944-05-05	5월 5일~ 5월 9일	성군 공연

			목산서구 작 <곡산영감> 1막
			金山敏夫 작 <사위오는날> 1막
			남궁춘 작 <소내기뒤끝> 1막
1944-05-10	1944-05-10	5월 10일~ 5월 14일	청춘좌 공연
			한계원 작 <조국의 혼> 3막4장
			菊池克 원작 북촌포부 각색 <この父この子> 1막
1944-05-15	1944-05-16	5월 15일~ 5월 19일	성군 공연
			박신민 작 <안해> 3막5장
			북촌포부 작 <만월> 1막
1944-05-20	1944-05-21	5월 20일~ 5월 24일	청춘좌 공연
			태영선 작 <해풍> 3막
			국어극 <菊笑けり> 1막
1944-05-25	1944-05-26	5월 25일~ 5월 29일	전진좌 공연
			박영호 작 이서향 연출 <농병> 2막
			三胡十郎 작 <夢たち>1막
1944-05-30	1944-05-31	5월 30일~ 6월 3일	조선악극단 공연
			음악극 <金の國銀の國> 8경
			<인정나룻배> 4경
			<サヨウの鍾> 1막
1944-06-01		6월	극단 『현대극장』, 『낙화암』공연
1944-06-04	1944-06-04	6월 4일~ 6월 8일	성군 공연
			관악산인 작 <진흙> 1막
			목산서구 작 <谷山 영감> 1막
			북촌포부 작 <만월> 1막
1944-06-09	1944-06-09	6월 9일~ 6월 13일	청춘좌 공연
			한계원 작 <안개낀 거리> 3막4장
			菊池克 원작 북촌포부 각색 <この父この子> 1막

1944-06-14	1944-06-14	6월 14일~ 6월 18일	성군 공연
			박신민 작 <젊은 사람들> 2막3장
			上泉秀信 작 <*箱> 2경
1944-06-19	1944-06-20	6월 19일~ 6월 23일	성군 공연
			임선규 작 <꽃피는 나무> 3막5장 박진 연출
1944-06-24	1944-06-24	6월 24일~ 6월 28일	예원좌 공연
			이운방 작 안종화 연출 강호 장치 <雲雀> 3막5장 (미영격멸)
1944-06-29	1944-06-28	6월 29일~ 6월 30일	김백소일행 만담공연
1944-07-01	1944-07-02	7월 1일~ 7월 5일	성군 공연
			박신민 작 <안해> 3막5장
			관악산인 작 <형제> 1막
1944-07-06	1944-07-08	7월 6일~ 7월 10일	청춘좌 공연
			태영선 작 <해풍> 3막
			국어극 <菊笑けり> 1막
1944-07-11	1944-07-12	7월 11일~ 7월 15일	성군 공연
			박신민 작 <신도> 3막4장
1944-07-16	1944-07-16	7월 16일~ 7월 20일	약초가극단 공연
			<맹사장> <ヘウカルの> 5경 <兵隊さん> 5경
1944-07-21	1944-07-22	7월 21일~ 7월 25일	제일악극대 공연
			김정섭 작 <아름다운 가정> 11경
			김정섭 작 <還らぬ翼> 3경
			성삼태 작 <우리어머니> 4경
1944-07-26	1944-07-22	7월 26일~ 7월 30일	동일창극단 공연 이동백 특별

			김아부 작 <일목장군> 3막5장 김옥 연출 김정환 장치
1944-07-31	1944-08-03	7월 31일~ 8월 4일	청촌좌 공연
			山中秀峰 작 <진주탑> 3막5장 계훈 연출 원우전 장치
1944-08-01		8월	극단 『현대극장』, 『봉선화』공연.
1944-08-05	1944-08-05	8월 5일~ 8월 9일	성군 공연
			박신민 작 <젊은 사람들> 2막3장
			국어극 <間宿> 1막
1944-08-10	1944-08-11	8월 10일~ 8월 14일	신생극단 공연
			송영 작 박달목 연출 <남자폐업> 1경
			工藤吉 작 <一平の便室さん> 3경
			목산서구 작 <대장부> 3경
1944-08-15	1944-08-16	8월 15일~ 8월 17일	성보가극단 출연
			함세덕 작 <*長いさへら> 5경
			희극 <순정가족> 3경
			음악극 <君の街僕の町> 1장
1944-08-18	1944-08-18	8월 18일~ 8월 22일	약초가극단 공연
			성백수 각색 남실 연출 <*るい춘향전>
			서항석 작 남실 연출 <明るい仲間>
			小林五郎 구성 <祝願譜>
1944-08-23	1944-08-25	8월 23일~ 8월 27일	성군 공연
			목산서구 작 <곡산영감> 1막
			남궁춘 작 <소내기뒤끝> 1막
			上泉秀信 작 <*箱> 2경
1944-08-28	1944-08-30	8월 28일~ 9월 1일	청춘좌 공연
			山中秀峰 작 <진주탑> 3막5장 계훈 연출 원우전 장치
1944-09-02	1944-09-02	9월 2일~ 9월 6일	조선악극단 공연

1944-09-07	1944-09-08	9월 7일~ 9월 10일	청춘좌 공연
			한계원 작 <조국의 혼> 3막4장
			菊池克 원작 북촌포부 각색 <この父この子> 1막
1944-09-11	1944-09-12	9월 11일~ 9월 15일	성군 공연
			박신민 작 <안해> 3막5장
			국어극 <만월> 1막
1944-09-16	1944-09-17	9월 16일~ 9월 25일	성군 공연
			박신민 작 <젊은 사람들> 2막
			목산서구 작 <익모초> 1막(국어극)
1944-09-26	1944-09-30	9월 26일~ 9월 30일	동일창극단 공연
			김아부 작 <흥부전> 3막 김옥 연출
			목산서구 작 <村一番の花嫁> 1막
1944-10-01	1944-10-04	10월 1일~ 10월 7일	성군 공연
			박신민 작 <여인도> 3막
			목산서구 작 <익모초> 1막(국어극)
1944-10-08	1944-10-11	10월 8일~ 10월 12일	신생극단
			박진 연출 희극 <승리> 1막
			衡藤吉之助 작 <一平の愛國班長> 4경
			박달목 작 연출 <서울소식> 4막
1944-10-13	1944-10-14	10월 13일~ 10월 19일	청춘좌 공연
			山中秀峰 작 <진주탑> 3막5장 계훈 연출
			국어극 日夏土郎 작 <間宿> 1막
1944-10-20	1944-10-20	10월 20일~ 10월 26일	성군 공연
			박신민 작 <신도> 3막4장
			북촌포부 각색 <만월> 1막
1944-10-26	1944-10-24	10월 26일~ 10월 31일	약초가극단 공연
			백설수 작 <紅梅傳>

			吉野一夫 작 <ヘラワウの龍>
			小林五郞 작 <微笑む太陽>
1944-11-01	1944-11-04	11월 1일~ 11월 7일	청춘좌 공연 (현상응모작 당선공연)
			문철민 작 한노단 연출 원우적 각색 <李長老一家> 3막4장
1944-11-08	1944-11-06	11월 8일~ 11월 14일	성군 공연
			박영호 작 안종화 연출 원우전 장치 <청춘역> 3막
1944-11-15	1944-11-14	11월 15일~ 11월 21일	청춘좌 공연
			한계원 작 안종화 연출 원우전 장치 <세동무> 3막4장
1944-11-22	1944-11-22	11월 22일~ 11월 27일	동일창극단 공연
			김건 작 박진 연출 조상선 작곡 <김유신전> 2막3장
1944-11-28	1944-11-27	11월 28일~ 12월 5일	성군 공연
			태영선 작 <귀향기> 3막 계훈 연출 원우전 각색
			국어극 <형제> 1막
1944-12-06	1944-11-05	12월 6일~ 12월 11일	약초가극단 공연
			성백수 작 남실 연출 <土管ち生れた男> 3경
			醫元平 작 서항석 연출 <雪月梅> 1막
			성백수 작 남실 연출 <杏の花> 5경
1944-12-12	1944-12-12	12월 12월~ 12월 14일	조선악극단 공연
			<一つの流れ> 1경
			<흥부전> 6경
			<歌のある繪葉書> 7경
1944-12-15	1944-12-16	12월 15일~ 12월 17일	조선악극단 공연
			<お嬢ちん> 1경
			<熱沙の花圓> 7경
			<黃土に笑く花> 10경
1944-12-18	1944-12-18	12월 18일~ 12월 23일	성군 공연

			박영호 작 안종화 연출 원우전 장치 <청춘역> 3막
1944-12-24	1944-12-23	12월 24일~ 12월 29일	청춘좌 공연
			한계원 작 안종화 연출 원우전 장치 <세동무> 3막4장
1944-12-30	1945-01-04	12월 30일~ 1월 8일	성군 공연
			靑丘牧童 직 한노단 연출 원우전 장치 <백진주와 전원 교향악>
1945-01-01		1월	극단『현대극장』,『백야』공연.
1945-01-09	1945-01-08	1월 9일~ 1월 18일	청춘좌 공연
			한계원 작 계훈 연출 원우전 장치 <안개낀 거리> 3막4장
1945-01-19	1945-01-19	1월 19일~ 1월 23일	동일창극단 공연
			김건 작 박진 연출 조상선 작곡 <김유신전> 2박3장
1945-01-24	1945-01-23	1월 24일~ 1월 28일	동일창극단 공연
			김아부 작 <흥부와 놀부> 3막4장
			목산서구 작 <村一番の花嫁> 1막
1945-01-29	1945-01-28	1월 29일~ 2월 9일	청춘좌 공연
			송영 작 안영일 연출 김일영 장치 <신사임당> 3막6장
			국어극 <燈臺もと> 1막
1945-02-01		2월	『조선연극문화협회』, 제3회 연극경연대회 중앙극장 기타에서 개최
			『청춘좌』(송영의『신사임당』),『예원좌』(박영호의『별의 합창』『황금좌』(조선석의『개화촌』), 신생극단(趙鳴岩의『현해탄』),「고협」(임선규의『상아탑에서』,「성군」(송영의『달밤에 걷던 산길』),『아랑』(김승구의『산하 유정』)참가.
1945-02-10	1945-02-09	2월 10일~ 2월 16일	성군 공연
			박영호 작 안종화 연출 원우전 장치 <청춘역> 3막
1945-02-17	1945-02-15	2월 17일~ 2월 25일	신생극단 공연
			조명암 작 나웅 연출 김정환 장치 <현해탄> 3막

1945-02-26	1945-02-25	2월 26일~ 3월 6일	성군 공연
			송영 작 한노단 연출 김운선 장치 <달밤에 깃든 산길> 3막5장
1945-03-07	1945-03-06	3월 7일~ 3월 16일	청춘좌 공연
			한계원 작 안종화 연출 원우전 장치 <세동무> 3막4장
1945-03-17	1945-03-16	3월 17일~ 3월 26일	동일창극단 공연
			김건 각색 박진 연출 원우전 장치 <춘향전> 3막9장
1945-03-27	1945-03-27	3월 27일~ 4월 5일	성군 공연 (현상응모 작 당선공연)
			민소천 작 박진 연출 원우전 장치 <靑春擊攘> 3막5장
1945-04-06	1945-04-06	4월 6일~ 4월 15일	라미라 악극단 공연
			이부풍 작 송희선 작곡 가극 <북두칠성> 이익 연출
1945-04-16	1945-04-15	4월 16일~ 4월 25일	청춘좌 공연
			한계원 작 <조국의 혼>(일명 안개낀 거리) 4막
1945-04-26	1945-04-25	4월 26일~ 5월 4일	성군 공연
			박영호 작 안종화 연출 원우전 장치 <청춘역> 3막
1945-05-05	1945-05-07	5월 5일~ 5월 15일	신생극단 공연
			박달목 작 안종화 연출 김정환 장치 <초생달> 3막
			衡藤吉之助 작 연출 <一平の床성屋> 6경
1945-05-16	1945-05-14	5월 16일~ 5월 25일	조선악극단 공연
			조명암 작 연출 악극 <孟美女> 10경
			송영 작 김촌정 연출 <やしきた出征記> 7경
1945-05-26	1945-05-24	5월 26일~ 6월 4일	청춘좌 공연
			문철민 작 한노단 연출 원우전 각색 <李長老一家> 3막 4장
			국어극 청구목동 작 <燈臺もと暗し>1막
1945-06-01		6월	극단 『현대극장』, 박재성의 『애정무한』공연.

1945-06-05	1945-06-03	6월 5일~ 6월 14일	라미라 악극단 공연
			이부풍 작 박시춘 작곡 <뻐꾹새> 5경
			星野正史 작 <娘の願は兄一つ>
1945-06-15	1945-06-15	6월 15일~ 6월 24일	성군 공연
			靑丘正史 작 한노단 연출 원우전 장치 <백진주와 전위 교향악>
1945-06-25	1945-06-24	6월 25일~ 7월 4일	청춘좌 공연
			한계원 작 안종화 연출 원우전 장치 <새동무>3막4장
1945-07-05	1945-07-04	7월 5일~ 7월 12일	성군 공연
			박영호 작 안종화 연출 원우전 장치 <청춘역> 3막
1945-07-13	1945-07-12	7월 13일~ 7월 22일	조선악극단 공연
			조명암 작 연출 <阿片の港> 7경
			<제비나라> 7경
1945-07-23	1945-07-21	7월 23일~ 8월 1일	라미라 악극단 공연
			<춘하추동> 12경
			<동백꽃 필때> 7경
1945-08-01		8월	극단『현대극장』,박재성의『비둘기』공연.
1945-08-02	1945-08-05	8월 2일~ 8월 8일	청춘좌 공연
			문철민 작 한노단 연출 원우전 각색 <李長老一家> 3막4장
1945-08-09	1945-08-13	8월 9일~ 8월 15일	조선악극단 공연
			음악극 <金の國銀の國> 8경
			<熱沙の花國> 7경
1945-08-15		8월 15일	해방.